琥珀の夢

小説 鳥井信治郎　上

伊集院　静

集英社文庫

目次

下巻　目次

主な登場人物

鳥井信治郎　寿屋洋酒店（後のサントリー）創業者
鳥井忠兵衛　信治郎の父
鳥井こま　信治郎の母
鳥井喜蔵　信治郎の兄
鳥井ゑん　信治郎の長姉
鳥井せつ　信治郎の次姉
小西儀助　信治郎の奉公先、〝小西儀助商店〟店主
　しの　南地の茶屋〝芳や〟の女将
セレース　スペイン人輸入商

琥珀の夢

小説 鳥井信治郎 上

序章

大阪は〝水の都〟である。

いにしえから、このなだらかな広野に、汐風が、川風が流れ続けている。人々はその水音を聞きながら、千年を超える歳月をこの大いなる都で生きてきた。

春ののどかな風は天女の衣のようにやわらかであり、盛夏の強い日差しに吹く風は容赦なく汗の光る肌に当たる。秋は津々浦々から集まる豊穣の富を積んだ船影がひしめく中に汐風の音さえが掻き消された。〝天下の台所〟と呼ばれた大大坂は長く歴史の中で、日本で最大の要の都であった。

大阪が栄えたのは、背後に天子のおわす京を持つ地勢としての要衝であることもあるが、それ以上にこの土地には人々を魅了する〝華〟があったからである。

浪華、浪速、浪花の字のごとく、人々はこの地に夢の華を見たのである。そして、その夢が夢で終らないところに、この大阪の強さと底力があった。今日、日本が世界に確として並ぶ経済大国となるいしずえを築いた多くの人物を、この浪の花咲く大阪は輩出してきたのである。

明治四十年（一九〇七年）春、花匂う風の流れる船場を堺筋淡路町から西長堀北通りにむかって一人の少年が大事そうに自転車を引きながら歩いていた。左手でハンドルを右手でサドルをしっかりと持ち、少年はうっすらと額に汗を光らせていた。その顔にはまだあどけなさが残っている。頭に被ったカーキ色の帽子と紺色木綿の前垂れで少年がどこかの商店の丁稚だとわかる。

前方から車輪のきしむ音をさせて二人の男が大八車で駆けて来る。

通りまっせ、通りまっせ、気いつけておくれやっしゃ、と威勢のいい声とともに近づいて来た。

少年はあわてて道端に寄り、自転車を守るように大八車をかわした。

「なんや危ないやっちゃな」

少年は砂埃りを手で払い、自転車の無事をたしかめるように見直した。

「幸吉どん、西長堀北通りの〝寿屋洋酒店〟はんやで。〝鳥井商店〟とちゃうで。大きな声できちんと挨拶せなあきまへんで。寿屋はんは店の大事な上得意さんなんやからな」

少年は店を出る時に主人の五代音吉から言われた言葉を思い出し、寿屋洋酒店の方角を見つめた。去年まで鳥井商店と名乗っていたその店の主人を何度か船場で見かけていた。

純白のメリヤスシャツの上に厚司の羽織を着て、白い鼻緒の麻裏草履でペダルを勢い良く踏んで疾走する姿は船場でも有名だった。

「あれが鳥井信治郎や。どこぞに戦でも出かけはるんやろか」

少年の目に、その男の勇ましい姿が焼き付いていた。

丁稚の少年が大切そうに運ぶ自転車は、同じ舶来品の中でも飛び抜けて高価なものであった。

少年が奉公する〝五代自転車店〟は舶来専門の自転車店だった。当時、自転車に乗る人は少なかった。それもそのはず、一台が百円から百二十円もした。現在で換算すると五十万円以上する。その高級品の中でも、少年が納品する〝ピアス号〟は百五十円という破格の値段だった。

そのピアス号を鳥井信治郎は一目見て、貰いまひょ、と言ってのけたという。

前方に寿屋洋酒店が見えてきた。

店の前で二人の店員が大八車に荷を積んでいた。

葡萄酒の製造、販売をしている店と聞いたが、葡萄酒がどんなものか少年は知らない。

店の先輩たちが話をしていたのを覚えていた。

「あそこは葡萄酒をこしらえて売ってはんねんやってな。おまはん葡萄酒を知ってるか」

「いや知らんが。店の自転車とおんなじで舶来ものいうこっちゃで。あのピアス号に乗ってはる恰好がえらいハイカラやし、葡萄酒もハイカラなもんと違うやろか」

ここに自転車を届けに行くのは、今日で二度目だが、一度目の時も店の棚に並ぶ黒い瓶にラベルを貼ってあったものが何やらとても高価な品物に思えた。興味はあるが使いで来た丁稚が大切な得意先の品物について尋ねることができるはずもなかった。

葡萄酒というのだから、葡萄の果実から造るのだろう。少年は一度、河内に出かけた時、丘一面に大きな葉をたたえて広がる葡萄畑を見ていた。河内は山梨と並んで葡萄の産地だった。

——外国にも葡萄畑はぎょうさんあんねんやろか。どんな味がするんやろか……。

少年は人一倍好奇心が強かった。

時折、使いに出た店先で、その店が扱う商品に見惚れて、叱られることがあった。

少年は店前で荷積みをしている二人の店員にむかって声をかけた。

「ごめんやす。五代自転車店だす。ピアス号の修理がでけましたんでお届けに参じました」

少年が声をかけても二人は荷積みに夢中で振りむかなかった。

少年は主人の音吉から言われたことを思い出し、大声で言った。

「ごめんやす、ごめんやす、五代自転車店だす。ピア……」

「なんや、いきなり大声かけてビックリするやないか。もうちいっとで箱を落してまうところやったで……」

店員は少年の前垂れに染めたマルに五の字と、大切そうに持った自転車を見て言った。

「なんや自転車屋の丁稚どんかいな。大将の自転車の修理が上がったんやな。ほな、その箱が積んだある脇に……」

店員の言葉と重なるように少年がまた大声で言った。

「まいどおおきにありがとさんだす。五代自転車店だす。ピアス号の修理が上がりましたんでお届けに参じました」

あらたまった少年の言葉に相手がプッと笑い出した。

「変わった奴(やっ)ちゃな。ようわかったさかい、ほれそこの脇に置いていき」

「へえ。その脇でよろしおますか」

店員は返事をせずにもう背中を向けて作業に戻っていた。

「ようっしゃ、これでええやろう。ほなひとっ走り築港(ちっこう)まで行くで」

そう言うと、二人は大八車を引いて西の方向に駆け出した。

少年は店員の指示した場所に自転車を置いたが、そこはどうも物騒に思えた。店の商品の中でも飛びっ切り高い自転車である。盗まれでもしたら大変なことになる。それに納品書に受け取りももらっていない。

少年は店の奥にむかって声をかけた。

「すんまへん。すんまへん。どなたかいてはりまへんか」

返答がない。

少年はまた音吉の顔を思い出して、大声を出すと、すぐに奥からイガグリ頭の店員があらわれた。

「おいでやす」

「五代自転車店だす。ピアス号の修理が上がったんでお届けに参じました」

「なんや、自転車屋はんかいな」

「さっきここの方に、外の箱積みの脇に置くように言われましたんですが、あそこは物騒や思いまして。ピアス号は高級品でっさかいに。それに納品書に受け取りをいただきとうおます」

少年が納品書を出すと、店員は、ここでよろしいか、と懐から判子を出して捺した。

おおきに、と少年は頭を下げ、店員に自転車を店の中に入れて行くと告げた。

ほなそうしといてくれるか、と言うなり、誰かの声を聞き、へ～いと返答してあわて
て奥へ消えた。
少年は自転車を店の中に入れた。
人の出入りの邪魔にならぬように壁際に自転車を立てかけた。
彼は引き揚げようとして、ふと店の中を見た。
棚に葡萄酒が並んでいた。
どの瓶も丁寧に磨かれて、黒く光っている。そこに高級紙でラベルが貼ってある。
まぶしかった。
毎日見ている自転車と違って、棚の瓶からはどこか甘い香りがするように思えた。そ
れは飲み物というより、宝物に見えた。
——世の中にはいろんなもんがあるんやな。
美しい光沢を放つ瓶は少年の好奇心をかりたてた。
——どんな味がすんねんやろか。
少年は目を閉じて鼻先を犬のように鳴らしてみた。きっと少年が今まで味わったこと
のない味がするに違いない。
「そこで何してんのや」
いきなり声がして少年は目を開き、声のする方を見た。

そこに純白のメリヤスシャツを着てニッカボッカの作業ズボンを穿いた男が手袋を外しながらこちらを見ていた。

——旦那さんや、ハイカラの鳥井信治郎はんや。

「す、すんまへん。ピ、ピアス号の修理が上がりましたんでお届けにまいりました。ま、ま、まいどおおきにありがとさんでございます」

少年の声に信治郎が白い歯を見せて笑った。

「おう、五代はんの丁稚どんかいな。ピアス号の修理が済んだんやな。ご苦労はん」

「は、はい。ま、まいどありがとさんでございます」

少年はあわててまた頭を下げた。

主人は少年の顔をじっと見ていた。

その眼光の鋭さに少年は動けなくなった。

「ところで坊は今、何を見てたんや」

「す、すんまへん。こ、この棚の葡萄酒があんまり綺麗なんで、つい見惚れてもうて、どうもすんまへんでした」

少年の言葉に信治郎は相好をくずして笑うと、

「何も謝ることはあらへん。そうか、坊の目にもこの葡萄酒が綺麗に見えたか。そら嬉しいこっちゃな」

と言った。

信治郎は棚から一本の瓶を取り、それをいつくしむように指先で撫でていた。

――嬉しいとはどういうことやろか？

「坊は故郷はどこや？」

「和歌山の海草だす」

「そうか、紀州は昔からええ商いができる人を出しとる土地や。坊も気張るんやで」

「は、はい」

「坊には見どころがある。この棚の、この葡萄酒が綺麗やと思えたことは、商いの肝心のひとつや。商いはどんなもんを売ろうと、それをお客はんが手に取ってみたい、使うてみたい、うちの店の、この葡萄酒ならいっぺん飲んでみたいと思うてくれはらなあかん。それには……」

そこまで言って信治郎は葡萄酒の瓶を人差し指で差し示して、

「この葡萄酒が他のとこの葡萄酒より美味いと思うてもらわなあかん。いや葡萄酒だけやない。他のどんな飲み物より、うちの、この葡萄酒を飲みたい、と思うてもらわなあかんのや。そのためには品物がようでけてへんといかん。ええもん作るためなら百日、二百日かかってもええんや。ええもんのために人の何十倍も気張らんとあかんのや。そうしてでけた品物には底力があるんや。わかるか、品物も、人も底力や」

そう言って信治郎は少年の頭をやさしく撫でた。

その手は温かった。いやむしろ熱くさえ感じる手の温もりだった。

少年は故郷、和歌山を出て以来、ひさしぶりに感じた温もりに、身体の芯のようなところが熱くなるのを感じた。

「ハイカラやろう。この瓶？」

「は、はい」

少年の返事に、信治郎は嬉しそうに笑った。

――そうか、これほどの人かて自分とこの商品を誉められたら嬉しいんや。なんや正直でええ人やな……。

少年は目をしばたたかせて信治郎を見上げた。

信治郎は瓶のラベルに印刷された二頭の向獅子に話しかけるように言った。

「おまえ、気張ってくれよ。おまえには船場中の神さんがついてくれてはるからな」

「神さんでっか？」

「そうや、さっきも言うたやろう。ええ品物を作るために人の何倍も踏ん張ったんや。踏ん張っても、踏ん張っても、まだ足らんと思うて踏ん張るんや。そうしたらあとは、〝商いの神さん〟があんじょうしてくれはる。そのうち坊にもわかる時が来る。ハイカラやな、おまえは……」

「ハイカラいうのはどういうことでおますか？」

「ハイカラか、ハイカラは新しいいうこっちゃ。どこにもないほど綺麗いうこっちゃ。商いは坊が言うたとおり、綺麗で、新しいもんやないとあかん。それには、これまでの船場のやり方だけやあかん。今までのやり方だけやったら大きな店(たな)にはかなわん。新しいものを見つけるんや。誰も人がやってへん、どこの店にも置いてない、新しい品物を見つけるんや、作るんや。それがこれからの商いや」

少年は今まで丁稚奉公に出た店では聞いたこともなかった信治郎の話に耳のあたりが熱くなった。

「坊、気張るんやで」

信治郎はまた頭をやさしく撫でてくれた。

少年は深々と頭を下げて、おおきにありがとうさんだした、と店を出た。

この少年こそ、のちに〝経営の神様〟と呼ばれるようになった松下幸之助(まつしたこうのすけ)である。

松下幸之助は生涯、この日のことを忘れなかった。

幸之助は鳥井信治郎を商いの先輩としてだけではなく、その人柄に魅了され、尊敬し続けた。幸之助の事業が成長しはじめた時期も、鳥井信治郎に相談し、信治郎は十五歳年下の幸之助に助言を惜しまなかった。

その二人の関係を物語る逸話がある。

出逢いから七十四年後のことだ。

昭和五十六年（一九八一年）二月一日、大阪、築港のサントリーの洋酒プラントの中に、鳥井信治郎の銅像が完成し、その除幕式がとりおこなわれることになった。信治郎没して十九年後のことである。

信治郎は、生前、自分の銅像を作ることを嫌っていた。

「あんなもんを作る金と暇があったら、格別美味いビールの開発に精を出す方がよっぽどましや。目の黒いうちはそんなもん許さへんで」

しかし信治郎が没して、二十回目の供養の年を迎えるその年、命日のある二月に初代社長の偉業を讃えて、二代目社長、佐治敬三以下、全社員が銅像の完成を願った。

銅像を建てる場所も、鳥井商店、寿屋、サントリーの二番目の工場であった大阪築港工場の敷地内に決定した。

各所に除幕式の案内状が送られた。

その中に生前、信治郎と懇意であった松下幸之助も含まれていたが、この年八十七歳になる幸之助は、商いに関わる席にいっさい出向くことはなかったし、公の席にもほとんど姿をあらわすことはなかった。その上、体調を崩していっときは話をするにも側近がかたわらで言葉を訳さねばならないという噂まであった。

この前年、松下グループで全国の販売店の代表を集めての恒例の決起集会が行なわれ、そこに幸之助がひさしぶりに出席し、一言も言葉を発せずとも、じっと鎮座していただけで社員はじめ販売店の人々が涙したことがマスコミに大きく報じられたほどだ。

ところがサントリー本社に、松下幸之助、喜んで出席させていただきます、の返書が届いた。社内が大騒ぎになった。誰より驚いたのは、社長の佐治敬三である。

「まさか幸之助翁が……、そこまでオヤジのことを……」

準備万端で社長以下が幸之助を迎えることになった。

――体調の急変もあるかもしれない。

幸之助を乗せた車が築港工場の玄関に到着した。敬三社長自ら出迎えた。

参列した出席者全員の目がひさしぶりに公の場で見る松下幸之助に注がれた。

事前の打ち合わせで、幸之助が望んでスピーチをしたいと申し出があったのだ。

壇上に立った幸之助は顔色も良く、この式典に出席するために当人は勿論、周囲の人々がよほどの準備をして来たことが伝わってきた。

「本日は鳥井信治郎さんの銅像完成、誠にお目出度うございます……」

そこまで言って幸之助の言葉が途切れた。

皆が翁を見守る中で、幸之助は、遠い日を懐かしむように語りはじめた。

「私が鳥井信治郎さんと初めてお逢いしたのは、今から丁度、七十四年前の春のことでした。私は当時、和歌山から大阪、船場に出て、ふたつめの店へ丁稚奉公に出ておりました。そこは堺筋淡路町にある五代自転車店と申しました。五代自転車店は、主に船来の自転車を扱う店でございました。自転車と申しましても、今と違って自転車に乗れる人は少のうございました。それもそのはずで一台が百円から百二十円するという高級品で、今のお金に換算すると、五十万円をゆうに超える値段でした。その五代自転車店の上得意に鳥井信治郎さんの鳥井商店がございまして、鳥井信治郎さん、店でも格別高級なピアス号に乗って船場の街を疾走していらっしゃいました。或る日、丁稚だった私は、そのピアス号の修理が出来上がったのをお届けに行ったわけです。そこで私は初めて鳥井信治郎さんから、よく来たと迎えられ、温かい大きな手で頭を撫でられたことを今でもはっきりと覚えております。坊、気張るんやで、と励まされた時の、信治郎さんの笑顔が、今も目に浮かびます……」

会場は水を打ったようにシーンとして皆が幸之助のスピーチに聞き入った。社長の佐治敬三は幸之助のスピーチの途中で大粒の涙を流した。

「今日の銅像の見事な出来栄えと、あの空に〝赤玉ポートワイン〟をかかげた姿は、私が丁稚の時代に見た信治郎さんそのものです」

この日の幸之助の恩義を忘れぬ出席に、佐治敬三は感激し、幸之助の葬儀の折は、その棺を自ら抱えている。

経営の神様、世界でトップの家電製品の企業を築き上げた人物が、生涯その恩を忘れず、〝商いの師〟とした鳥井信治郎とはいかなる人であったのか。その話は、明治の初期まで時間を戻さねばならない。

第一章　鳥井家の次男坊

〝商いの都〟大阪は江戸期より千軒以上の大小の問屋、店が立ち並ぶ、天下の商都であった。

その中でも船場は、昔から〝浪花の臍〟と呼ばれ、明治十一年（一八七八年）に大阪株式取引所が設立されるといち早く株の売買がはじまった。後の時代、この船場を南北に通る堺筋近辺が「株の北浜」「繊維の丼池」「薬の道修町」と呼ばれるようになる。

明治十二年の年が明けてほどなく、その薬問屋、大小の薬を扱う店が立ち並ぶ道修町に近い釣鐘町の一角で、一人の男児が産声を上げた。

正確には明治十二年一月三十日の夜明け方である。

この界隈で産婆を五十年続ける女が、目を閉じ両手を握りしめた男児をその手で受けとめ、両足をつかんで五体をたしかめ、ちいさな尻を軽く叩くと、オギャーと薄暗い部屋に響き渡る元気な産声を上げた。

　その産声を衝立のむこうで聞いていた鳥井忠兵衛が立ち上がり、生まれたかいな、と首を伸ばして産婆の背中を覗いた。

　臍の緒を切る産婆にむかって忠兵衛は言った。

「赤児はどっちゃ」

「へえ、元気な男の児でっせ」

「そうかっ」

　忠兵衛は膝を打って、

「こま、ようやった。ようやってくれた」

と白い歯を見せた。

　釣鐘町で両替商を営む、三代目鳥井忠兵衛、四十歳。妻、こま二十九歳の初春の夜明け方であった。

　産湯で男児の身体を洗った産婆は、忠兵衛に男児の姿を見せ、額に汗し、髪の乱れた母親に赤児をかかげるようにした。

　こまは口元に笑みを浮かべ、我が児をしげしげと見つめ、ちいさくうなずいた。

「そうか、二番目の男児が生まれよったか。これで安心や」

　商家の家長は長男一人の家では満足しなかった。次男、三男を求めた。それほど一人の男児が無事に跡継ぎまで成長できない時代であった。

しらじらと朝陽が東の窓に差しはじめ、この世の空気に初めて触れる男児の顔を浮かび上がらせた。

「旦那さん。この児は立派な商人にならはりまっせ」

産婆は朝陽に浮かぶ男児の顔を見て言った。

「何がや、どこが立派なんや」

忠兵衛が訊いた。

「ほれ、この立派な鼻を見とおやす。これほどの鼻は、私が取り上げさしてもろうた赤児の中では初めてだすわ。それにこの手ぇ……」

「手がどないしたんや」

「しっかり握りしめてはんのは、ぎょうさん銭を握るようになる証しだすわ」

「そ、そうか、それは楽しみや。こま、ようやった」

たしかに産婆が言ったように、その男児の鼻は鼻筋がしっかりと通り、赤児のものとは思えなかった。

初春にしては強い朝陽が、鳥井信治郎の誕生を祝福するようにかがやいていた。

男児が誕生したこの年は卯年であった。節分前の生まれなので、旧暦に従って寅年生まれとなった。

すでに表通りからは大八車を引く音が聞こえはじめていた。

船場の朝は早い。商都の人々の活力はあちこちから仕事の音色として響き合った。

忠兵衛にとっては四人目の子供だった。年が明けて十歳になる長男、喜蔵。六歳になる長姉のゑん、三歳になる次姉のせつがいた。

男児は四番目の子供で、次男になる。

鳥井家は祖父の代から釣鐘町で両替商を営んでいた。江戸期からの商家である。

両替商には、本両替と、銭両替があった。本両替は今で言う銀行業務に似ていて、単なる両替と違って、江戸時代には幕府や各藩との取引をする財力を持ち、商いの代払い、融資までをする店もあった。

一方、銭両替商は町の人々を相手に銭と丁銀の両替をする商家であった。初代鳥井忠兵衛は、この界隈でも一等地に店を構え、手広く銭、丁銀の両替を営んできた。

資料に残る店の構えからすると、一帯の大半が近江出身の商家であることからして、鳥井家は近江の出身か、もしくは何か縁のある出自かもしれない。

のちに鳥井信治郎が経営哲学とする〝三方良し〟、利益三分主義が近江商人の商いのモットーであったことからも、近江との縁は決して薄くなかったはずだ。

また信治郎が父、忠兵衛から、丁稚奉公へ行くように言われた小西儀助商店の主人も彦根の出身であった。

信治郎が誕生した明治十二年という年は、明治の新政府となってまだ十年と少しを経過しただけで、国家の形勢としては不安定な時期であった。

大政奉還で徳川幕府が政権を朝廷に返したものの、三百年続いた封建制度の下で生きてきた人々がすんなり新体制を受け入れて、新しい生き方ができるほど安易なものではなかった。

特にそれまで武家社会の中にいて、代々家禄を与えられて生きていた士族たちには、生活面においても精神面においても新しい社会制度を受け入れることは困難だった。その上、薩、長、土、肥の新政府を建てた藩出身者が優遇されているように映る体制に、排除された多くの藩の出身者は不満を抱いていた。新政府にとってこれら不満分子の鎮圧は最大の問題であった。

明治四年（一八七一年）の廃藩置県で、それぞれの藩から新しい職を得た人は一部であったし、何より武士としての精神基盤の喪失は彼等の生きる拠り所を見失わせた。

その不満が、明治七年以降に一気に暴発し、佐賀の乱、神風連の乱、秋月の乱、萩の乱と続いた。新政府はそれらの暴発をことごとく鎮圧したが、明治六年、新政府の陸軍大将であり、参議までつとめた西郷隆盛が、征韓論で、岩倉具視、大久保利通等と対立し、野に下っていたが、明治十年、故郷、鹿児島にいた西郷にとって、予期しなかった私学校党の火薬庫襲撃爆発で反乱の火の手が上がった。西南戦争である。

新政府にとって、維新の立役者である西郷の決起は、政府の屋台骨を揺るがすものであった。

実際、船場においても政局を理解する商人は、新政府、反乱軍のどちらにもくみしないでおく方が得策とする寄合いでの記録がある。

西郷も鹿児島からの進軍で大阪を目指し、この地を拠点として新政府と対峙しようとしていた。

しかし日本の歴史において、最大で、かつ最後の内戦は、新政府軍の圧勝で幕を下ろすこととなった。

この内戦終結により、新政府は欧州列強と肩を並べるべく、殖産興業、富国強兵政策を推し進めて行った。

船場の商人たちにとっても国の安定と経済発展のための政策は、彼等の商いに活力をつけてくれる頼もしい力であった。

「信治郎、お母はんが呼んではるで」

裏店の塀越しに、秋の鰯雲を見上げていた信治郎に兄の喜蔵が声をかけた。

——天満の、天神さん参りやな……。

五歳の信治郎は兄の顔を見て、うろんや、と笑った。

喜蔵も笑ってうなずいた。

今日は二十五日で、天満宮は月の末参りの日である。一日と二十五日に天満宮を詣でると御利益が増す。

丁稚たちの昼食の片付けも終り、今時分になると母のこまは信治郎か、せつを連れて宮参りに出かける。

信治郎が喜蔵にむかって、うろんと叫んだのは、天満宮の参道裏手にはたくさんの屋台が並び、そこにうどんを食べさせる店があるからだ。

時々、腹が空いたと信治郎が言うと、母は父の忠兵衛に内緒でうどんを食べさせてくれる。喜蔵も子供時分に母からそうしてもらった経験があるから、弟にむかってうなずいたのだ。

信治郎は喜蔵の顔を見上げた。

すでに十五歳になり、丁稚奉公から家に戻って、両替商を手伝っている喜蔵は信治郎にとってもう一人の父親のようなところがある。

「お母はんにあんまり無理言うたらあかんで……」

喜蔵の言葉に信治郎が大きくうなずいた。お母はん、と大声を上げ信治郎は家の中に足音を立てて入った。

こまは着物の襟元を直していた。

商家の女たちにとって宮参りは大手を振って外出ができる時間だ。

しかしこまにとっての宮参りは物見や遊びのためではなかった。

彼女はものごころついた頃から母に信心の大切さを教え込まれていた。商家の女にとって男たちの仕事を唯一助けることができるのが、信心による助力であった。夫の忠兵衛も信心に篤い人であった。こうして一家六人と奉公人が無事に過ごせているのは神さまの力のお蔭だと信じている。

長男の喜蔵はすでに主人の片腕として店の切り盛りをしてくれている。その喜蔵もまた信心につとめてくれる。あとは次男の信治郎に神さまの力をつけてやりたい。

使いから戻って来た次女のせつが、こまと弟の信治郎が出かけようとするところを見て、

「天神さんか、ええなあ、おとんぼは……」

とうらめしそうに言った。

大阪では末っ子のことをおとんぼと呼ぶ。

こまは笑って、せつに水屋の中におはぎがあることを告げた。ほんまに、とせつは声を上げ、行って早うお帰り、と二人に言った。

表に喜蔵が立っていた。

早うお帰りやす、と喜蔵が母に言う。

信治郎が喜蔵に手を振ろうと振りむくと、喜蔵は背を向けて分銅をあしらった店の看板を拭いていた。

こまは信治郎の手を引いて通りを歩きはじめた。忠兵衛は、今朝早くに銅貨を積んだ両替車を引いて出かけた。昼時も戻らず商いに精を出していた。

二年前に大阪にも日本銀行の大阪支店ができた。日本銀行は銀行の銀行である。それ以前、すでに設立していたいくつかの銀行から紙幣は出回っていたが、西南戦争の戦費調達のため、紙幣を乱発した。銀行へ紙幣を持って行けば銭貨とすぐに交換してくれる。交換はいいのだが、銀行は両替の手数料を取らない。銭両替にとっては手数料が大きな収入だから、忠兵衛は日本銀行のやり方に呆れ果てた。今はまだ大半の店は釣り銭やまとまった商いの折に、両替を頼んでくるが、銭両替の時代の先行きは決して明るくなかった。

「これ、信治郎、他所見したらあかへんえ。真っ直ぐ前見て歩かな」

と母の手が信治郎を引き寄せる。

前方だけを見て自分を振りむきもしないのに、どうして他所見をしているのがわかるのだろうか、と信治郎はいつも首をかしげる。

——お母はんは髪で隠してはるけど、頭のどこかに目がついてんのんと違うやろか。

信治郎はそう思って、何度も母の後頭部を覗き見たが、見つからない。

「ええか、信治郎。神さんは信治郎がどこで何をしてても、みんな見てはるんやで。せやし隠れて悪いことをしてたら、みんなわかってはんのえ。悪いことをしてたら必ず罰が当たるよってにな」

「うん……」

信治郎は返事をするが、神さんをこれまで一度も見ていないからどうも具合がわからない。

その神さんを探しているわけではないが、信治郎はいろんなものを見るのが好きだった。

釣鐘町界隈で店構えや看板が少し変わっただけでもわかるし、天満宮より母が参ることが多い日限地蔵の莫蓙に並ぶ地蔵様の前垂れが新しくなったのさえすぐに気付く。

「お母はん、地蔵さんの前垂れが赤うなってるで」

と叫んでしまう。

「あれ、ほんまやな。信治郎はほんまに目がええ子やな」

「目だけちゃう。お母はん、線香も変わっとる」

「そうか、……」

母は少し顔を上げ小鼻を鳴らすような仕草をして、

「ほんまや。ええ線香の匂いやな。信治郎のその鼻は神さんにもろうたんと違うか」

と嬉しそうに言った。

そして信治郎は何より新しいものを見ることが好きだった。

一度、喜蔵に大阪港へ連れて行ってもらったことがあった。

そこは信治郎にとって夢の世界のようだった。

停泊する大小さまざまな船にも夢中になったが、初めて目にした自転車に驚いた。

大きな身体の髪の毛の赤い、立派な髯を生やした人が大八車より大きなふたつの車輪の上に乗って悠々と波止場の道を走って行った。

「喜兄ちゃん、あれは何や？　あの人」

「あれはな自転車いうねん。舶来の乗り物や。乗ってる人も日本の人とちゃうんや」

「ええなあ……」

信治郎は目をかがやかせた。

家に戻って、父や母や姉たちに自転車のことを話すと、皆が笑って聞いていた。

「信治郎、おまえの話は面白いの。なんやこっちまで見て来た気持ちになるわ」

忠兵衛が感心したように言った。

「いや、お父はんの言うとおりや。同じもんを見て来たのに、こないには話はでけへん。よう見てんのやな」

喜蔵までが感心したふうに言った。

やがて前方に天神橋が見えてきた。

人通りも増えている。

信治郎は、今日こそ見てやろうというものがあった。

天神橋を次から次に人がむこうに渡り、こちらにも渡って来る。その人影の脇に橋の両端に座っている男と女が見える。

当時、天神橋が別名、〝物乞い橋〟と呼ばれたのは、彼等物乞いがずらりと並んで、橋を渡る人たちに物乞いをするからである。

母は橋が近づくと信治郎に小銭をいくらかくれる。

信治郎はその小銭をわたした後、彼等が芝居のように大袈裟(おおげさ)にお礼を言う姿を見たくてしかたがない。

その仕草を釣鐘町の近所の子供たちが真似(まね)て見せるのを何度か見て知っていたが、もう何度も銭をわたしているのに、そのお礼の姿と、おおきにありがとうございます、と言う口上のようなものを間近で見たことも聞いたこともなかった。

天神橋をいざ渡るとなると、母は信治郎の手をいつになく強く握りしめ、

「お銭(ぜぜ)あげたかて振りむいたらあかんで。振りむいたらあかんよってにな」

と鬼のような顔をして告げる。

——今日こそ見たる……。

信治郎は口を真一文字に結んで、母の手から手の中に置かれた小銭を握りしめた。小銭はいつものようにふたつしかない。

母に手を引かれながら信治郎は二人の物乞いの手に、その小銭を載せる。

そこで立ち止まって、相手がどうするかを見たいのだが、母のおそろしく強い力で自分の手を引っ張る勢いに負けてしまう。橋の手前で母が立ち止まった。そんなことはこれまで一度もなかった。

「信治郎、お銭をあげた人を見たらあかんえ。振りむいてもあかんえ、わかったな」

信治郎はうつむいて黙っていた。

「これ、お母はんの言うていることを聞いてはんのか」

信治郎は黙って顔を上げた。

母は今まで見たことがないような怖い顔をしていた。

——なんで見たらあかんのや。なんで振りむいたらあかんのや……。

信治郎は眉根にしわを寄せた。

「ええな、わかったんやな」

信治郎はうなずき歩き出した。

信治郎は母の隣りで、天神さんに手を合わせた。

母の祈りは長い。信治郎が目を閉じ手を合わせて、もういい頃だと目を開いて母を見ると、まだ祈っていた。

以前、信治郎は母に尋ねたことがある。

「お母はん、神さんに何を祈ったらええのんやろか？」

「そら、皆が元気で無事にいられるように神さんに、どうぞお守り下さい、とお願いするんえ」

「そんだけでええのんか？」

「それで十分え。信はんがこころの底から祈って、お願いしたら神さんに届くよってにな。あとは何も思わんかてええ」

「うん……」

信治郎は神さんを見たこともないし、話もしたことがない。それでも家の中で、近所の誰それが大変な病気になったり、どこそこの子供が水遊びをしていて運良く危ないところを命拾いしたという話題になると、

「そら、四天王寺はんのお蔭や。あすこの家はよう四天王寺はんに参ってはるもん」

と母が言うと、忠兵衛も喜蔵も、大きくうなずきながら、

「そうや、四天王寺の亀さんのお蔭や」

と口を揃えて言った。

信治郎は、神さんがどこにいるのかはわからないが、皆の話を聞いていると、この家の、それもすぐそばにいつも神さんが居るのだろうと思うようになった。

天神さんのお参りを済ませると、母は信治郎の手を引いて裏の境内のどのちいさな祠にも手を合わせた。信治郎も同じようにした。

「信はん、今日はたんとお参りしたよって、菅公（菅原道真）さんも喜んで、きっと学校に上がってからも勉強がようできる子になるようにしてもらえるえ」

と信治郎の頭を撫でた。

信治郎は母にそう言って誉められると、身体のどこかがこそばゆいような気分になる。

「お母はん、わて学校へ上がるのん？」

「お父はんはそう考えてはります。そやよって天神さんにこうして来てるんや。菅公さんは学問の神さんやし」

「ふぅーん」

その日は天満宮の裏門を出て橋を渡り、いなりずしを母は買ってくれた。

信治郎はいなりずしをほおばりながら、今しがた渡ってきた裏門の橋の上にたむろする物乞いの男女を見つめた。

人通りが少なく、彼等に銭を施す人がいないので、あの大袈裟な口上も仕草も見ることができない。

——けど、どうしてあんなに、お母はんは物乞いを振りむくと怒りはんねんやろか？

母が信治郎を鬼のような形相で怒るのは、このお参りの橋を渡る時だけだった。

晩年になって、信治郎は自らが著した半生の記（「道しるべ」）の中で、母の思い出を語り、幼少時代の母に手を引かれてお参りした天神さんの橋の上のくだりを鮮明に記憶して著している。

普段やさしい母が、どうして物乞いに施しをした後、彼等を振りむいて見てはならないときつい口調で命じたのかが長い間理解できなかった。

〝陰徳〟という言葉がある。意味は、世間に、人に知られないかたちで善行をすることだ。古くは中国から伝わった言葉で、欧州にも同じ類いの考えはあり決して日本人だけの行動ではないが、日本人は長く人間の行動の徳のひとつとしてきた。陰徳はこれをなしたから何かがあるわけではない。源は信心にある。信心によって何かを受けているという考えが、自分たちも施されており、困まった人がいれば施すのを当然と考える。ただ、その施しは礼を言われるものではない。さらに言えば、礼を言われたり、感謝されることを目的にすれば、それは真の意味で〝施し〟ではなくなるという考えなのである。

江戸期、九州、博多に仙厓（せんがい）和尚なる名高い禅僧がいた。普段はボロ着のようなものを着ていて、物乞いと間違えられ、施しを受けることもあった。それだけではなく信者、知人がさまざまな物を持って来るが、僧はいっさい礼を口にしなかった。或る人が、なぜ僧はお礼を言わないのか、と訊くと、せっかく尊い物を下さったのだから、あなた方は施したことで大きな功徳をいただいたはずだ。それを自分が下手な礼を口にすると、その功徳を逃がしてしまうと語ったことをその半生記に記している。

それでも信治郎は、母の行為が果して陰徳であったかわからないとも語っている。信治郎は自分を誰より大切にしてくれた母が教えてくれた行動を、自分もただ信じて生きてきた。幸運な子供であったのである。

こまは信治郎の手を引いて、天満の天神さんだけではなく、近所なら釣鐘町の日限地蔵へ毎日のようにお参りした。四天王寺までの長い道程も幼い信治郎と歩いて行った。遠くは京都の三宅八幡宮へも出かけている。

実は、この徒歩での参詣が信治郎の、強靱な肉体を築いたのである。

信治郎は三歳の頃、死地をさまようほどの重い病いにかかった。この時、母は御百度参りを重ねたのは勿論だが、この子の身体を丈夫にすることを考え、決して体軀の大きくなかった息子の足腰を鍛えようと決心していた。それが後に信治郎が商いをはじめてから、十日、二十日と不眠で葡萄酒の味の調合を続けることができる強靱な体力の源になった。

忠兵衛もまた、喜蔵とも他所の子供ともどこか違う次男坊の将来を考えていた。

店の中や、奥間で見かけるこの次男は、いつもどこか遠くをみるような目をして、庭先から空を仰いでいたり、どんなものにでも興味を示して夢中になるところがあった。

両替商の店は長男の喜蔵が継ぐ。小学校から丁稚に出て、今は片腕となってよく働いてくれている喜蔵は子供の時から忠兵衛の言うことを黙って守り、取引先からも評判が良い。店は安心して譲ることができる。しかし小店の両替商に信治郎まで働かせる余裕はない。それは商家の次男の宿命である。

忠兵衛は、信治郎が置かれた商家の次男坊である境遇が、逆に信治郎の可能性を生むのではないかと思っていた。

それに今の銭両替は先々限界が来る。忠兵衛は、その準備もしていた。

或る晩、銭勘定を終えた喜蔵と二人になった時、忠兵衛は尋ねた。

「喜蔵、信治郎をおまえはどう思うてる？」

「どうって？　何がですか、お父はん」

「あれはきちんと商いをやって行けるやろか？」

「やって行けるやろかって、それしか信治郎がやることはないんと違いますか」

「それはそうやが、あの子はちぃっと変わってへんか？」

「変わってるて、へんこいうことですか」

「ちゃう。あれはええ子や。けどなんや、いつもいろんなもんに夢中になっとる」

「それはお父はん、学校で教わったんやけど、〝好奇心がある〟いうことちゃいますか」

「好奇心、なんやそれは？」

　忠兵衛は息子の喜蔵の顔を見返した。

「へえ、学校へ通っとる時、教わった言葉で、物事に人のこころが奪われてしまうことですわ」

「奪われるんやったら悪いことやないか」

「いや、自分の言い方が違(ちご)うてましたわ。好奇心いうのんは悪いことと違います。むしろ善(え)えことやと教わりました」

「善えこと？」

「へえ、人が初めて目にしたものとか、新しいものを見て、それがどんなもんかを知ろうとすることですわ」

「新しいもんをか？」

「へえ、ほれ一度信治郎を大阪港へ連れて行きましたやろ。あの時、家に戻ってから、大小の船のことやら初めて見た自転車のことを、あれがこと細こう話して聞かせてくれましたやろ」

「おう、そんなことがあったな」

「あの時、お父はんも信治郎の話に感心してはりましたな」

「おう、たしかにな、こっちまでが自転車やら、それに乗ってた外人さんの姿が浮かんできたよってにな」

「わても同じだした。あんなふうに信治郎はよう見てたんやなと感心しました。学校の先生が言わはるには、その目がじいっと見て何かを知ろうとするこころが、好奇心いうことでしたわ」

「そうか、好奇心か……」

　忠兵衛は少し変わった性格の次男の、目鼻立ちのしっかりした顔を思い浮かべた。

「喜蔵、信治郎も学校へ通わせようと思うが、かまへんな」

「へえ、自分もそうさせてもらいましたし、かましまへん。いやありがとうございます。お父はん」

　喜蔵は忠兵衛に丁寧に頭を下げた。彼は弟思いのやさしい兄であった。

「あれは次男や、いずれにしてもこの家は出てもらわんといかん。学校を出よったら、どこへ奉公へ行かせるかも算段はしたる。そん時まではあんじょう頼んだでえ」

「何をあらたまって、お父はん」

　忠兵衛は喜蔵を見て小さくうなずいた。

　やがて忠兵衛は銭両替商から米穀商へ商いを替える。

江戸期から続いてきた商いが、明治のこの時期、大きく変わらざるを得ない曲り角にさしかかっていた。

信治郎は家の中でじっとしている子供ではなかった。

こまに連れられて、天満の天神さんや近所の日限地蔵に参る時も、もの珍しいものにでくわすと、そちらに目が向き、母に手を引かれていなければ勝手に身体がそちらに行こうとした。そんな時、母は信治郎の手を強く握って引き寄せた。

「信はん、神さんにお参りする時は他所見したらあかへんえ。真っ直ぐ神さんのところにむかって歩かなあかん」

それでもついつい目が向いた方へ身体も、こころも向いてしまう。

信治郎は近所の子供と遊ぶこともあったが、たいがいは一人で過ごした。歩くことが好きだった。歩くことで自分の知らない、新しいものや、まぶしいものに出逢い、それを見ることが好きだった。

実際、六、七歳になると信治郎の身体は、こまが願ったように、背丈こそ高くなかったが、近所の同じ歳の子供より頑強な身体になっていた。だからと言って、信治郎は近所の子供と喧嘩をしたり、乱暴することはいっさいしなかった。

こまは信治郎を諭すように商い人の心得につたわることを教えていった。

「信はん、ちいさい子や弱い子には手を上げたらあかんえ。大きい子でも同じやで。信はんは商人になる人やさかい、どんな人にでも腹を立てたり、怒ったりしたらあかんえ。手を上げたらしまいや。どんな時も、こうして頭を下げてるんや。ほれ、そうしてたら相手の人の拳固が信はんの頭をどつこうとしても空振りしはるやろ」

と自分の頭を下げて、その上に拳を握った手を素通りさせて見せ、笑った。

信治郎も母の仕草を見て笑い出した。

「誰か困まってる人や、身体の具合が悪うなってる人と逢うたら、すぐに近くの人に報せなあかんえ。それに危ないとこや、ぎょうさん人が集まってるとこにも行ったらあかんえ。子供は危ないとこに近づかんことや」

信治郎は母に諭されると大きくうなずくのだが、ひとりの時は、騒々しい場所が気になってしかたなかった。

秋の或る日、家を出て、堺筋の方へ歩いて行くと人だかりがしていた。

信治郎は群がる大人たちの足元を掻き分けるようにして前へ出た。

見ると高麗橋通りから堺筋を南へ下る行列がこちらにむかっていた。

これまで見たことのない数の人の行列だった。

──何の行列やろう？

「五代はんの葬儀やて。ぎょうさんの人やな。うしろはまだ中之島のお家を出てへんらしいで」

「ほんまか。さすがは浪花の大恩人の野辺送りやな。五代はんはいろんな商いしはって。大阪でも一、二の商人やったしな……」

頭の上から聞こえてくる見物の大人たちの会話を聞きながら、信治郎は近づく葬列を見ていた。

――五代はんって誰やろ。大阪で一、二の商人って……。

五代友厚の葬列であった。

この年（明治十八年）の九月、大阪の実業家、五代友厚は東京で急逝した。

五代の棺は、東京、築地から横浜に運ばれ、そこから船で神戸へ、さらに彼の第二の故郷である大阪へ列車で移され、この日、中之島の邸で葬儀が行なわれていた。大阪の大恩人を偲んで四千人を超える弔問客が訪れた。出棺は中之島の邸から淀屋橋を南に渡り、心斎橋筋を南下して高麗橋通りから堺筋にむかい、阿倍野の墓所を目指していた。

五代友厚は、幕末期、薩摩藩士の子として生まれ、維新後、実業家に転身し、さまざまな事業を手がけ成功をおさめた人物だった。事業の成功もそうだが、五代は維新直後から商いの中心を東京に奪われ、江戸期の勢いを失っていた大阪を復興させるべく、親友の大久保利通の援助を受け、大阪に通商会社、為替会社、活版所（印刷所）、金銀分析所、造幣局、堂島米商会所、大阪商法会議所（のちの大阪商工会議所）、大阪株式取引所などを次から次に設立させた、大阪の商業の再生の恩人である。

彼はまた大阪から近代の商人を輩出させるために、商人の学校である大阪商業講習所（のちの大阪商業学校、現大阪市立大学）を創設した。

この年の二月には近代史上でも稀有な実業家であり、大政商だった岩崎彌太郎も没した。東西二人の政商の死は、それまで彼らが独占したものを組み直すことになり、日本の商人たちの裾野をひろげることになった。

大阪中の人々が見物に出たという、五代友厚の大葬儀は、中之島の五代邸から阿倍野墓所まで数千人の葬列であった。

人々は、大阪の大恩人であった五代に手を合わせて葬列を見送った。

延々と続く葬列を大人たちの間で目を丸くして見ていた信治郎は、目の前を通るきらびやかな御車の中に眠むる棺の主が、のちには彼が勉学に通うことになる大阪商業学校の設立者の一人とは知るよしもなかった。

——えらい人やったんやな……。

すると感心する信治郎の首根っ子をいきなりつかむ者がいた。

振りむくと、喜蔵が立っていた。

「信はん、ぎょうさん人のおるとこに子供は近づいたらあかんて言われてんやろう……」

喜蔵はそう言って、帽子を脱いで葬列に手を合わせた。

信治郎も手を合わせて頭を下げた。

「ほな戻るで、お母はんに知られたらまた叱られるで……」

喜蔵に手を引かれ信治郎は人垣の続く堺筋を離れ、釣鐘町にむかった。

「えらいお人が亡くならはったんやな」

「そうやな。大阪のためにぎょうさん善えことをしはった人や。信はんも一生懸命、学問して気張って働いたら、五代はんのようにえろうなる」

「ほんまに、わてになれるやろか」

「ああ、ほんまや。お父はんとお母はんの言うことをようきいて気張ればな」

「ほんまに？」

「ああ、ほんとうや」

信治郎は兄の顔を見上げた。

兄は笑って信治郎を見返していた。

温かくて、やさしいまなざしだった。

「学問って、どんなことをやんのや」

「いろんなことや。まずは自分の名前を書くことができるようにならな」

「わての名前て、しんじろうか」

「違う。鳥井信治郎や。それをちゃんと漢字で書くんや」

「でけるかな」

「できる。昔のわての小学校の教科書、ひとつ貰(もろ)うてきてるさかい見せたるわ」

「うん」

　信治郎は釣鐘町の上方にひろがるウロコ雲を見上げた。


　明治十九年（一八八六年）四月、明治政府はこれまで諸学校を規定していた教育令を廃し、新たに師範学校令、中学校令、小学校令を公布した。新政府は憲法制度を前に新しい国家体制の再編成に対応できる教育制度を勅命した。帝国大学令と合わせた四勅令だった。

　東京大学を帝国大学と改組し、法科、文科、理科、医科、工科の各分科大学にし、国家の須要(すよう)に応じる学術技術を教授することとした。師範学校を高等と尋常に分け、前者は東京に一校、後者は各府県に一校ずつ設置した。中学校も同様に高等、尋常、小学校も同じ二等分けをし、尋常小学校で四年の義務教育制を初めて掲げた。

　この制定に中心的役割を果したのが、当時三十八歳の初代文部大臣森有礼(もりありのり)であった。英国、米国に留学して帰朝した森は新しい国家体制に教育の充実を唱えていた。その森に協力して、新政府に教育制度の上申をしたのも五代友厚であった。

しかし、新教育制度で小学校の義務教育制が公布されても、小学校へ子供を通わせることができる家は全体の半分もなく、農家、商家の子供に学問が必要と考える親は少なかった。

翌年の松の内が明けぬ夜、信治郎は忠兵衛に呼ばれた。

「そこに座りなはれ」

いつもは、ニコニコと笑って信治郎を見ている父の声があらたまって聞こえた。こまも忠兵衛の隣りでかしこまっていた。

「信はん。四月になったら小学校へ行くさかい」

「…………」

父はそれだけを言った。信治郎はどう応えたらよいのかわからず、黙っていた。

「これ、お父はんに、ありがとうございます。たんと学問をします、と言わな」

こまが言った。

「あ、ありがとうございます。たんと……」

そこで口ごもった。

部屋を出て寝間にむかう信治郎に母が言った。

「一生懸命、学問せなあかんえ」

明治二十年四月、信治郎は、東区島町(しままち)の北大江(きたおおえ)小学校に入学した。

同級生は十名ほどであった。

学校へ通いはじめると、忠兵衛もこまも思ってみなかったことが、次男坊に起こった。信治郎には驚くほどの吸収力があった。ともに習いはじめた十人の中で、信治郎の能力は図抜けていた。

読み書きは勿論のこと、足し引きの算術をさせても、上級生で習う算をこともなげにやってみせた。

喜蔵から貰った教科書に目を通していたせいもあっただろうが、一年生の習う教科書をたちどころに読んでしまう信治郎に、隣りの子供は首をかしげていたという。

その中でも特に算術と、読書、作文を学習することに長じていた。

算術というより、信治郎の頭の中では、勘定の計算であった。また、ハトが飛んで来ました、一羽、二羽と教師が教科書の絵柄を指し示して説明をした時、

「ハトはこないして飛ばへんで」

と声を上げたという。

「何でや、鳥井君?」

「せやかてハトは空を飛ぶ時はもっとこうして羽を風に乗せて飛ぶんや」

他の生徒は信治郎の言葉をぽかんという表情をして見ていた。

「たしかにそうやな。鳥井君はよう見てるんやな」

「はい、先生。鳥はどこへでも、あっという間に行きよるさかい好きですわ」

「そうか……」

教師は苦笑した。

翌年、信治郎はその小学校でも異例の〝飛び級〟で二年だけでなく、三年の組で授業を受けることになった。

信治郎にしてみれば、なぜ、こんな当たり前のことをわざわざ皆で声を出して教わらなくてはならないのかわからなかった。

「信はん、飛び級やてな。お父はんもお母はんもえらい喜んではったで。よう学問に励んでる、善え子やて」

喜蔵が言った。父と母が喜んでくれることは信治郎には何より嬉しかったが、他の子供より、特別何かをしたわけではなかったので、学校とはそういうところなのだろうとしか思わなかった。

「信はんはやはり他の子と違う(ちご)とる。わてよりようでける。善え子や」

喜蔵が信治郎の頭を撫でた。

当時の学校は、今と違って規模もちいさく教師の数も足りなかった。

尋常師範学校の設立が急務だったのは、この教師不足のためだった。

教師は、小学の尋常、高等科の両方の授業を受け持った。授業は午前中で終了する。

科目が少なかったせいもあるが、大半の生徒は家業の手伝いをしなくてはならず、家の用が優先されて休む生徒も多かった。

校舎もちいさく、どこかの古い建物を借り受けている学校が大半で、雨漏りも度々した。だから小使い（用務員）の仕事は忙しかった。

高等小学校へ通うようになった或る日、忠兵衛に呼ばれて、米を小使いに届けるように言われた。

どこで聞きつけたのか、父は信治郎が通う島町の小学校の小使いがひどく貧乏をしていると知って、家の商いの米、一斗の入った荒袋を、彼の下に届けるよう命じたのだ。

その頃、忠兵衛は、銭両替商をやめて、米穀商をはじめていた。

「持てるか？」

「へい、お父はん」

信治郎はなんなく返答した。

一斗の米といえば十升である。重さにして十五キロはゆうにある。十歳そこそこの子供には持ち上げるのがやっとだ。

だが、信治郎の身体には同い年の子供に比べて抜きん出た体力が備わっていた。

「大丈夫か？　誰ぞ手伝わそうか」

「お兄はん、なんもおへん」

筆記具と弁当の入った鞄を斜に掛け、その上から米袋を肩に背負って小学校のある島町にむかって歩いて行く信治郎のうしろ姿を見送りながら喜蔵は思った。

――ようでけた子や。弱音を言うたためしがないな……。

喜蔵は弟ながら信治郎の負けん気の強さと、何をさせても愚痴ひとつ言わない性格に感心していた。

――長男やったら、この先苦労をせんでも済むんやけどな……。

信治郎が用務員舎に米を届けると、小使いは涙を流して礼を言い、何度も頭を下げた。信治郎はその姿を見ていられず走り去った。こまが教えた〝陰徳〟が自然に身に付いていた。その姿勢は彼の生涯で続いた。

高等小学校で学問に励んでいた春の夜に、信治郎はまた忠兵衛に呼ばれた。

「信はん、よう学問に励んだそうやな。わても嬉しゅう思うてるわ。今度、新しゅう大阪商業学校がでけたらしい。そこではこれからの世の中の、新しい商いのことを教えてくれるいうこっちゃ。そこへ行かせっさかい」

「へえ、おおきにありがとさんだす」

信治郎は丁寧に頭を下げた。

その年の四月、前の年に新設されたばかりの大阪商業学校へ信治郎は入学した。

大阪商業学校は、その前身を大阪商業講習所と称し、五代友厚を創立員として、鴻池善右衛門、広瀬宰平、杉村正太郎などの十六名の有志が、江戸期よりあった従来の商人の教育のやり方を新しい時代に合わせたものにしなくてはならないとし、設立した、商人のための商業学校であった。最初、私立学校としてはじまったこの商業学校では、簿記学、経済学、算術、習字、英語、中国語を中心にカリキュラムが組まれた。その後、大阪府と文部省から補助金を得て、府立大阪商業学校に昇格し、明治二十二年、大阪市が誕生したのを機に、市立大阪商業学校となった。

この学校は大阪府（のちに大阪市）、文部省が多額の補助金を出していることでもわかるように、全国でも数少ない商業を学ぶ名門校であった。その学校へ信治郎を入学させたことから、忠兵衛の信治郎への並々ならぬ期待があったことがわかる。

信治郎は新しい名称の学校の二期生として入学した。

学舎は西区江戸堀南通りにあった。

彼より二年後には、野村證券の創立者、野村徳七が入学したほか、飯尾一二（大阪合同紡績社長）、喜多又蔵（日本綿花社長）、岩本栄之助（株式仲買人）ら、大阪を代表する財界人を輩出した。

信治郎は江戸堀南通りの学校へ毎日通うようになった。

学校には必修科目はなく、学生が自ら必要なカリキュラムを選ぶかたちで学習をした。

夜間速成科もあり、昼間勤労している学生もいた。

信治郎は自分の将来にとって必要な学問は何かとさまざまな授業に顔を出した。しかしどの授業も、今ひとつ彼の目にかなうものがなかった。むしろ英語、中国語の授業の方が楽しかった。

大阪商業学校へ通って二年が過ぎた頃、信治郎はまた忠兵衛に呼ばれた。

「どや商業学校の方は？　上手いこと行ってるか」

「へえ、役に立つ学問もありますが、株式会社にする商いの勉強やらは、株主総会での演説を教えて、演説会を学生にさせよんですが、あんなもん紙に書いた饅頭みたいなもんで、何の役にも立ちまへん。簿記学の方も、喜蔵兄はんが毎月やってはる棚卸しを小難しゅうしたようなもんですわ。わてには中国学科で教わる中国語や、英語の授業の方が面白いですわ」

「そうか、そろそろ信はんを奉公に行かせようと思うんやが、どうや」

「へえ、ありがとうさんです。お父はんがそう思いはるんなら、わてはかましまへん」

この夜、父と子は商業学校を中退して、丁稚奉公へ出ることを決めた。

忠兵衛はかねてから信治郎のためにと奉公先を探していた。

この当時は、最初の奉公先で、その商人の行く末の大半が決まると言っても過言ではなかった。忠兵衛は信治郎が一生商人として生きていける商店の格、信用を考えた。同時に忠兵衛自身がそうであったように、銭両替のような新しい時代の到来とともに廃業に追い込まれる商売に息子の身を置かせることはならないと思っていた。

船場、道修町に小西儀助商店という薬種商店としては中どころの店があった。道修町通りに面した堺筋と交差する一等の角地に店を構えていた。

創業は明治三年で、屋号、小西屋で薬の小売から商いをはじめた。初代、儀助は京都の出身で、よく働く人で商いをひろげ、やがて自家製の胃腸薬の丸薬を製造販売するまでになった。ところが明治十年、資金繰りに行き詰まり、薬の仕入れもできないほど店が傾いた。この時、奉公に入っていた彦根出身の北村伝次郎という二十歳の男が、当時は希少な薬を刻む技術を習得しており、皆にこの技術を教え、朝から晩まで薬を刻み、店の身代を支えた。三年目には借金まで完済した。この男が小西の養子に入って、二代目儀助となり、今は舶来物の薬も扱い、洋酒のウイスキー、葡萄酒も販売していた。評判の二代目だった。

忠兵衛は喜蔵が言っていた〝信治郎は新しいものが好きと違いまっか〟という話にも合う気がしていた。

そこで忠兵衛は、小西儀助商店の二代目と懇意にしていた近江の人を介して、信治郎を奉公へ出したいのだが、と打診した。

その話を聞いた二代目と番頭も、釣鐘町でよく働き、人柄も申し分のない、鳥井の次男坊、信治郎の評判を知っていて、快諾してくれた。

忠兵衛は信治郎の評判が良かったことは嬉しかったが、ひとつ気がかりがあった。それは妻のこまのことだった。

数年前から目算を立て、おおよその商いの組み立ては承知していたものの、はじめたばかりの米穀商は、銭両替のように算段が立たなかった。仕入れ先もすぐに信用貸しで米を入れてくれるはずはなく、得意先を作るのに金も費やした。

正直、ぎりぎりの資金繰りで、店を息子の喜蔵に継がせることになるのを済まないと思った。

「こんなかたちであんたに店を譲るのをかんにんしたってくれ」

忠兵衛は喜蔵に頭を下げた。

「何を言わはるんですか。お父はん、頭を上げとくれやす。わては十分だす。むしろありがたいと思うてます」

こころ根のやさしい喜蔵はそう言ってくれた。

その喜蔵に、次男坊の信治郎まで店内(たなうち)で働かしてやってくれとは言えない。忠兵衛は、最初、息子二人で店ができるかたちで、店を兄に譲ろうと思っていた。

本音では、信治郎を店に残してやりたいとこまが願っているのはわかっていた。

以前一度、夜半に目覚め、こまが起きているのを見て訊いたことがあった。

「どないしたんや」

「へえ、信治郎はやはりどこぞへ出さなあかんのでっしゃろか」

「なんや、そないなことか。ちゃんとわてが算段したるよって心配せえへんで休め」

　その時は信治郎を奉公へ出さなくても済むと考えていた。しかし信治郎の前では、いずれ外に出すと言い続けて育てた。

　思わぬ商い替えの出費と、銭両替の収入が最後の数年はひどく落ち込んでいたこともあった。

　こまもそうだが、忠兵衛も信治郎が可愛くてしかたなかった。

　信治郎には、見ていて、自分たちに希望を与えてくれるような光のようなものがあった。その光が夫婦を元気づけていた。

　忠兵衛はこまに、信治郎の奉公先を伝えた。

「はあ、あの道修町と堺筋の角地にある薬問屋はんだすか……」

　妻は気のない返答をした。

　面とむかって反対はしない。

　しかしその夜、こまは忠兵衛に言った。

「いつから奉公へ出さはるんですか？　信治郎は今、商業学校に通ってますし……」

「学校は退めてもらうことにした」

「それで信はんはええと？」

「そうや。明日からでも道修町へは行かせた方がええ」

「明日からですか。支度もしてへんのにだすか」

「奉公に出んのに何の支度がいるんや」

「せめて肌着やらでも」

「今のままでかまわん。あれは奉公に出るんやぞ」

忠兵衛は珍しく語気を荒らげた。

話しながら忠兵衛は自分が怒り出している理由がわからなかった。

こまは奉公先へ行く日は自分が信治郎を連れて行くと申し出た。

忠兵衛も渋々承諾した。

こまの心配をよそに信治郎は商業学校をさっさと退めてきて、忠兵衛に言った。

「お父はん、それで奉公先は決まりましたか？」

「決めたで。道修町にある小西儀助商店や。薬種商店や」

「薬種商店ですか。そりゃいろいろ教えてもらえますね」

「おまえもそう思うか。今、店で扱うとる炭酸水もえらい出しとるいう話やし、主人の小西儀助はんというのも、若いのによう気張ってはるそうや」

「わかりました。じゃ明日でも」

「それはお母はんが準備やらと言うてたさかい、どうやろう」

「何の準備ですのん？」

「そ、そりゃ、いろいろと違うか」

「へえ～」

信治郎は小首をかしげて奥へ行った。

三日後、信治郎は、こまと道修町へむかった。

「まあ奉公先をよう見てみんとな」

「何をですか？」

「そりゃ外から見るんと、中から見るんではお店いうもんはまるで違いますやろ」

「はあ……」

二人は、小西儀助商店の前に立った。

鳥井信治郎、十三歳の春であった。

第二章　丁稚奉公

——ここがわての奉公先か……。

鳥井信治郎は、道修町の角地に立つ薬種商店の前に立ち、その店構えを見上げた。

堂々たる構えで、店前に通り庇（びさし）が斜めにぐっとせり出し、その軒の下に〝揚（あ）げみせ〟と呼ばれる出板があり、その出板の上に白い和紙貼りの箱、〝出し櫃（だびつ）〟が置かれ、その櫃に屋号の〝小西〟と店じるしの「キがたっぷりした墨で描いてあった。

店横には十台余りの大八車が並んで、その二台に丁稚たちが荷を積んでいた。

風格があった。

周囲からは薬の匂いだろうか、嗅いだことのない香りが西横堀川からの川風に乗って漂っていた。

信治郎は鼻を鳴らした。

——なんや面白(おもろ)そうな匂いやないか。

薬の町、道修町の匂いだった。

北船場の中央に位置する道修町は、大坂城築城以前は、家がぽつぽつあるだけの谷間(たにあい)で、〝どうしゅ谷〟または〝どしょう谷〟と呼ばれていた。

大坂冬の陣、夏の陣で町民が離散し、荒廃していた市街地を松平忠明(まつだいらただあき)が「三の丸」の地を開き、復旧させた。

道修の漢字があてられたのは、一説によると道修寺という名の寺があったというものもあるが、面白い説では中国北山県の人、馬栄宇(ばえいう)の子で、北山道修なる医師が大坂に来て開業し、その門前に薬屋が集まるようになったという説である。

いかにもだが、大阪では心斎橋を架けた岡田心斎（他説では大塚屋心斎）が心斎橋筋の由来で、道頓堀を開削した安井道頓（他説では成安(なりやす)道頓）の名前から道頓堀の地名が生まれたと言われている。その説に合わせると、唐人の子、北山道修が、この谷間で医師として開業し、薬屋が集まったというのは、名前の由来としては合点しても悪くはあるまい。俗説というものは解り易(わかりやす)いものがいい。

道修町の薬の町としての発展は、天正年間に豊臣氏に従って加賀より来た商人、斎藤九郎右衛門が、道修町の隣りの伏見町で舶来品取扱をはじめ、そこに輸入薬種を入れ、唐薬問屋と称したことから始まる。これが薬種屋の商人を集め、平野町、淡路町付近に広がった。

　その唐薬問屋を中心に小売薬商がぽつぽつ集まり、そこに国産の和薬を取扱う店も加わってきた。それでも橋がかかっていなかった道修町は、土地の〝間(あい)の町〟、裏町だった。それが江戸期に入ると橋もかかり、町の風情をなし、薬種問屋、小売商、諸国に薬を運搬する商店が軒を並べはじめた。その薬種商の集住する町になるのを決定付けたのは、享保(きょうほう)七年（一七二二年）に八代将軍徳川吉宗が、薬種中買仲間株を公認したことで、薬種問屋の中買株を持つ店、百二十四軒が決められ、幕府に上申した。これによって長崎、平戸から日本に入るオランダ、中国からの唐薬種のすべてがそれらの店の扱いとなり、道修町から全国の薬商に出された。道修町は日本の薬の中心となった。

　鑑札を受けた店の他に、薬に関わる小店がこぞって道修町に集まった。どのような店があったかというと、以下のとおりであった。

(一) 諸薬種を吟味し、諸国へ積み出す商店がおよそ百十軒。

(二) 道修町および他の町で薬種の小売商店が七百軒。このうち長崎諸荷物（唐薬）取扱いの問屋が百五十軒、十軒の国産種（和薬）取扱い商店があった。

(三) その他に諸国の和薬を仕入れ、大坂諸問屋に納入している店はさらにあった。

江戸中期以降は、中買、問屋、小売……に関わる町人の数は千名を超えていた。

江戸後期の道修町の賑わいが、田中金峰の漢詩集「大阪繁昌詩」に描写されている。

『道修坊は伏見街の南に在り。戸戸皆薬舗。舗前之を駄し、之を担ひ、之を舟し、東奥（津軽、仙台）に輸し、西薩（九州、鹿児島）に運す。春夏秋冬、朝夕昼夜、絶えず輟まず。路上往来の人、薬気鼻を薫じ、薬埃眼を眯す』

明治新政府が、明治五年に薬種株仲間を廃したが、江戸期からおよそ百七十年間繁栄を続ける〝薬の道修町〟は文明開化に揺らぐことなく生き続けていた。

小西儀助商店の門前で丁稚たちが大八車に荷を積んでいる。そこへ威勢の良い掛け声で船着き場からの荷だろうか、門前に積まれている。さらに東から西へ、西から東へ他所の薬商の荷が車輪の音を立てて、すれ違って行く。

その様子を眉間にシワを寄せて見ていた母、こまのもとに一人の男が駆け寄って来た。

「鳥井はん、遅うなりましてすんまへん、やあ坊、おはようさん」

男は信治郎を見て笑った。

一度、釣鐘町の家で挨拶した薬行商の男だった。

小西儀助商店へ信治郎を奉公に入れることの仲介をしてくれた男であった。

「ほな御寮さん、これが挨拶の品物だすか」

と男は手を差し出した。

「あっ、これはわてが渡しますよって」

こまの言葉に男は目を見開いた。

「今、なんて言わはったんだすか」

「へえ、これはわてが相手さんに渡しますよって」

「御寮さん、冗談を」

「冗談って何のことだすか」

「坊は、あそこへ物見に行くんと違いまっせ。奉公に出るんでっせ。そんな御寮さんがついてったら笑われまっせ。それに里ごころでもついたらどないするんでっか」

男は険しい表情で言った。

当惑しているこまに信治郎が言った。

「お母はん、ここで十分だすわ。あとはわて一人で大丈夫だす。気張って奉公してきまっさかい。ほんまにおおきに」

と母の手から荷物を取った。

「そやかて……」

こまが言いかけたが、男は信治郎、ほな行こか、と短く言って小西儀助商店へむかって通りを渡り出した。

途中、東から駆け引きの大八車がやって来て信治郎とぶつかりそうになった。

信治郎は器用に車を避けると、通り過ぎる大八車の男たちに白い歯を見せていた。その笑顔のまま信治郎はこまの方を振りむき、愛嬌のある表情でちいさくうなずいた。

砂埃りのむこうに見える息子の背中が、一瞬揺らいで映った。

こまは唇を噛んで、そこに立っていた。

信治郎は男に連れられ店の中に入った。

ごめんやして、ごめんやして、と丁稚たちが小走りに二人の横を通り過ぎる。

男について進みながら、信治郎は釣鐘町の自分の家の何倍もある店の広さに感心していた。

奥間の手前で、男は帳場の脇に座って薬の紙包みを険しい目で見ていた小番頭に大声で挨拶した。

「伊助はん、伊助はん、えらい遅うなりまして、お願いに上がってました奉公の子と参じ……」

男が信治郎を指さして言うと、

「なんや遅いやないか。困りまっせ、ほんまに。お～い常どん、常どん」

と裏にむかって声を上げた。

すぐに丁稚が一人あらわれ、何だっしゃろと番頭を見た。

「昨晩話した新しい奉公の子や、奥へ連れたって着替えをさせなはれ」

「へぇい」

丁稚は信治郎をちらりと見た。

「あっ、ちょっと、おまはん名前は何やったかな」

番頭が信治郎に訊いた。

「鳥井だす」

「上の名前ちゃうがな。下の名前や」

「信治郎だす」

「信治郎……、常吉、信どんや、あんじょうやったってや」

「へぇ〜い」

常吉と呼ばれた丁稚は尾を引くように返答し、信治郎を見て、低い声で、こっちや、と命令口調でアゴをしゃくるような仕草をした。

常吉のあとをついて行く信治郎の背中に、伊助はん、これは今の子の家が持たしたご挨拶の品物だすが……、そんなもん、そこに置いとき、ときぜわしい声がした。

たしかあの荷の中には、夜明け前に自分のために母がこしらえていた握り飯が入っていたはずだ。

常吉とすれ違う丁稚が、誰や、そいつは、と声をかける。新しい奉公の子や、と返答する。これまで坊、坊と丁寧に言われていた自分のことを、子や、と初めて言われるの

を聞き、

——これが奉公するいうこっちゃな。

と内心思った。

——新しいとこへ入ったんや。やったるで。

信治郎は口を真一文字に結んだ。

奥の奉公人の部屋へ上がると常吉が言った。

「おまはん、その一張羅で来たんか」

「………」

信治郎は返事に窮した。

こまが持たせた荷の中に絣（かすり）の仕事着が入っていたような気がする。

「何を黙っとんのや。返事をちゃんとせな。この店におる限りは、聞かれたらすぐ返事をせな」

「へぇ～」

「へぇ～、ちゃうがな。へぇ～い、や、臍に力を入れるんや」

——臍に力をか……。

信治郎は臍に力を入れ、大声で言った。

「へぇ～い」

「そや、それでええ。今日はその着物でやり。ほれ、これを」

渡された前垂れに┐キの店じるしが染められていた。

信治郎はしげしげとその店じるしを見た。

「すんまへん。これはなんで┐キのしるしなんだっしゃろか……」

「なんやて？」

「へぇい、せやから、これはなんで┐キのしるしなんだすか」

常吉は奇妙なものでも見るような目をして信治郎を見返した。

「なんでて、これはお店のしるしやないか。おまはん何しいにここへ来たんや」

「奉公だす」

「奉公人やったら、そんな訳のわからんことをいちいち訊くんやない。言われたことをひとつひとつきっちりやってたらええねん。あかんたれみたいなこと言いなや」

——あかんたれ？

信治郎は生まれてこの方、あかんたれ（駄目な奴(やつ)）と言われたことがなかった。

「さあ早(はよ)う支度し。番頭はんにどやされてまうど」

信治郎は常吉について裏土間へ行くと、箒(ほうき)を渡され、裏の庭に連れて行かれた。

「あの奥のお稲荷(いなり)さんがあるとこから築山のある隅を、こっちまで綺麗に掃除をするんや。もう陽が高いさかい、埃りが立たんように、あそこの井戸の水を撒(ま)いてやるんやで」

「はあ〜」

「はあ〜やない。へぇ〜い」

「へぇ〜い」


たちまち陽が暮れて、夜になった。

グーッ、と腹の虫が、大きな音を立てた。朝、釣鐘町の家で飯を食べてから、何も食べていなかった。

信どん、信どんと奥から声がした。

見ると、常吉が手招きをしていた。

「へぇ〜い」

信治郎は大声で返答した。

常吉は番頭さんが呼んだはるで、と言い、その目を庭先にむけた。

「あれで掃除したんかいな。ほれ、お稲荷さんの前に葉っぱがぎょうさん落ちたあるがな」

信治郎は首をひねった。

——おかしいな。あすこは綺麗に掃いたはずやけど……。

見ると塀の外からせり出した木からはらりと葉が落ちて、燈籠(とうろう)の灯の中を舞った。

「あの木が、夕刻、川風で葉を撒き散らしよんのや。ちいとはここを使わんと」

常吉が人差し指で頭を指さした。

「へぇ」

「へぇ、やのうて、へぇ〜いや。ほんまに覚えが悪い奴(や)っちゃやな」

「へぇ〜い」

「さあ早う、番頭さんが呼んだはる。手を洗(あろ)うて中の間へ行かな」

中の間に入ると、何人かの男女が座っていた。

信治郎が頭を下げると、皆が信治郎を見た。

「ほれ、そんなとこで突っ立ってんと、上へあがりやして、そこに座り」

信治郎が座ると、番頭が甲高い声で言った。

「今日から店(うち)に奉公に入った信どんや。ほれ挨拶し」

「初めまして、鳥井信治郎だす。よろしゅうお頼もうします」

「なんや蚊の鳴くような声して、もっとはっきりと話さなあかん。ほれ、もういっぺん」

信治郎は、常吉に言われたことを思い出し、臍に力を入れて声を出した。

「鳥、鳥井、信治郎だす。よろしゅう、お、お頼もうしま、すー」

その声の大きさに番頭の伊助が目を丸くして身をのけぞらせた。並んで座っていた中の何人かが、クスッと笑った。

「信どんは、ここから近い、釣鐘町から来はった。お家は米穀商をやったはる……」

伊助が信治郎の出自を皆に説明した。

伊助は、誰から聞いたのか、釣鐘町の家のことや、信治郎が大阪商業学校へ通っていたことも知っていた。

「信どん、おまはん十三歳やったな。干支は」

「寅だす」

「寅か、ほな先代と一緒やな。商業学校で学問したんやったら、夜の読み書き、算術の習いはせんでええ」

「へぇ」

信治郎が返答すると、隣りにいた常吉が咳払いをした。

「へぇ〜い」

信治郎が大声で言うと、また伊助が目を剝き、下女の子が一人クスッと笑った。そのそばで信治郎より年上らしき手代の男が一人、信治郎を睨みつけていた。

「今日は旦那さんと大番頭さんは彦根までお出かけで帰って来はるのは明日の夕刻や。お二人への挨拶はそん時や、わてが小番頭の伊助や。そっちにおるのが、手代の弥三郎、弥七や……」

今しがた信治郎を睨んでいた手代が、畳に手をついて、よろしゅうと頭を下げた。

信治郎が相手をぼんやり見ていると、伊助が、何をぼさっとしてんのや、手代さんが挨拶してんのや、おまはんも頭を下げな、と声を上げた。

信治郎はあわてて手をつき頭を下げた。

その頭の上を、番頭はん、まだ店に入ったばかりやよって、わてがきっちり仕込んでみせまっさかい、と声がして、頼むで、ほんまに、と伊助のタメ息が聞こえた。

「弥七の隣りが、丁稚の兵作、兵どん、その隣りが同じ丁稚の富次で富どん、そして賄いのトメはん、そして下女のマキ……」

女の奉公人たちが頭を下げた。

伊助を含めて八人の奉公人が、その夕は揃っていた。

「御寮(ごりょん)さんとお嬢(いと)さんは、旦那さんが帰って来はってから挨拶へ行くさかい。小西(ここ)は皆家族のように仲良う働いてっさかい。上の者の言うことをよう聞いて気張るんやで」

「へぇ～い」

返答した途端、腹の虫が大きな音を立てた。

下女の一人がまた笑いだした。

「なんや、おまはんの腹かいな。そないな行儀の悪いことは店中(たななか)ではあきまへんで」

「すんまへん」

少し遅い夕飯の膳についた。

賄い場の一番端である。

膳に載せられた碗（わん）の中に、底がすけて見える味噌汁（みそしる）とわずかの大根の葉があった。すぐに背中越しにすんまへん、と飯碗がやって来た。釣鐘町の家の碗よりひと回りちいさい。そんなことはどうでもよい。まず飯を喉に入れねば。小皿の香の切れ端と飯を口に入れ一気に食べた。みくちも箸を使えば飯碗は空になった。

父、忠兵衛の声が耳の奥で聞こえた。

「奉公先では飯を三杯も喰（く）ったらあかんで。二杯にしとき」

信治郎は飲み込もうとした口の中の飯を嚙み直した。

背後で下女の声がした。おかわり、もらいます、と飯碗に日焼けした指が伸びてきた。信治郎は、いや、と返答し、正面でゆっくりと飯を食べている手代の弥七をちらりと見た。先刻から自分を見ているのに気付いていた。

飯碗を持った黒い手を信治郎はおさえていた。ほな、もう一杯だけお頼みします、と声を出した。

ご馳走（ちそう）さんだした、と隣りの常吉が膳を手に立ち上がった。信治郎はおかわりの飯を汁と一緒に一気に喉に流し込んでご馳走さんだしたと言い、立ち上がった。すぐに常吉のあとを追った。常吉は木桶の雑巾を絞って玄関裏で雑巾掛けをしている。

揚げみせの掃除や、今日は一日風がきつかったさかい、ほれ、埃りが溜まったあんねん、と手早く〝バッタリ床几〟と呼ばれる揚げみせの裏を拭いていた。

「常はん、それ、わてやりまっさ」

「そうか、ほな、裏で富どんらがやったはる洋酒の棚の方を手伝うてくるわ」

常吉は雑巾を木桶に放り入れ、信どん、桶の水をいっぺんかえて、最後に空拭きせなあかんでと言った。

「空拭きて何だすか？」

「濡れてへん雑巾で拭くんや。マキに言うたら空拭き雑巾のあっとこを教えてくれっさかい」

「へぇ、いやへぇ～い」

常吉が白い歯を見せて、奥へと走り出した。

――こりゃ要領を早いとこ覚えなあかん……。

信治郎は床几の底にこびりついた砂を落しながら自分に言い聞かせた。

揚げみせの掃除を終えると信治郎は竈のまわりを拭いているマキに訊いた。

「他の丁稚はんはどこだすか」

「裏の洋酒のとこでっしゃろう。その前に、その木桶洗(あろ)うて雑巾もよう絞らなあきまへん。井戸の左手に他の桶も直してありますよって、雑巾はあそこ」

マキが指さした炊事場のむこうに何枚もの雑巾が掛かっていた。

「へぇ〜い」

走り出した信治郎の背中に、木桶はちゃんと逆さに掛けるんだっせ、とマキの声がした。

遅うなりまして、信治郎が裏の間に上がり、棚の周りに立つ丁稚たちに頭を下げると皆は脇目も振らず手に持った瓶を拭いていた。いきなり険しい声がした。

「兵どん、なんべん言うたらわかるんや。洋酒の瓶を片手で持つな言うてるやろ。給金取りの一年分の給金では足らん値段(ねえ)の品物やど。落して割ってもうたらどないすんねん」

「す、すんまへん」

棚に並んだ瓶越しに手代の弥七の目が光っていた。

皆黙々と、その瓶を拭いていた。

手伝いまひょ、と信治郎が声をかけると、

「信どん、おまはんは瓶をさわったらあかん。常どん、信どんにランプの掃除をさせたり」

「へぇ～い」

常吉が信治郎を手招きし、さらに裏へ行った。ランプをひとつ手に常吉があらわれた。

「ランプ掃除したことあるか」

「へぇ～い」

「二人の時に、そないな大声出さんでええんや。夜は大声出したらあかん」

「へぇ～い」

信治郎は声を落して言った。

「このランプはそこいらのランプと違うねん。旦那さんが、作業場で〝夜鍋〟しはる時に使うランプや。ほれ見てみい。芯のとこに鉄筒がはいっとるやろ。灯りが揺れんようにこさえたあるんや。ほれ、ガラスかて飾り餅みたいに広がってんやろう。薬を刻む時に手元がしっかり見えるようにしたあるんや」

「ほんまでんな。初めて見ましたわ」

信治郎は丁稚の常吉から主人の小西儀助が夜の作業場で使う特別注文のランプの掃除を教えてもらった。

「博労町のランプ屋で特別にこさえさせたランプや。きっちり磨き上げな、旦那さんからおっきい雷が落ちるよって」

「旦那さんは雷落しはるんでっか」

常吉はゆっくりとうなずいた。

「そらびっくりするほどおっきいし、こわいで……」

そこまで言って常吉は顔を近づけ小声で、

「小番頭はんの伊助はんが丁稚の時におっきい雷落ちて腰抜かしはったそうや」

と言って白い歯を見せた。

「よう雷は落ちるんでっか」

「いや、夜鍋の時やな。気い張ってはるさかい」

そうしてまた顔を近づけて、

「そやから皆、旦那さんの夜鍋には近づかんようにしてんのや」

と小声でささやいた。

常吉は道具箱からランプを掃除する専用の鉄箸や布を出して、信治郎に要領を教えた。

ランプの掃除を終え、弥七に報告に行くと洋酒の棚の片付けがちょうど終ったところで、皆が弥七に、お疲れさんだした、と畳に手をついて頭を下げていた。

そこへ小番頭の伊助が通りかかり、ほなわては帰るさかい、と声をかけた。

番頭になると店内で寝ないで、他所に家を借りていた。

「弥七、戸締まり、火の始末、きっちり頼むで」

弥七の返答に続いて、丁稚が皆、伊助に、お疲れさんだした、と声を揃えて言い頭を下げた。

「ほな信どん、表の戸締まり行こか」

表玄関にむかって二人で歩いて行くと竈の前でマキが座っていた。

「マキはん。なにをそんなとこでへたってはんのや。トメはんに見つかったらまた叱られるで」

「ふぁ〜い」

「あら面白い奴っちゃ、フン」

と常吉が鼻で笑った。

戸締まりが済み、信治郎はようやく部屋に戻った。部屋の隅に見慣れた風呂敷包みがあった。

「風呂の順番までは時間があるさかい、少し休もか」

常吉が言った。

信治郎は首の辺りがべたついているのがわかった。

「常はん、わて、ちょっと顔を洗うてきますわ」

信治郎は裏に回り、井戸端へ行くと水を汲んで手拭いを浸けた。そうして襟元を開け、絞った手拭いで胸元から首筋を拭いた。

フーッと信治郎は大きな息を吐いた。気持ちが良かった。

丁稚奉公がどんなものか信治郎は奉公先が決まってからもさして考えなかった。思ったよりこまかい仕事の手順があるのに少し驚いたが、皆がやってきた仕事を自分ができないはずはないと思った。

「洋酒の瓶を片手で持つな言うてるやろ。給金取りの一年分の給金では足らん値段の品物やど……」

手代の弥七の言葉を思い出した。

——あの品物はそない高いもんなんか……。

信治郎はちらりと目にした瓶の中身を思い浮かべた。

——けど綺麗な色のもんが入ってたな。

天神さんの縁日で、こまが買ってくれた飴の色に似ているようで少し違う。

——あれは何という色やろか……。

背後から声がした。

「信どん、信はん」

振りむくとマキがいた。何か手に持っている。

「信はん、これっ、信はんのお母はんが持って来はったもんだす。番頭はんがあとで渡せ言わはって。あてが風通しのええとこに置いときましたよって」

受け取ると、それは竹皮で包んだ握り飯だった。

「マキはん、ひとつ食べるか」

マキは笑って首を横に振り、信はんはやさしいお人だすな、と笑って走り去った。

信治郎は握り飯を頰張った。こまの握り飯はやはり美味いと思った。

見上げると五月の星がまたたいていた。

——この星をお母はんも見たはんのやろか。

信治郎は星にむかって手を合わせた。


物音で目覚めた。

暗い中を隣りで常吉が起き出していた。

信治郎も蒲団をはねて起き上がった。

シィーッ、信どん静かに起きな、常吉がささやくように言った。へぇ〜い、と返答をすると、奥の方から野太い声で、

「じゃかしい。もう少し寝かさんかい」

と弥七の声がした。

す、すんまへん、と常吉が言った。

蒲団を上げ、二人して部屋を出ると、もう一人、丁稚の富次が続いた。

三人は裏戸を静かに開け、庭の手前の井戸端へ行き、水を汲んだ。そうして顔を洗っ

た。手拭いで顔を拭くと、今し方までの深い闇がぼんやりと淡くなっている。

「今日は風は止まったあるな……」

常吉が空を見上げて言った。

どこからか声がする。水上を滑るようなざわめきもした。川船の一番の荷積みがはじまっているのだろう。

「富どん、兵はんはまだかいな」

常吉が言うと、富次はあわてて寝屋に戻って行った。入れかわりにマキが欠伸をしながらあらわれた。

おはようさんだす。まだ眠むいのか片目で信治郎を見てぺこりと頭を下げた。

兵作があらわれ、井戸端で頭を掻いている。

トメが下駄音をさせて来て、顔を拭いているマキの尻をぽんと叩くと、旦那さんのお戻りの日やで、皆きちんとせなあかんで、と口早に言って庭木戸から外に飛び出した。

土間を抜けると竈にはもう火が入っていた。薪の爆ぜる音に表通りを通る大八車の車輪の音と掛け声が重なった。

常吉が表の脇戸を開けると光が差し込んできた。信治郎は常吉と表通りに出た。

すでに、店前を丁稚が掃いている店もあった。東の空が明けていた。

どこからか寺の鐘を撞く音が響いた。

ようやく五時である。

常吉と二人で表の木戸を一枚ずつ開けて行く。それを戸入れに仕舞い、表の玄関の戸を開けた。

陽が店の奥に差し、誰か人影が立って手を合わせているのが見えた。手代の弥七だった。

戻ると水の入った木桶に雑巾がかけられ、表の間、前中、中、後中の間の土間に置いてあった。

信治郎は常吉に言われて、後中の間を富次と掃除に上がろうとした時、先刻、弥七が手を合わせていたのが神棚だったことに気付いた。

そこに可愛い張り子の虎がぶらさがっていた。

——何やろ、あれは……。

見上げていた信治郎に背後から小声で、ぼけーっとしてたら叱られまっせ、とマキの声がした。

「マキさん、あの虎の人形は何だすか?」

「神農さんやがな」

「神農さん?」

「知らへんの。お店の、道修町の守り神さんやないの」

「何をごちゃごちゃ言うとんね。早う掃除にかからんかい」

弥七が怒鳴り声を上げた。

すんまへん、二人は頭を下げ、それぞれの持ち場に戻った。

後中の間の奥に二階へ続く階段があり、木桶を手にした常吉が早う来い、と手招いた。

階段を上ると、廊下が表と奥に延びていた。常吉は表通りにむかって進み、八畳間の内戸を開いた。外光が畳の上に差し、幾本もの光の帯をこしらえた。右に左に小抽出しが四十、五十はありそうな薬簞笥が並んでいる。

常吉は小箒と塵取りでひとつひとつの格子の埃りを掃いていく。

「常はん、わてやりまっさ」

「ほな頼むわ。埃りを立てんようにな。薬に埃りが入ると困まるよって。昨日は強風でえらい埃りが溜まっとるさかい」

「へぇ〜い」

格子の間から表通りを行く人、大八車が見える。陽はもう強くなり人と車をかがやかせている。

格子の掃除を終えると八畳間の畳に雑巾掛けをし、簞笥を拭いて行った。次に中の間に入り、畳を拭いた。こちらの薬簞笥は今しがたの間の簞笥と違い大小の抽出しに分けられ、部屋もひんやりしている。

「表の方は乾いてへんとあかんのやが、この中の間は湿り気がないとあかんのや」

「何でだすか？」

「薬によって違うんや。薬は生きものやよってにな……」

「生きもんでっか？」

そうや、と常吉は簞笥に雑巾を掛けながら言った。

——薬が生きもの？

信治郎は常吉の言葉がよく理解できなかった。

ものごころついてから病気をしたことはほとんどなかった。それでも熱が出て下がらない時、こまに熱冷ましの薬を飲まされた。母が家の抽出しの奥から取り出す、上等そうな紙に包んだ粉薬を口に入れると苦くてしかたなかった。

あの粉が常吉が言うように、どうして生きているのかがわからない。

昼前に信治郎は淡路町まで届け物に行った。道修町への戻り道で、前を行く丁稚の後ろ姿に見覚えがあった。早足で追いつくとやはり⌈キの前垂れをした兵作だった。兵作は信治郎や他の丁稚より頭ひとつ背丈が高い。身体が大きいせいか、常吉や富次に比べると動きがもっさりと映る。歳は十七歳で丁稚の中の年長で、弥七とは同じ歳だ。歳は同じでも店は年季で上下が決まる。

「やはり兵はんだしたか」

信治郎が頭を下げると、兵作は、ヨウッと言い、並んで歩き出すと兵作の歩調は驚くほど遅かった。歩調を合わせると何やら物見をしているようで歯がゆい。

「兵はん、わて先に店に戻りまっさかい」

「なんでや。急いで戻っても用を言われるだけやで」

「へぇ〜、そやけど腹が減ってもうてるんで先に行かせてもらいまっさ」

「そうか……」

信治郎は兵作を置いて歩き出した。

――いろんな丁稚がおんのやな。

店に戻ると、昼前と違って小番頭の伊助が口やかましく丁稚に声をかけていた。

「信どん、表に水は撒いたあるか、店中の塵もあかんで……。そろそろ旦那さんと大番頭はんが戻りはるで、きっちりしいや」

弥七、丁稚、下女達の表情もこころなしか緊張して見えた。

やがて表から常吉の大声がした。

「旦那さん、大番頭はんのお戻りだす。旦那さん、大番頭……」

その声に皆が表に集まった。

奥から御寮（ごりょん）さんとお嬢（いと）さんと坊々（ぼんぼん）たちも姿を出した。

「ようお戻りやして、お疲れさんだした」

伊助の甲高い声が響いた。

まぶしいほど白い足袋と上等そうな雪駄が店の中に一歩入って来るのを信治郎は固唾を呑んで見た。

皆が口々に挨拶する声を聞きながら、信治郎はゆっくりと顔を上げた。

するとちょうど午後の陽光が差し込んで、主人の背後から光が放たれているように映った。それが主人の体軀をいっそう大きく見せた。

――大きい人なんや……。

野太い声がはっきりと聞こえた。

「皆変わりはなかったか……」

へぇ～い、きちんと勤めさせてもろうてます、と伊助が甲高い声で返答した。

御寮さんと子供たちが歩み寄った。

「ようお帰りやして。彦根の方は皆はんお変わりあらしませんだしたか」

主人は御寮さんの声にうなずき、カンカン帽を取ってお嬢さんに渡し、笑っている子供たちを目を細めて見た。

そうして店の中をぐるりと見回した。表情は穏やかだが、その眼光は鋭かった。

――この人が小西儀助さんや……。

「藤次郎はん、わては着替えてすぐに表へ出るさかい、さっき汽車の中で話した新しい瓶屋の見本を見られるようにしたってくれるか」

「へぇ〜い、すぐに用意しときます」

大番頭の藤次郎が背中の荷を丁稚に渡しながら応えた。

誂(あつら)えのよい羽織が信治郎の目の前を通り過ぎようとした時、足が止まった。信治郎は頭を下げたが、自分が見られている気がした。

そうだす旦那(だん)さん、これが昨日から奉公に入りました釣鐘町からの子だす、と伊助の声がした。

信治郎は静かに顔を上げた。

大きな瞳が信治郎を見ていた。

「歳は、何歳(いくつ)や」

「十三歳だす」

「そうか、気張るんやで」

「は、はい。へぇ、へぇ〜い」

信治郎があわてて返事をしなおすと、儀助は静かにうなずいた。

奥へ歩いて行く姿を見送ると、やはり大きな背中だった。

儀助を囲むように女たちの影が続き、その後から奥の女たちの甘美な残り香が漂っていた。

信治郎は庭に水を撒きながら、ちらりと儀助がいる奥の棟を見て、これまで一度も逢った経験のない人物の姿を思い浮かべた。

——他の人とどこが違うんやろか。

昨日までと店の中の空気がまるで違っていた。

どう表現していいのか若い信治郎は言葉を持たなかったが、人が一人そこにいるだけで何もかもを一変させてしまう〝人の力〟のようなものを初めて目にして興奮した。

順調な商いもそうだが、小西儀助は三十五歳にしてすでに貫禄(かんろく)が備わっていた。

小西屋の二代目、小西儀助は今、道修町でも評判の店主だった。

倒産寸前まで追い込まれていた初代儀助の小西屋を、奉公人の彼が救った。彼は江州(ごうしゅう)蒲生(がもう)出身で元々は北村伝次郎といった。当時、大阪に薬を刻む技術がなかったことを伝次郎は知り彦根の奉公時代に体得した薬の刻みを続けることで小西屋の身代をつなぎ、三年後には店を持ち直すまでになり、借財まで完済したのである。

いくら薬を刻む技術があったとしても、傾きかけた身代をそう容易(たやす)く持ち直すことはできない。少ない利であったが、伝次郎には朝から晩まで薬を刻み続ける気力と性根が備わっていた。父、三次郎が舟の難破で刻み煙草(タバコ)の製造販売の商品をすべて失い、家が没落したため、十歳そこそこで彦根の薬屋「鶴屋」に丁稚奉公に出た伝次郎は、そこで何年もの辛苦に耐え、薬商として修業を積んだからであった。

後年、彼は当時を述懐して斯く語っている。

「毎日、夜明け方に起き、薬の荷を背負って近在の医者を回り、ぐたぐたに疲れて晩の七時に店に帰る。そして休む間もなく丸薬、練薬、膏薬を刻み、それを容器に詰める作業を遅くまでやる。翌日また村々の医者を回り、薬の御用を聞き、注文を受けた薬を届け、また新しい注文に回る。雨が降ろうが、風が吹こうが、真っ暗な夜であろうが、照りつける炎天でも、脚絆をつけ草履、坊主合羽、夏でも冬でもバッチョ笠を被って、今日は東、明日は西へと働いて毎日が過ぎた」

やがて北村伝次郎はさらに大きな商いを学ぼうと大阪へ出て、小西屋に奉公に入った。ところが小西屋は倒産寸前だった。その災難を彼は受け止め、源七という奉公名を貰い、やがて初代儀助から養子を望まれるまでになったのである。


陽が傾きはじめて風が出てきた。

「お～い、常どん、常どん、常どん……」

伊助が甲高い声を上げた。

常吉も富次も近くにいないのを見て信治郎は急いで帳場に行った。

「へぇ～い、何だっしゃろ？」

「風が出てきたさかい、表に水を撒き。それと二階の表の薬部屋の格子も閉じ」

信治郎は走って井戸端へ行き、木桶に水を汲んで戻り、店前に水を打った。

——ええか、水はこうして低うに、丁寧に撒くんやで、それと人にかけんことやで。

信治郎は常吉の言葉どおり店前の端から端まで丁寧に作業し、それが済むとすぐに小走りに階段を上り、二階の格子をひとつひとつ閉じた。見るとすでに埃りが畳の上に浮いていた。

——こらあかん。

信治郎は階下に降り、木桶を手に戻り、薬部屋の畳を拭いた。

「誰か居てるか」

二階の廊下で声がした。

「誰か居てるか」

声で旦那さんだとわかった。

「へぇ〜い、何だっしゃろ」

儀助は前垂れをつけて、片手に碗を持っていた。そうしてじっと信治郎の足元を見て、廊下の一点を指さした。

「足の裏を見てみい」

「はあ〜」

「はあやない。この足跡はおまはんのやろう。ここが何の部屋かわかってんのか」

「薬、薬のしもうたある部屋だす」

「そうや、薬が前から中、奥の間までしもうたある部屋や。薬は、この小西屋の何や？」

「大事な商いの品物だす」

「大事だけやない。この店の、〝小西屋の命〟やないか。それを汚い足で入ってからに。このど阿呆(あほ)が……」

「す、すんまへん、かんにんだす」

儀助の声を聞きつけてすぐに伊助と弥七が二階へやって来た。

「旦那さん、どないされましたんだっしゃろ」

伊助は廊下についた足跡を見つけ、

「何ちゅうことをしてくれとんのや。この……」

伊助が信治郎の襟元をつかもうとすると、

「何もわからん子に用をさせたおまはんらがあかんのや。このど阿呆どもが」

儀助は言って奥へ消えた。

信治郎はいきなり横腹から蹴上げられるようにされ、廊下に転がった。

見ると信治郎を押しのけて、手代の弥七が雑巾を手に廊下を拭きはじめていた。

「わてがやります。すまへん。すまへん」

信治郎が弥七から雑巾を受け取ろうとすると、いきなりその手を音が出るほど叩かれた。

「いらんことすな。その汚れた足、堀川に捨てて来い」

常吉があわててやって来て、

「弥七はん、すまへん。わてが信どんに教えてませんで、すまへん」

「じゃかしい。おのれがこの阿呆に何を教えられる言うんや」

「すんまへん。すんまへん」

と常吉は弥七の手から雑巾を取り、廊下を拭きはじめた。弥七は立ち上がると、そこでおのれは何をぼけっとしてよんねん、と信治郎の頭をいきなり拳でど突いた。鈍い音がした。

「弥七はん。かんにんしたって下さい。わてが信どんに……」

すがって来た常吉の頭も弥七はど突いた。

そうして足早に階段を降りて行った。

常吉は殴られたことが悔しかったのか目に涙を溜めて廊下を拭いていた。

「常はん。すんまへん。わてが要領わからんばっかりに……」

夕刻、信治郎は伊助に呼ばれ、中の奥の間へ連れて行かれた。

「どうも挨拶が遅れまして、かんにんだす。この子が釣鐘町から来た信治郎だす。旦那さんと大番頭の藤次郎はんや、挨拶し」

「初めまして鳥井信治郎だす。よろしゅうお頼もうします」

「顔を上げ」

　儀助が言った。

「おまはんのお父はんの忠兵衛さんとは以前逢ったことがある。聞けば、元は同じ近江の人やし、真面目な人や。奉公先に小西屋(うち)を選んでもろうて有難い思うとります。一人前の商人にしてお父はんに見てもらえたら、わても嬉しい思うてます。どうか気張って働いとくれやす」

「へぇ〜い」

「信治郎は長いから、信吉どんいうことでやってもらおう」

　船場には主人が奉公人に簡略した名前を付ける慣い(なら)があった。

「そら、ええ名前だすな。しっかり気張るんやで」

　大番頭の藤次郎が笑って言った。

　儀助への挨拶が終ると、伊助と信治郎は奥の棟の前に行き、伊助が中にむかって声をかけた。

「ごめんやして、ごめんやして」

　障子戸が開き、下女のトメがあらわれた。

すぐに御寮さんとお嬢さんたちがあらわれた。

「夕刻のお忙しい時にごめんやして。昨日から奉公にまいりました丁稚の信吉だす」

「信吉だす。よろしゅうお頼もうします」

信治郎が頭を下げ、顔を上げると、お嬢さんが素頓狂な声を上げ、笑った。

「あんた、その瘤どないしたんや」

信治郎の頭のてっぺんに大きな瘤ができていた。

「ほんまや、どうしたんや？」

御寮さんが信治郎を見た。

「へぇ、生まれつきだす」

信治郎が答えると、お嬢さんがまた笑った。

伊助と並んで中の間にむかって廊下を歩くと、そないな瘤あったか、と頭を覗き込んだ。

「へぇ〜、こんまい時分からだす」

信治郎は平然と言った。

一番遅い夕食になった。マキが小声で、最後やし三杯食べてかまへんよ、と言った。

信治郎は二杯で夕食を終え、洗い場で木桶を洗っている常吉と富次、兵作のもとへ行った。兵作が信治郎の頭を見て、何や、おまえもかいな。そやけどおおきい瘤やな、と言って瘤を指先で撥ねた。信治郎は顔色ひとつ変えない。

「何や、痛あないのんか？」

「へぇ～、へっちゃらだす」

「ほう、おまえ、どんだけ気強い奴っちゃ」

兵作はまだ洗い終えてない木桶があるのに、ほなわて行くで、と言い、常吉にむかって、心配すな、弥七の奴、いつかわてがいてこましたるさかい、と言い捨てて立ち去った。

富次が家の二階を見て言った。

「旦那さん、今夜も夜鍋や」

見ると店の棟の一番奥の二階の窓から灯りが洩れていた。

「今夜は弥七はんやて……」

常吉が窓灯りを見て言った。

「何のことだすか」

「旦那さんが夜鍋しはるのを弥七はんが手伝うてはんねん。皆きつうて眠むうなるんや」

「夜鍋で何をしてはるんだす」

「そら薬を刻んだり、葡萄酒をこさえはったりや」

奉公に入って一ヶ月が過ぎた夕刻、夕食が終った信治郎は伊助に呼ばれた。

「信吉どん。おまはん、今夜は旦那さんの夜鍋にお呼びや。言われたことをきっちりやってお手伝いすんのやで」

「へぇ～い」

「手伝いの段取りは弥七に習い」

「へぇ～い」

しかし弥七は信治郎に何も教えてくれなかった。常吉に訊くと、旦那さんの言われたとおりにしてればええんや、と言った。

「そやけど奉公に来て一ヶ月で夜鍋に呼ばれたのは珍しいことやで。わては一年経って呼ばれたんやけど、眠むうなって、叱られたさかい」

二階の奥の仕事場の前に水の入った平桶と行灯を脇に置き座っていると、夜の九時に儀助は白い前垂れをしてあらわれた。

「ご苦労さんだす。よろしゅうお頼もうします」

儀助は、うむっ、とうなずいただけで、手にしていた鍵で錠前を開けた。他の部屋にも錠は掛けてあるが、この部屋の錠は大きくて、立派なものだった。

中に入ると儀助は部屋の中央に置かれたランプに火を点けた。昨夜、信治郎が磨いたランプだった。部屋の中がいっぺんに昼のように明るくなった。

西と北に置かれた薬簞笥は漆で塗られていて、前、中の間の簞笥とはまるで違っていた。

中央に作業机が置かれ、そこにガラス製の奇妙なかたちをした容器が並んでいた。生まれて初めて目にするものばかりだった。

「今夜は少し薬を刻むよって、まず桶の水を机の上の端のフラスコに入れて、下のアルコールに火を点けて湯が沸いたら報せてくれ」

「へぇ〜い」

「そない大きな声を出したらあかん。これから出す薬やら薬草はくしゃみひとつで散り散りになりよるさかい。それ、これを手にし」

儀助は信治郎に白い手袋を渡した。その手袋は、荷積みの作業の時に使う軍手と違い薄い上等な木綿製で手にぴたりとついた。

「お湯はゆっくり沸かすんやで」

「へぇ」

儀助は薬簞笥の抽出しの前に立ち、手にした帳面を開き、いくつかの抽出しの中から薬草の束を出し机の上に並べた紙の上に置いた。

湯を沸かしていた信治郎の鼻が特異な香りに気付いた。

信治郎は香りのする方に目をやった。

作業机の上に並べた紙の上に紫褐色の薬がちいさく盛ってあった。

「これは麝香や……、清国、蒙古、朝鮮に生息しとるジャコウジカの下腹部と尾腺に麝香腺いうのがある。鹿を捕えて、下腹部から絞り出したもんを固めて乾燥させ粉薬にしたある。えらいきつい匂いがしたあるやろ。鹿が生きるにはなくてはならん分泌物やからな。これが人間の痙攣、手足の痺れにも効く、鎮痛剤やな。ところが使う量で強壮剤にも興奮剤にもなる」

「旦那さん、蒙古って、あの蒙古でっか」

「そうや。ラクダに乗せて長い道程を清国まで運んで、そこから船に積んで、長崎にようやっと着いて、それから大阪へ来よるんや。長い長い旅をして届くんやさかい、目の玉が落ちるほど値段が高い。昔の清国では国ひとつの値段がついたこともあるそうや」

信治郎は儀助の独白を一言一言洩らさずに聞き、それぞれの薬の色味、形状、そして何より匂いを嗅いで覚えようとした。

やがて儀助は目の下から口までを覆った布を顔にあて、大人の人差し指ほどの大きさの骨のようなものを小刀で削りはじめた。時折、削り取ったものを布を取って鼻先で嗅いでいた。

――やはり匂いが大事なんや。

ランプの灯りが揺れはじめたので、信治郎は燃料を足してよいかを儀助に尋ねた。

「ああ、そうしたってくれ」

信治郎がランプの燃料を補充している間も、箪笥の大きな抽出しから昆布のような黒いものを出し、匂いを嗅ぎ、それを両手でしごいて、零れた欠けらを紙の上に丁寧に寄せている。

ランプの燃料が半分近くなったのだから、すでに二時間は経っている。その間、儀助は一度も作業を止めることがなかった。

――この気力やな。これが大事なんやろ。

「薬いうもんは国を守ってんのや」

信治郎は儀助が自分に言っているのに気付いて、

「薬が、国を守っとんでっか」

と儀助の顔を見た。儀助は大きくうなずいた。

儀助が洩らした独り言のような言葉は決して大袈裟なものではなかった。

薬は人間が地球に登場し、動植物を食用として生きるうちに、経験によってその中に、薬用となるものがあることを古代人は識り、これを貯蔵し、保管し、いつ襲ってくるかもしれない病いに備えたのだと推測される。

古事記、日本書紀によると日本の医療は高皇産霊尊にはじまり、大己貴命と少彦名命が協力して天下を治め疾病を治療したという。以来、この二神が医療の始祖となった。

少彦名命が道修町で「神農さん」と呼ばれる少彦名神社に町の守り神として祀られているのも、この故事に由来している。ともに祀られている〝神農〟は古の中国の皇帝で、やはり薬の始祖のことだ。

日本書紀によると四一四年、朝鮮の新羅から医師、金武が朝貢大使としてやって来て、允恭天皇の病いを治療し、さらに四五九年、同じ半島の高麗の医師、徳来が難波の地に住んで医業を開始し〝難波の医師〟と呼ばれていた。五五四年には百済からの医師が採薬師とともに日本に来たことが記述してある。百済から来た医師も採薬師も半島から多くの薬物に関する書を携えてきたであろう。おそらくその薬物書も、元々は中国の漢方医療であったはずだ。すでに中国では『傷寒論』『金匱要略』、薬書では『神農本草経』『神農本草経集注』など現代でも尊重されるほどの医薬学の書物がまとめられていた。

また日本書紀には〝薬草は民を養う要物たる、厚く之を蓄うべし〟とあるように、当時、国のトップの方針で薬物を尊重し、その技術を積極的に受け入れた。この時代、大流行した疾病により大勢の民が命を落とし、国家の危機があった。

儀助が〝薬いうもんは国を守ってんのや〟と信治郎の前で独白した言葉は、千五百年前に疾病から民を救うことが国家存亡の重要なポイントのひとつであったからだ。

　奈良、大和、京都の都を背後にかかえる難波の地に医師が日本で最初に開業したことも、大阪の地が薬と長く関わったことの要因のひとつと言える。


「なんやおまえ旦那さんの夜鍋を手伝うたそうやな」

　数日後の朝食の後、弥七が知っていたのにいまいましそうに言った。

「へぇ、今夜もまた呼ばれてます」

「調子に乗っとると、そのうち足すくわれるで。おまえと同じような丁稚がおって、旦那さんの手伝いをしとるうちに薬を盗みよったんや」

「わてはそないことようしまへん。旦那さんの夜鍋はたいしたもんですわ」

　信治郎が言うと、弥七は何を言っているのかがわからないようだ。

「何がたいしたもんや。おまえ誰にむかって口をきいとんねん」

「へぇ、すんまへん。かんにんしとくれやす」

　信治郎は弥七に頭を下げた。

　二人のやりとりを見て、常吉が信治郎にうらめしそうに言った。

「信どんは強いんやな。わてはど突かれることを考えただけで泣きそうになってまう。どないしたら信どんみたいにやれるんやろか」

「常吉はん。そんな何でもおまへんわ。神さんの力で助けてもらうんですわ」

「神さんの？」

「そうだす。わて毎日早う起きて神農さんにお参りしてるんだす」

「神農さんに？　それでわてが目覚めても信どんはもう蒲団を畳んでんねや。神農さん、そんなに御利益あんのんか」

「神農さんはこの町の守り神だっせ。その上、中国の強い強い皇帝はんやったいうことだっせ」

「そうなんか……」

「ほな常吉はん。わてと一緒に少彦名神社へ行きまひょいな。きっと強うなりまっせ」

梅雨が明け、うだるような暑い夏の陽が大阪の町を容赦なく照りつけはじめた。道修町の表通りに陽炎が立ったほどの暑さだった。

信治郎はその日の朝早く大八車を引いて店を出た。

行き先は西成の伝法村にある石灰の工場だった。工場へ行くのは、二度目だった。そこで大八車一杯の石灰を積む。行きは空でいいが、帰りは辛かった。

道修町から伝法村の石灰工場までは片道一時間はかかる。

最初、信治郎と常吉で行くように伊助に言われたのだが、弥七が言った。

「信吉、おまえなら一人で行けるやろ。わてがど突いても、痒い言うたらしいやないか。一人で行って来い」

「そな……」

常吉が口を挟もうとすると、弥七は常吉を睨みつけた。

「へぇ〜い。一人でいかせてもらいますわ」

常吉が道順を教えながら、大丈夫か、と心配そうに言った。

「何もない。へっちゃらや」

「帰りは大八が重いよって、休み休み帰って来るんやで」

信治郎は笑ってうなずいた。

石灰を積んでくれた男衆が言った。

「ほう、丁稚どん。おまはん、それを一人で引いて帰るんかい。大丈夫か」

「へぇ〜い。ご心配おおきにありがとさんだす。ほな」

信治郎は言って引きはじめた。

たしかに石灰を積んだ大八車は重かった。

——これしきのもんが何じゃい……。

信治郎は下唇を嚙み、通りを進みはじめた。六月とは言え、その日の大阪の日差しは半端ではなかった。

引きはじめて少ししか間がないのに、ドゥーッと額から汗が吹き出した。

信治郎は帽子を取って懐に仕舞い、手拭いを出して首元に巻いた。

――わては鳥井信治郎じゃ。こないなことでへたばってたまるかい。

一時間余りが経ったが、まだ道修町までの半分の距離しか進んでいない。

それでも信治郎は足を止めなかった。

途中、新しい店の工事現場があり、そこで水を使わせて貰い、手拭いを水で絞り、胸板から背中の汗を拭った。

おうっ、坊、精が出んな。気張りや、ほれ、これを噛んどけ、と塩の固りをくれた。

おおきにありがとさんだす、と口に塩を放り込み、道修町を目指した。

ようやく道修町に入り、店に着くと、伊助が目を丸くして言った。

「これ、おまはん、一人で引いて来たんか」

信治郎は白い歯を見せて笑った。

伊助は荷台に積んだ石灰の箱に手を入れて、おう、ええ石灰や、ご苦労はん、と石灰のついた手を払った。

「番頭はん。この石灰は何に使うんだすか」

信治郎が訊いた。

「石灰はよう役に立つもんやで。消毒やら殺菌にも使うし、含嗽薬にも下痢止めにもなるんやで。その上、これを水で溶かして消石灰にすんのや。それに胡麻油を混ぜると、石灰擦剤いうてな、火傷や、霜焼け、皮膚のただれによう効くんや」

——へぇー、こんな粉が……。

「そんだけやない。消石灰に海藻の布海苔を混ぜるんや」

「あの布海苔でっか」

「そや、その布海苔に苦汁、糸屑、粘土を一緒に練ると、漆喰になるんやで」

「漆喰って、あの土蔵の壁に使う？」

「せや、他にもようけ使いでがあんのや。しんどかったやろうが、おまはんはそんだけの仕事を運んできたいうこっちゃ」

「へぇ〜い。おおきに」

信治郎は石灰を倉庫に運びながら、薬というものはいろんなものからこしらえることができるのだと感心した。

丁稚に来るまでは知らなかったことが、こうやって汗を掻くだけでわかってくる。先刻までの道中の苦労など何でもないと思った。

小西屋だけで、日々教わることが山ほどある。

——この道修町の全部の店の中にはどんだけ面白いことがあんのやろか……。

丁稚に来て三ヶ月、信治郎は使いに出されると、道修町の他の店の様子を見た。

大店と思っていた〝小西屋〟が、道修町では大店の中には入らず、中程度の店であることがわかった。

二丁目の近江屋、武田長兵衛家（武田薬品工業の前身）の大店振りは小西屋とは比べものにならなかった。田邊屋、田邊五兵衛家（後の田辺製薬）、塩野屋、塩野義三郎家（後のシオノギ製薬）を合わせた三つの大店が道修町の、〝御三家〟と呼ばれていた。

それぞれが評判の薬種を持ち、広く全国に得意先を持っていた。

明治期より道修町の御三家の他にも、江戸期から伏見屋、小野市兵衛家、近江屋、杉井善兵衛家、鍛屋、乾卯兵衛家、大和屋、宗田友次郎家などの大店が並んでいた。

享保年間にはすでに商業の中心は将軍のお膝元の江戸と大坂がその勢力を二分していたのに、なぜ道修町に薬の商いの大半が集まったか。享保七年（一七二二年）、将軍吉宗が生まれ育った和歌山、紀州藩に帰藩の途中、大坂で病いに倒れた。その折、道修町より献上された唐薬がよく効き、たちまち吉宗は回復した。

この功績を吉宗はたいそう喜び、道修町の薬商たちに唐薬の中買の免状を与えたのである。その免状により、長崎、平戸に持ち込まれる船来の薬、すなわち唐薬の仕入れを道修町薬商は独占した。いったん長崎から大坂に運ばれた唐薬が日本全国の薬商に分配されることになり、道修町はその商いの利を一手につかむことになった。〝唐薬問屋〟の元締めの町の成立だった。

日本の薬の歴史については前述のように、五世紀の初めに朝鮮、新羅からの医師が允恭天皇の病いを治し、それ以降も高麗、百済から医師が日本に来て難波の地で医業を開き、難波の医師と呼ばれ、採薬師も来ていたことが古事記、日本書紀にあるが、元々医術、薬は中国から朝鮮に伝わったもので、医療、各種薬の製法のレベルは日本と比べものにならないほど進んでいた。当然、身分の高い層の人々が病いを思うと〝唐物〟の薬を要望した。

これに対して、日本にやって来た採薬師の指導で、日本産の薬も製造された。古来、日本の薬は、中国から来た僧侶、遣隋使や遣唐使として中国に勉学に行った学僧たちが持ち帰った製法、それに山に分け入り、草木の薬効果を知っていた山伏たちの手によってつくられた薬などがあった。

いわゆる和薬と呼ばれたものだ。

それでも唐薬を人々が珍重する傾向は長く続いたのである。

〝薬九層倍〟という言葉がある。この時代、薬種によっては一分の仕入れを九分で売ると言われ、莫大な利益があるとされた。これが薬の商いの魅力だった。

いったん道修町に集積された輸入品、唐薬は海路で日本全国に分配された。荷の形はさまざまで、薬によって俵詰め、籠入り、筵包み、箱入り、櫃入り、壺入り、樽入り……と多種多様だった。

唐薬問屋には、その分配だけで多大な利益を上げる店もあったが、時代が進むにつれ、本店から分かれて脇店と呼んだ別家として薬商を営むものが当然のごとく増えた。しかし彼らには中買株仲間の免状がないので、本家から分配されたさまざまな元薬を、製剤し、その効用によって多種の販売までするようになった。そこに和薬も加え、二次、三次の脇店として商いがひろがったのである。この製剤された薬を店売りではなく、売り歩く〝薬売り〟も誕生した。

江戸中期には越中、富山の薬売りに代表される〝配置薬〟として全国の家に置いてもらい、一年後に使った薬の代金を支払う方法も生まれた。奈良高取などの〝大和売薬〟、滋賀甲賀の〝近江売薬〟が有名だった。それらの薬の中には、守田宝丹、返本丸、六神丸、長命丸、一粒金丹、和中散などがあり、現在も製造、販売され、根強い人気を持っているものもある。

信治郎が丁稚に入った明治の中期になっても道修町には薬を中心として、さまざまな商いをする店、人がひしめきあって生きていたのである。

小西儀助商店の創業は明治三年であるから、これほど細分化された薬商店の集合体の中から、ちいさな隙間を探り、商いを続けられていたのは、ひとえに二代目、小西儀助の薬商人としての才覚と気力のたまものだった。

夜鍋をして、儀助が毎夜打ち込んでいたのは、新しい薬を求めてのことであり、同時に儀助は舶来のウイスキー、葡萄酒、そしてビールの製造にいち早く目をつけ、河内の大麦を仕込み、ビール製造にも着手していた。

この儀助の新しい商品に対する開拓者的スピリットを信治郎はやがて間近で身に付けることになる。


夏の初めの或る夜、夕食を済ませた信治郎のもとにマキがやって来て、裏に信はんのお母はん来てはるで、と告げた。

——お母はんが……、何の用やろ。

裏木戸を抜けると、こまが立っていた。

こまは信治郎を見て笑っている。

「どないしましたん、お母はん」

「どないって、実の母親が息子に逢いに来たんが何かおかしいか」

「……いや、お元気でっか」

「ああ変わりない。今日来たんは、もうすぐ〝藪入り（やぶい）〟でっしゃろ。そん時に着る着物を誂えよう思うて……」

「そんないらんて」

「何言うてんの。初めての藪入りやないの。お父はんもそうしたり言うてはる。高麗橋の手前に、家が昔からつきおうてる呉服屋の伊勢屋があるさかい、一応わても見立てしたけど、信治郎はんも一度寄って見て来て欲しいんや」

「そんなん、お母はんにまかせますわ」

「そう言わんと、見ておくれやす。頼みまっせ。坊、あんた少し痩せたんとちゃうか」

こまが心配そうに信治郎の顔を覗き込んだ。

「そんなことあらへん。目方は増えてるわ」

「そうか、ほな、これおはぎや。いたむよってすぐにあがりなはれ」

「おおきにありがとさん。あっ、お父はんと喜蔵兄はんによろしゅう」

信治郎が立ち去る母のうしろ姿を見送っていると、背後で声がした。

「ええお母はんやね。うちも里が恋しゅうなったわ」

「マキ、おまはん里はどこや」

「彦根だす。旦那さんと同じ……」

「そうか。マキ、これ食べ」

「わあ、おはぎや」

マキが大声を上げた。

藪入りは江戸期からひろがった、普段休日のない奉公人に、年に二度、小正月と盆に与える休暇のことである。

主人は藪入りで実家に戻る奉公人に着物、小遣いを与えて帰す慣わしである。

実家が遠い奉公人は休日をもらい、芝居見物などに出かける。

毎日、朝から晩まで働きづめの丁稚にも、彼らを待つ親にもこころ待ちの日であった。

信治郎は、その日いつものように夜明け前に起きて、少彦名神社に参った。

手には風呂敷包みを持っていた。中には昨晩、大番頭から渡された里帰りの着物と小遣いの入ったぽち袋が入っている。

「里へ帰ったら、親御さんにきっちり挨拶せなあかんで。小西屋に奉公に来て、どんだけ大人になったかを親御さんに見てもらうんやで」

そこまでを藤次郎は険しい顔で言い、にこりとして白い歯を見せると、

「あとはしっかりお母はんに甘えて、お乳でも飲ませてもろうてきなはれ」

と言って、皆に頭を下げた。

「おおきにありがとさんだす」

皆が声を揃えて元気に言った。

その夜、常吉も富次も嬉しさのせいか、そわそわしていた。

常吉と富次は二人で大阪駅へ行くらしい。二人は両親の土産品に〝粟（あわ）おこし〟を買って行くと話していた。富次の里は滋賀の湖北の近在で、常吉は神戸から有馬へ行き、そのまた山中に里がある。部屋の隅に、先月、丁稚に入った子がすでに寝息を立てていた。

マキと同じ彦根の近在の村から来ていた。兵作はもう居ない。乾物商の実家がある天満に、今夜のうちに帰っていた。部屋の奥に弥七の蒲団は敷いてあったが姿はなかった。九州の豊後(ぶんご)、大分の山中の実家には遠過ぎて戻らない。どこか屋台の鮨屋(すしや)にでも行ったのかもしれなかった。

たとえ丁稚であれ、それぞれが人生の事情をかかえて藪入りを迎える。それが奉公人なのである。子供から大人に変わる微妙な年齢であっても、生きて行く上の事情は容赦なく降りかかる。

信治郎は、昨晩のことを思い出しながら、懐から小銭を出して賽銭(さいせん)を投げた。

次に左脇の祠の前に立って手を合わせた。

飾られた笹の葉に張り子の虎が可愛くぶらさがっている。

江戸、文政年間に大坂中にコレラが流行し、一日百人以上の人が死ぬ、〝三日コロリ〟が二ヶ月続いた。この頃、道修町の店が協議して新丸薬〝虎頭殺鬼雄黄圓(ことうさっきうおうえん)〟を作って人々に与えた。その折、笹に張り子の虎をつけ配った。以来、張り子の虎は健康のシンボルになった。

信治郎は釣鐘町にむかって歩き出した。家までは大小の谷をふたつ越える。懐かしい風景である。

ようやく家の前に着き、米穀商、鳥井商店の店構えを見た。

——こないちいさい店やったかな……。

つい数ヶ月前まで過ごしていた実家の思わぬちいささが信治郎は意外だった。

まだ表戸は開いていない。今日は店も藪入りで休日である。しかし眺めているうちに、ここはたしかに自分の家だと感慨が湧いてきた。

家の中から物音がして、木戸が開いた。

兄の喜蔵があらわれた。喜蔵は信治郎の姿を見て、一瞬、きょとんという顔をしてから、

「何や、信はん、どないしたんや、こんな早(はよ)うから」

「喜蔵兄はん、ひさしぶりだす」

信治郎が笑って言うと、

「そうか、今日は藪入りやったな。お母はん、坊が帰るのを、昨晩(ゆんべ)からえらい楽しみにしてはったで……」

喜蔵はこまに信治郎の帰宅を報せようとしたのか、家の中に戻ろうとした。

その喜蔵を信治郎が呼び止めた。

「お兄はん」

喜蔵は振りむき、信治郎を見た。

「お兄はん、やっぱり、ええ店だすな。わてらの生まれ育った店は……」

信治郎が店構えを見上げながら言った。

「朝から何を言うてんのや、おまはんは……」

と喜蔵は言いつつ、信治郎の隣りに並んで立つと、しげしげと自分たちの店の構えを眺め、

「……ほんまやな。お父はん、お祖父はんのお蔭や。これからわてらでええ身代にせなあかんな」

と静かに言ってうなずいた。

家の中に入ると、女中奉公に出ていた次姉のせつが、同じように藪入りで帰っていたのだろう、信治郎の姿を見て、大声を出して奥に駆け出した。

「お母はん、お母はん、信治郎はんが帰って来ましたえ」

せつの走る姿を見て、信治郎は、相変らずだな、と思った。

こまが土間に降りて来て信治郎を見た。

「ようお帰りやした。ご苦労はんだした」

信治郎はゆっくりと頭を下げた。

忠兵衛は、先日引いた夏風邪をこじらせて寝ていた。

それでも信治郎の声を聞いて、上半身を起こして息子を待っていた。

「お父はん。ただいま帰って参りました」

「おう、信治郎。元気そうで何よりや」

「風邪の具合はどうだす」

「もう治ったるが、お母はんがまだもうちっと寝といてくれ言うんや」

「そらお母はんの言うとおりだすわ。風邪は万病の元、言いまっさかい。お店からよう効く薬を頂戴してきましたから」

「そうか、そらおおきにありがとさん」

「それと、これ、お店から小遣い渡されましたんでなんぞ美味いもんでも食べて下さい」

忠兵衛は銭の入ったぽち袋を置く信治郎の顔をまじまじと見て、二度、三度うなずいた。

「小西屋の旦那さんが、お父はんによろしゅう伝えてくれいうことですわ」

「そうか、小西儀助さんは、あんじょうしてくれたはるか」

「へぇ〜い。よう仕込んでもろうてます」

部屋に入ってきたこまが、さえぎるように言った。

「あんた、そないな話はゆっくりしたらええだっしゃろ。信治郎、湯が入ったあるさかい。入りやして。せつが入れた湯やで」

「ほんまでっか？」

信治郎が言うと、せつは恥じらうように顔をうつぶせた。

「せつはん、何か美味いもんでも買い」

信治郎がぽち袋を渡すと、せつは目をかがやかせて、おおきに、と言って信治郎を見た。

風呂から上がると、着替え場に新しい着物が置いてあった。高麗橋のそばにある呉服屋に信治郎が外出の合い間に寄って選んだ生地だった。

夕刻、ひさしぶりに家族水いらずで食事をした。

尾頭付きの魚があった。

「たいそうなもんだすな」

信治郎が言うと、初めての藪入りでっせ、これくらいせんと、とこまが嬉しそうに言った。忠兵衛も床から出て卓についていた。

「休みはいつまでや」

「三日ほどもろうてます」

「そんならゆっくりしたらええ」

へぇ〜い、と信治郎が頭を下げた。

「たんと食べなはれや。奉公先は冷や飯ばっかりやろう」

こまが言った。

当時、商家では奉公人の飯を二度炊くことはなかった。朝に一度炊いた飯で賄ったし、前日の残り飯があると、それを前の日に洗い奉公人に出した。大阪の商人の節約のひとつだった。

「お母はん、小西屋で冷や飯は出さしまへん」

「ほう、そら豪勢なことやな」

こまはまだ信治郎を奉公に出した不満が消えない。

「どや」

忠兵衛が手元の銚子（ちょうし）を上げて酒をすすめた。

「あんたはん、信治郎はまだ子供だっせ」

「何が子供や、よう見てみい。立派な男になっとるやないか」

信治郎は兄から渡された盃（さかずき）を手に取り、

「へぇ～、おおきに、まだ半人前だすが、いただきますわ」

と父の酒を受けた。

「なんや、信はん、別の人みたいやわ」

せつが言った。

信治郎は笑ってせつを見返した。

せつだけではなく、忠兵衛も喜蔵も同じ感慨を抱いていた。

目の前で盃を干す息子を見て、忠兵衛は、

――他人の飯を食べさせるいうことはやはり大事なことなんやな……。

と胸の内で思っていた。

「信治郎、それはまたええ仕立ての着物やな。よう似合(にお)うとるわ」

忠兵衛が信治郎の新しい着物を見て言った。

「そら、張り込みましたから」

こまが嬉しそうに言った。

「わての一張羅よりええで」

忠兵衛の言葉に皆が笑った。

「そんなん着て表に出たら、信はん、女子(おなご)の人が見てまうんちゃいますか」

せつが言うと、こまが急に声高に言った。

「せつ、何を言うてんのや。信治郎はまだ子供だっせ。そないな気色(けしょく)の悪いこと二度と言わんとき」

せつが口から赤い舌を出して首をすぼめた。

信治郎は兄に盃を返し、そこに酒を注いだ。

おおきに、と喜蔵は盃を受けた。

二人の様子を忠兵衛とこまがじっと見ていた。

信治郎は厠に立った。

つい数ヶ月前まで暮らしていた家の中が、奉公先の小西屋に比べると、物の置き方、仕舞い方が雑に見える。

倉庫の前に積んだ炭酸水の箱を平場に戻して積み直した。小西屋では瓶物は上に置くなと厳しく言われていた。

「休みの時までそないせんでかまわん」

喜蔵が笑って立っていた。

「ところで兄はん、この炭酸水なんぼで仕入れてまんのだす？」

「一箱、六本で二十五銭のはずや。何でや」

「そら少し高いんと違いますか。小西屋なら十八銭いうとこだす」

「そら店の大きさが違うがな。米の得意先に便がええように入れてるんやさかい」

「今、この炭酸水より、他のもんがよう出回ってます。それに仕入れ値も安いですわ」

「ほう、そうか。それはどこや……」

当時、炭酸水は薬のような扱いで高級品だった。

信治郎は小西屋の仕入れ問屋を教えた。

厠から戻ると、忠兵衛は床に入っていた。こまがたずねた。

「信治郎はん、あんた明日はどないすんねん？　ゆっくりできんのやろ」

「お母はん、明日は小西屋で一緒に奉公しとる丁稚と御霊へ浄瑠璃を聴きに行ってきますわ」

「いつから浄瑠璃を聴くようになったんや」

「いえ、初めてだす」

「そんな浄瑠璃好きの丁稚が小西屋はんにはいてんのかいな」

「兵作はんいうて、家は天満で大店の乾物商をしてはるいう話ですわ。なんや少し変わってますが、歳は四つ上で、ええ人だす」

「……そうなんか、せっかくやし、二人でどこぞ行こうかと思ってたんやけどな」

「ほんまか、なら頼むで、楽しみにしてまっさかい。あんまりおかしい処へ足延ばしたらあきまへんで」

「おかしい処って何だす」

　信治郎はひさしぶりの実家で気持ちも楽になったのか、早々と休んだ。

　喜蔵は炭酸水の仕入れ先のことで信治郎から教えられた問屋の件を床についている忠兵衛に報告した。

　忠兵衛はうなずきながら、喜蔵が手にした小紙をよこせと言った。

小紙には、信治郎の字で仕入れ先の問屋名と番頭の名前が走り書きされていた。

「ほう、知らん間にいっぱしの字を書くようになったんやな」

「へえ、わても信治郎がこれを書くのを見ていたんですが、仕入れの箱の数で、これだけ値が安うなると、さらさらと書いたのにびっくりしましたわ」

「よう仕事をみとんのやな……。やはり他人の飯を食べさせなあかんいうこっちゃな」

喜蔵も黙ってうなずいた。

忠兵衛の目にも、喜蔵の目にも、たった数ヶ月なのに信治郎があきらかに以前と違った若者に見えたのはたしかだった。

片付けを終えてこまが寝所に入って来て、大きな溜息(ためいき)をついた。

「どないしたんや、そない大きな息をついて」

「信治郎は明日、浄瑠璃を聴きに行く言うんですわ」

「ほう、浄瑠璃をか？　あれは浄瑠璃が好きやったんかい」

「いや、初めてやそうですわ。何でも小西屋はんで奉公してる丁稚に誘われたらしいですわ」

「そうか……、丁稚は丁稚でつき合いがあっさかいな。ええこっちゃ。おまえが溜息つくことと違うやろう。藪入りの休みに芝居を見んのは皆がすっことや」

「そやかて浄瑠璃で、はい、おおきにさようならです、言うわけにもいかんのと違います。相手は丁稚いうても、天満の大店の乾物屋の息子で信治郎より四歳上やそうですわ。おかしな遊びを覚えさせられたら困りますがな」

「おかしな遊びって何や?」

「遊びは遊びですがな。御霊からは、南地も目と鼻の先ですがな」

南地には明治になってできた一大花街があった。

「こま、おまえは何を言うてんのや。信治郎はまだ子供やで、そないな心配せんでええわ」

「あんさんこそ何を言うてはんのだす。さっきの信治郎を見はりましたでしょうが。あの子は放っとくと勝手に女子の方から手を出して来ますがな」

こまがいつになく強い口調で言った。

忠兵衛は、こんな夜半に、険のある表情をして自分を見るこまに呆きれた。

――女子の方から手を出して来よるって、何を考えたんねん……。

「あれはもう立派な丁稚や。おまえ、自分の息子の首に縄でもかけて見張っとくつもりか。物笑いになんで」

忠兵衛が言っても、こまはいっこうに険しい表情を変えようとしない。

「あの子は何かひとつのことに目が向いてしまうと、他が見えんようになる気質が子供の時からあります。そやさかい心配しとるんだす」

「心配せんかて、あれはまだ十三歳や」

「ほな、あんたさんは何歳の時に男にならはったんだすか」

「おまえ……」

忠兵衛は目を丸くしてこまの顔を見返した。

「こんな夜中に何の話をしてんのや」

「………」

こまは膝の上に畳んだ着物を握りしめて壁の一点を睨みつけている。

忠兵衛が大きく溜息をついた。

「わて、あの子の目を心配してますねん」

――信治郎の目？　何のこっちゃ……。

「ほれ、今夜、信治郎が着てました仕立ておろしの着物……」

「それがどないしたんや？」

「あれ、信治郎が呉服屋さんで自分で見立てたんだす。呉服屋の番頭はんに、さすがに本物をようわかっておいでだす、と言われましたんや。わて、あの子に着物の見かたなんぞいっぺんも教えたことはありまへん。けどあの子、すーっと一番ええ生地を指さした言うんですわ」

「そら呉服屋はええもんはええように見せるもんや」

「いいえ、違います」

忠兵衛は普段はおとなしいこまが、こと信治郎の話になると、何事につけ口うるさくなるのに驚いていた。

「信治郎はまだ子供や。そない心配すな。それより喜蔵の嫁はんをそろそろ考えたらなあかん」

「それですがな。おかしな遊びを覚えてもうたら信治郎の嫁の来てがのうなりまっさかい」

——またそれか……。

忠兵衛は蒲団を顔にかけた。

翌日の午後、信治郎は床に臥していた忠兵衛に呼ばれた。

「加減はどないでっか？」

「昨晩、こまがややこしいこと言いよったんで熱が少し出てもうた」

「そらあきませんな。よう休まなあきません。ほな行ってきますよって」

「ああ、信はん、それ持ってきい」

忠兵衛が指さした枕元にぽち袋があった。

「店からもろうてますよって」

「かまんから持って行き。……ええ男振りや、ゆっくり遊んできい」

土間に新しい雪駄が並べてあった。

「せつはん、せつはん、わての履物……」

信治郎が姉を呼ぶと、せつは前垂れで手を拭きながらやって来て、

「それが信はんの履物や。お母はんが新しいのを揃えはったんでっせ」

「そうか……」

こまが奥からあらわれた。

「あれ、もう出かけんのでっか」

「へぇー、文楽座の立見場は早う入らんとええ場所が取れん言うことでしたわ」

「桟敷で見いへんのかいな」

「桟敷は旦那衆がぎょうさん居てはる言うのんで……」

「藪入りやさかいかまへん違うのか」

「お母はん、丁稚が旦那衆の隣りで遊べまっかいな」

「そらややこしいことやな。それと信はん、これを羽織って行き」

こまは手にした羽織をサーッとおろし信治郎の前にひろげた。誂えた着物と同色の淡い青地の羽織だった。

「そんなん、暑うて着てられしませんわ」

「何を言うてんの。浄瑠璃聴きの男衆は皆着てますがな」

「信はん。せっかくお母はんがこしらえてくれはったんや。そら着なあかんわ。男振りがあがるで」

「せつ、何をあんたはごちゃごちゃ言うてんねん。こまっしゃくれてからに」

せつは赤い舌を出して奥に消えた。

信治郎は羽織に袖を通した。

「やっぱりよう似合うわ」

こまは嬉しそうに羽織を着た信治郎を見た。

待ち合わせた御霊神社の鳥居の脇に兵作はもう来ていた。

羽織を着て、右手を懐に入れて立っている兵作の姿はとても丁稚には見えない。どこかの大店の坊(ぼん)のようだった。

「すんまへん。待たせてしもうてからに」

信治郎は兵作に声をかけながら歩み寄った。

「わても今来たとこや」

そう言って兵作は口元をゆるめてから、目の前に立つ信治郎の姿を頭の先から足元までゆっくりと見直した。

「信はん、そうしてるとええ男振りやな。どう見ても薬臭い〝道修町の丁稚〟には見えへんな。フッフフ」

「それは兵作はんのことだっしゃろ」

兵作は高級そうな羽織、着物をいかにも慣れたように装っていた。

「その兵作はやめてくれるか。兵作は小西屋での名前や。わて、兵次郎や」

「へぇー、兵次郎はんでんな」

「ほな行こか」

御霊神社の境内に入ると、大変な人だかりであった。小屋にむかってぞくぞくと人が集まっていた。色味もあざやかな何十本の太夫(たゆう)名を染め抜いた幟(のぼり)が川風に揺れていた。

男衆も、女衆(おんなし)もめかしこんでいる。

——なるほどお母はんが言うとおりや。

先に歩き出した兵次郎が何事かを口ずさみながら肩を揺らした。

「～さりとても恋はくせもの　みな人のまよひの淵(ふち)や　気の毒の～」

「兵次郎はん、それ何だすの？」

「なんや、知らんのかいな。これは近松の〝世継曽我(よつぎそが)〟の見所のせりふやがな。それも知らんと笑われるで」

そう言ってから、またせりふを歌いながら歩いた。

～さりとても恋はくせもの　みな人のまよひの淵や～

——たいしたもんやな。よう知ったはるわ。

前を歩く兵次郎と隣りを歩く女の肩がほんの少し当たった。あっ、すません、と女が細い声を出すと、兵次郎は相手の顔を流し目で見て笑った。

その所作は小西屋にいる時とはまるで違っていた。

信治郎が初めての芝居見物に入ろうとしていた〝御霊文楽座〟は、当時、大阪で全盛期を迎えていた。

江戸期より、大坂の庶民の芝居見物は歌舞伎上演の小屋と、文楽を見せる浄瑠璃の小屋に二分していた。

慶長年間（一六〇〇年前後）、〝出雲の阿国〟の〝かぶき踊〟が起源と言われ、元禄期には初代市川團十郎、坂田藤十郎を輩出して人気を得た歌舞伎に対し、人形浄瑠璃は各地に点在していた操り人形と音曲や語りが起源と言われる。

この人形浄瑠璃を淡路島出身の初代植村文楽軒が大坂に出て稽古場を開き、初興行をしたのが文楽のはじまりであった。文化八年（一八一一年）、二代目文楽軒が大坂博労町の難波神社の境内で〝稲荷の芝居〟をかけ定着しはじめた。

この浄瑠璃が庶民のこころをとらえたのは、狂言作者が従来の〝時代物〟と合わせて〝世話物〟と呼ばれる市井の世相を描写した戯作を舞台にかけたからである。歌舞伎と人形浄瑠璃は互いに影響されながら、舞台の造り、小屋のかたちをより客に見せ易くし競い合って行った。

明治十七年（一八八四年）、三代目文楽軒が御霊神社の境内に新しい小屋を建て、御霊文楽座を開場させた。一階、二階席を設け七百五十人を収容できる大小屋であった。新生文楽座はおおいに当たり、信治郎が初見物の夏頃は最盛期を迎えていた。

また、明治四年に正式に南地の花街〝南地五花街〟が遊廓として新政府から公認されていた。ここに芝居小屋、芸能に携わる人々が居住していたので、御霊神社のある淡路町から宗右衛門町、難波新地に至る南地までが庶民の一大遊び場所となっていた。

御霊文楽座の舞台は間口七間（約十三メートル）の大舞台で、当時の最新式の大型ランプ七基を舞台照明に使い評判となっていた。一、二階の両脇にある桟敷席には茶屋から燗酒を運んでもてなした。旦那衆の社交場のひとつであった。

信治郎はまず小屋に入っている人の多さに驚いた。

まだ幕も開かぬうちから、人のざわめきが信治郎の耳や肌に、まるですぐそばでさわられているかのように伝わってきた。

――何や、これは……。

これまでに経験したことのない熱気である。

これだけ大勢の人間がひとつのことに気持ちをむけているのに信治郎は興奮した。同時に中央に張られた幕の色彩のあざやかさ、一階、二階の桟敷席の柱、欄干、手摺の朱色、緋色の豪華さに目を奪われた。

――ようこさえたあんな。

舞台の奥からかすかに三味線と鼓の音が聞こえた。

ざわめいていた客席が、一瞬、静かになった。その静寂がまたざわめきにかわろうとした時、場内を照らしていた灯りが消え、激しく掻き鳴らす三味線の音が響き渡ったかと思うと、舞台上手を大型ランプが一斉に照らした。幕が引かれ、回り舞台が勢い良くあらわれた。そこに三味線といかにも偉丈夫な太夫が並び、客を射抜くがごとき目をして座っていた。

打ち鳴らすような拍手とともに、越路太夫(こしじだゆう)、待ってたで太夫……と掛け声がかかった。

太夫が一礼をすると、音曲がやみ、静かに三味線の音が流れた。

舞台下手に黒子があらわれ、演目の書かれた札が下ろされると、舞台の幕がゆっくりと上手から下手に引き開けられ、そこに二人の人形がしずしずと歩いて行くのが見えた。

太夫の節が場内に朗々と響き渡っていく。

徳兵衛、お初……と掛け声がかかる。

信治郎にも、その掛け声が二人の人形にむかってかけられたものだとわかった。

信治郎は舞台の上で静かに歩く人形をじっと見つめた。

――何や、ほんまもんに見えるな。生きてるみたいやがな……。

女が身体を震わせて泣きはじめた。背後で人形遣いが操っているとわかっているのに、その姿が生きている女がさめざめと泣いているように映る。

さすがに玉造や、と闇の中から人形遣いを誉める声がする。

客席のあちこちから鼻をすするような音がする。涙を拭いている若い女の客を見て、信治郎は浄瑠璃芝居の持つ力に感心した。

——そないに切のうなってまうのか。こらたいしたもんや……。

舞台が最高潮の場面に達したのか、太夫の語りに観客たちが身体をかすかに揺らしていた。すぐ隣りでは兵次郎が、その語りを口ずさんでいた。

～この世のなごり夜もなごり　死にに行く身をたとふれば　あだしが原の道の霜　一足づつに消えて行く　夢の夢こそ哀れなれ～

信治郎も太夫の語りを聴いているうちに身体の芯のような所が熱くなり、いつしか目頭も熱くなってきた。

——何や、これは……。

知らず知らずのうちに涙があふれ出している。

これまでどんなに辛いことでも信治郎は涙を流したことはなかった。

——どないなっとんのや、わては……。

～七つの時が六つ鳴りて　残る一つが今生の　鐘の響きの聞き納め　寂滅為楽と響くなり～

初めて浄瑠璃芝居を見る信治郎にも、今舞台の上で寄り添って歩く二人がこの先どうなるのかは想像がついた。

グシュン、と信治郎は鼻を鳴らした。

同じようにしている男の客も大勢いた。

その中で兵次郎だけが語りを口ずさみながら羽織の懐に入れた手を右に左に揺らしていた。

幕が閉じて〝曽根崎心中〟の見せ場が終ると、場内から深い溜息に続いて割れるような拍手が鳴り響いた。

次は何や？　明るくなった客席から声がする。世継曽我やと表看板の演目には書いたあったで、と誰かが返答する。皆よく承知して見物に来ているのだ。

芝居によっては長時間の演目もある。そこでこの当時の御霊文楽座では、各演目の見所だけを集めて上演することで、客の気持ちが飽くのを解消していた。

ふたつ目の演目が終った時、信治郎は着物の下が汗で濡れているのがわかった。知らぬ間に夢中になっていたのだ。

「なんや暑うてかなんな」

兵次郎が言って羽織を脱ぎ、上に吊すようにして合図した。

小屋の男がすぐにあらわれた。

「あの桟敷はあいてんのと違うか」

桟敷に席がかわると小屋の眺めがまるで違った。

兵次郎は、フウーッと息をついて、やっぱし芝居は桟敷やで、と上半身を反らして言った。

三つ目の演目は、近松門左衛門の極みの演目である。

舞台に治兵衛と小春が登場した。死に場所を求めて網島の大長寺へむかう。

信治郎はいつしか太夫の語りの内容を聞き取れるようになっていた。

客は皆息を呑むように舞台を見入っていた。

三味線がわびしくペンと弾かれた。

「信はん、これが〝名残の橋づくし〟や、この演目の見所やで」

兵次郎が耳元でささやいた。

──名残の橋づくし……。

信治郎はちいさくうなずいて舞台を見た。

太夫の語りが重々しく響き渡った。

〜頃は十月十五夜の　月にも見えぬ身の上は　心の闇のしるしかや　今置く霜は明日消ゆる　はかなきたとへのそれよりも　先へ消え行く　閨の内　いとしかはいと締めて寝し　移り香もなんとながれの蜆川〜

たっぷりとうたいこむ太夫の声に聴き惚れながら信治郎は〝道行〟の二人の哀れにいつしかまた涙していた。

～この橋の天神橋はその昔　菅丞相と申せし時　筑紫へ流され給ひしに　君を慕ひて太宰府へ　たった一飛び梅田橋　あと追ひ松の緑橋～

よく知る大阪の橋の名前が太夫の口から語られると、信治郎は、この物語が自分たちのような町人の恋の物語だとわかり、よけいに思い入れが強くなった。

「いつ聴いてもええなあ……。なんや、女子の肌が恋しゅうなってきたわ」

兵次郎がそう言うと、隣りの男が兵次郎を振り返りニヤリと笑った。

「何や身体が熱うなってきたな。信はん、芝居がはねたら、少し川風にでも当たりに南地の方にでも行かへんか」

「へぇ～い」

信治郎は舞台の男女の姿に夢中になっていたから、返答だけしてうなずいた。

割れるような拍手とともに舞台が終ると、

「ほな行こか」

と兵次郎が立ち上がった。

〝芳や〟という屋号の茶屋の二階へ兵次郎は勝手知ったふうに上がっていった。

信治郎も兵次郎のあとに続いた。

ほどなく階段を上る足音がして、婆さんが盆を手に入って来た。

「若旦那さん、ようお出かけ下さって、おおきにさんだす」

婆さんが茶を出すと、兵次郎は、茶なんぞ出さんでええわ、酒、持ってきい、と口早に言い、信治郎の方を見て、信はん、腹は空いてへんのんか、と訊いた。

そう言えば、朝早く食べたきりで芝居見物の最中に腹の虫が鳴いたのを思い出した。

「少し空いてまんな」

「そうか、ほな、きざみ二杯」

兵次郎は婆さんに言った。

きざみうろん二杯とお酒が二本でんな、と婆さんは指を二本立ててうなずき立ち上がった。

「しのは居てへんのか」

兵次郎が訊くと、婆さんは、女将(おかみ)はん、ちょっと宗右衛門町まで用足しに、じき戻らはりますわ、と応えて階下へ降りた。

すぐに婆さんが酒徳利(さけどつくり)の載った膳を運んで来て二人の前に置き、暑おまっしゃろ、と窓を開けた。

川風が入ってきて、襟元を湿らせていた汗を撫でた。すぐ下は川のようだった。

ほな一杯、と兵次郎が徳利を信治郎にむけた。へぇ〜い、おおきに、と信治郎が頭を下げると、

「信はん、そのへぇ〜いはやめてんか、ここは遊び場や、小西屋も、年季も放ってんか」

「へぇ〜い、へぇ、いや……」

信治郎が口ごもると兵次郎が笑った。信治郎もつられて笑った。兵次郎の盃に酒を注ぐと兵次郎は、ああ美味いわ……と言って一気に飲み干した。

——遊び慣れてんのや。

トントンと軽やかな足音がして、女が一人あらわれた。

「へぇー、今日もでっか。熱心なことでんな」

「今日は、これと浄瑠璃聴きに行ったんや。奉公先でようしてもろうてんのや。信はんや。信はん、ここの雇われ女将の、しのや」

「初めまして、信治郎と申します、よろしゅうお頼みします」

「ハッハハ、何だすの、その言い方……」

しのという名前の女が口を開けて笑い出した。

「ここは茶屋でっせ」

「信はんは真面目なんや。けど堅人(かたじん)とは違うで」

「そらそうでっしゃろ。浄瑠璃聴いて、茶屋で休んで、これから南地でっか」

「よけいなこと言いなや」

「へぇ、へぇ、ほな一杯どうぞ」

女が目の前に座り、酒徳利を取って信治郎に差し出した。

甘い匂いがぷぅ〜んと鼻を突いた。途端に盃を持つ指がもどかしくなった。指先が震え出した。

零れそうな盃の酒を一気に飲み干した。

「一杯、うちにもいただけまっか」

――えっ、何のことや？

信治郎は女の顔を見た。

女は笑みを浮かべて信治郎を見つめている。

黒蜜のような瞳が美しかった。今度は動悸がしはじめた。

女が信治郎の手から盃を取り、口を信治郎にむけた。

――そうか、酒をくれ言うてんのか。

信治郎が酒を注いでいる間も女はじっとその大きな瞳で信治郎を見ていた。

「兵はん、ええ男振りのお友だちでんな」

「ほう、おまえがそないなこと言うのは初めてやな。さすがは信はんや」

「そら、うちかてええ男はんにお酒注いでもろうたら嬉しおますがな」

「本気かいな」

「さあ、どうでっしゃろ。ああ、やっと風がかわりましたな」

女は窓の方を振りむき、襟元を緩めるように白い指先で引いた。

女のうなじが驚くほど白かった。

普段、こまや小西屋の下女たちの着物の着方しか知らなかったので、こうして襟を開くようにしている着姿がひどくなまめかしく見えた。

お家はどちらだすか、そうでっか釣鐘町だすか、うちも、時々、日限地蔵に参らせてもろうてますわ。お父はんが塩梅ようのうて……。

信治郎は相手の話が耳に入らなかった。

差しつ差されつで徳利はすぐに空になった。

「日限地蔵は子供の時分からようお母はんと参りましたわ」

ハッハハ、面白い人やわ、信はんは、としのは口元をおさえて笑い、大きな瞳が刺すように信治郎を見ていた。

酒のせいもあるのだろうが、着物の下がドーッと汗に濡れていくのがわかった。

若い女が盆にうどんを載せて入って来て、うどんの碗を膳に置いた。

「何をしてんのや。お揚げが沈んでるがな。うろんも太うなってるやないか。すぐに替わりを持ってきい」

しのが鋭い口調で言った。

すんまへん、すんまへん、若い女が頭を下げると、謝んのはわて違いまっしゃろ、お客はんにでっしゃろ、と言った。す、すんまへん、かんにんだす……、女は信治郎に頭を下げた。

「そないきついこと言いなや。わてのうろんは置いとき、わて太いくらいがええから」

　兵次郎が言った。

「あきまへん。うろんは店(うち)の売物(うりもん)だす。初めてのお客はんにこんなもん出せません」

「ほう、うろんは店(ここ)の売物かいな。わてはまた艶気(いろけ)の方かと思うてたわ」

「店(うち)は艶気は売ってまへん」

「そう怒りなや」

「怒ってまへん。当たり前のこと言うたまでだす」

――そうか、うろんはこの店の売物か。

「薬は店(ここ)の命や。爪の先ほどでも間違いがあったら店の身代が終ってしまうんやで」

信治郎は数ヶ月前に二階の薬棚の並ぶ部屋に汚れた足で入って小西儀助から叱られた時のことを思い出した。

「信はん、上のお名前は」

「鳥井だす。鳥井信治郎だす」

「その、だす、はやめてもらえまっか」

「へぇ〜い」

「その、へぇ〜い、もだす。ここは奉公先違いますよって」

——そうか、わてが丁稚とわかってんのや。ここは奉公先違いますよって」


しのは、何をしてんのや下は、と言い立ち上がって階下へ降りて行った。

「信はん、あら子持やで、南地へ行ったらもっと若い女子がぎょうさんおるよって」

兵次郎の言葉で、自分がこれからどこへ行くのかはっきりとわかった。

——そんなら、それで腹をくくったれ。

信治郎は盃の酒の残りを飲み干した。

芳やを出る時、しのから小紙を渡され、

「早いうちにまた寄っておくれやす。次は一人でかましませんから」

と耳打ちされた。

信治郎がちいさく頭を下げると、しのは背後から信治郎の羽織の襟を直した。

南地にむかって歩きはじめると兵次郎が小声で言った。

「気い付けや。あないな年増に捕まってもうたら年季が明かへんで……。けどまああくどい女とは違うからな。ハッハハ」

笑いながら羽織の懐に両手を入れて歩いて行く兵次郎の姿は大店の道楽息子に見えなくもなかった。

二人が歩く道には茶屋が並んでいた。

川端の、それも端にあったしのの店と比べて、どの店も間口も大きく立派な造りであった。きらびやかな着物を着た芸妓衆が稚児のような女の子をともにして出入りしていた。賑やかな三味線、鼓の音も聞こえていた。それもそのはず南地は芸妓だけで千人を超えていた。

「兵次郎はん、さっきの店の勘定やけど、わてにも……」

「何を言うとんや。あんな水茶屋のうろんの銭くらい」

「へぇ〜い。おおきにご馳走さんだす」

「信はん、いつかこういう茶屋でパァーッとやりたいもんやな」

兵次郎が指さしたひときわ大きな茶屋の看板を見ると〝南地大和屋〟とあった。

――そうやな、いつかそうなったらええな。いや、なったるで……。

信治郎は看板を見上げてうなずいた。

やがて前方に遊廓の大門が見えてきた。

信治郎は臍に力を込めて、大門を潜った。

「信はん、南地はなんべんか遊んでんのか」

「いや、初めてだす」

「ほんまかいな。そうは見えんがな」

兵次郎が意外な顔をして信治郎を見た。

信治郎は小指を立てて、

「へえ〜い。こっちも初めてだすわ」

と力強く言ってどんどん歩き出した。

「ほ、ほ、ほんまかいな。ちょ、ちょっと信はん、そっちと違う、行く店はこっちやで」

兵次郎の声を聞き、目の玉を大きく見開いた信治郎が虎のような顔をして近づいた。

——こら、えらいこっちゃ……。

兵次郎があわてて信治郎の袖をつかんだ。

実に呆気(あっけ)ないものだった。

——これでほんまに男になったんかいな。

背中に吹き出した汗を笑って拭ってくれている遊女が、お酒でもおあがりやす、と言っている声が耳に入らないのか信治郎は、一、二度と首をかしげて言った。

「まあええわ。これでひとつは越えたんやろ」

何と言わはったんだすか、と遊女がやんわりと信治郎の肩に手をかけた。

信治郎はすっくと立ち上がり、着物を素早く着ると懐から銭を出した。

ええんだす、お代は若旦那さんから済ませてもろうてますし、と銭を返そうとした。

「ほな、筆おろしの祝儀や」

ほんまでっか、おおきにありがとさんだす、と遊女は嬉しそうに言った。

「わてこそ礼を言うわ、おおきに。あんたさんのことは忘れへんで。兵次郎はんはどこの間や」

遊女に言われた部屋の名前を見つけ、信治郎は障子越しに、兵次郎はん、今日は何から何までおおきにありがとさんだした。わて先にいなしてもらいまっさ、と大声で言った。

部屋の中から兵次郎の声が返ってきた。

「何や早いな」

「へぇ～い。気ぜわしいことですんまへん。鳥井信治郎、今日の御恩は忘れしまへん」

ハッハハ、たいそうやな、と兵次郎の嬉しそうな声が返ってきた。

信治郎は廓を出ると、急ぎ足で大門を抜けがむしゃらに歩き出した。

歩き出すと、腹の虫が鳴った。腹をおさえると指先に何かが触れた。手を入れると、それは先刻の芳やの女将、しのの文だった。

——そや、うろん食べて戻ろか。

しのの顔が浮かぶと歩調が速くなった。

なるほど、先刻の大看板の茶屋に比べると、しのの店は十分の一にも満たない。暖簾をくぐると、信治郎の姿を見て、しのが驚いたように目を丸くして、南地はやめはったんだすか、と言った。

信治郎が大きく首を横に振ると、しのはプーッと笑い出した。

「腹と背中がくっつきそうだすわ。うろんの大盛ひとつ」

「へぇー、ならさっきの部屋に上がっとくれやす。肴と御飯もどうでっか」

信治郎が笑ってうなずくと、しのが奥にむかって明るい声をかけた。

二階へ上がると行灯が点っていた。

わずかに開けた窓から入る川風が行灯の火を揺らした。信治郎は窓を開け、桟に腰を下ろし水景を眺めた。

お盆の只中のせいか、幾艘もの屋形船が浮かび、その船灯りが蛍のように見える。船灯りは大阪湾の方まで連なり、川の左右に大阪の街灯りがまばゆいほどきらめいている。そのすべての灯りが静かに海にむかって流れているふうに思えた。

——ぎょうさんの送り火やな……。

信治郎は自分が少し感傷的になっているのに気付いた。

どこか胸の隅に虚しいものが吹き込んでいるような、それでいて何かが通り過ぎたような複雑な気持ちだった。

――女子はんいうもんはあんなもんなんやろか。

その時、障子が開いて、うどんと飯を載せた盆を手に、しのが入って来た。

「お待ちどおさんだした。そらお腹も空きましたやろ。まずはこの井戸の水をぐぅ〜と飲みなはれ。それと、その羽織脱ぎやして、わてが汗を拭きまっさかい」

しのが信治郎の背後に回り、羽織を取り、うしろ襟を引いて、そこから水を絞った手拭いを入れ、背中の汗を拭いはじめた。

先刻までのわだかまっていた気持ちがスーッと消えていくようだった。

「おおきに、なんや気持ちがすっきりしましたわ」

「その、おおきにはやめとくれやす。さあ、うろんと、少し肴を作らせましたよって召し上がっとくれやす」

膳に、うどんと小皿に肴、小鉢に青ものが盛られていた。

「先にお酒召し上がりまっか」

「いや、まずは腹ごしらえや」

信治郎はうどんの丼を手に取ると、それをひと口、ふた口で半分近く掻き込んだ。

「えらい食欲でんな。よほど……、南地はよう寄られんのでっか」

「いや、初めてや」

「ほんまに？」

「ああ、女子はんも初めてや」

信治郎があっさり言うと、しのは素頓狂な声を上げた。

「あれまあ、ほんまに。そらおめでとさんだした。お赤飯でも炊かせましょか」

と言って、笑い出した。

よく笑う女だと思った。

しかし今夜、女を初めて知ったと話したことがなぜ可笑(おか)しいのか信治郎にはわからなかった。

「そうでっか。兵はんもええとこあるわ」

「わてもそう思いまっさ。店でもわてらに威張り散らすこともない人や。よう面倒もみてもうてる」

「それは嘘(うそ)やわ。わては兵はんよう知ってまっさかい。けど信はんはええ人や。そうして上の人を大事にして。兵はんのお家は天満でも名の通った大店(おおだな)ですわ。次男坊に遊癖がついてもうて大旦那さんが奉公に出されたんですわ」

「わても次男坊や」

「へぇ、ほな坊(ぼん)でんな。たしか釣鐘町で」

「わての家は兵はんのような大店と違う。以前が両替屋や。両替屋いうても、本両替とは違う。こんまい銭両替やった。それを今は米穀商を兄はんがやってはる。わては自分で商いをせなあかん」

「そら大変だすな」

「大変なことなぞない。ほれ、あの窓からぎょうさんの大阪の灯りが見えるやろ。あんだけの人が生きてんのや。必ずわてが生きて行ける商いはあるはずや。神さんがきっと教えてくれはる」

「ほう、ご信心が篤いんでんな」

「当たり前や。鬼神が来よっても避けて逃げるほど祈っててんがな」

相槌(あいづち)を打っていたしのが黙った。

信治郎がしのを見ると、

「あんさん、若いのに見所がおますわ」

と感心したように言った。

「そんなん、自分のことは見えるかいな」

「それでよろしゅうおます。女子の人も過ぎんように……」

「〝女遊び〟かいな」

「そら違います」

「何が違いまんの」

「女遊びと思うてたら大火傷しまっせ。女は遊ぶもんと違います。わての亡うなった旦那さんが教えてくれました。どんな女の人にでも親御さんがある。その相手と遊ぶのは男はんの道と違うと。人を大事にしてたら教わることがぎょうさんあると教えてくれま
したわ」

「……そうか、ほなこの先、二度と女遊びと口にせんわ。おおきに」

「そうしとくれやす。ほんま信はんはええ男になりまっせ」

いつしか、しのは信治郎の手を握っていた。

目が覚めた時、信治郎は一瞬、あせった。
自分がいつ寝込んでしまい、ここがどこなのかすぐにわからなかった。
胸元に掛布が掛けてあった。寝入った自分に誰かがこれを掛けてくれたのだ。こまの
顔が浮かんだが、掛布から匂う甘い香りは生家のそれではない。
上半身を起こした。薄闇に目が慣れると同時に、ここが芳やの二階であるのがわかっ
た。
目を凝らすと、右手に蒲団が敷かれ、女が一人、こちらに背をむけて休んでいた。部
屋に漂う香で、女が、しのだとわかった。

信治郎は忍び足で窓辺に寄り、雨戸を静かに開けた。ほのぼのと夜が明けようとしていた。

——こら、あかん。

信治郎は部屋を見回し、屏風(びょうぶ)に掛けてあった着物をつかんだ。袖を通していると、

「お茶でも入れましょか」

としのの声がした。

「いや、かましまへん」

「下へ降りたら、そのまま奥を通って、裏木戸が開きまっさかい、川沿いで大通りだす」

着物を着て、羽織を手にして、部屋を出ようとしたが、信治郎はそこで立ち止まり、正座をすると、しのの背中にむかって、

「しのさん、何から何までお世話になっておおきに、わてええ男になりまっさかい」

と頭を下げ、懐中から銭をまさぐった。

「ええ男が、こんな時に銭を置いて行きますかいな。わて遊女と違いまっせ」

「へぇ、へぇ〜い」

信治郎が大声で言うと、クスッとしのの笑う声がした。

羽織を手に信治郎は夜が明けようとする大通りをひた走った。

――えらいこっちゃ。

走りながら、こまの顔が浮かんだ。

やがて釣鐘町の谷をふたつ走ると、我が家が見えた。人影が家の前に立っていた。こまである。遠目にも母の形相が鬼のようになっているのがわかった。天神橋の上で、幼い自分を叱かった顔だ。

「お母はん。すんまへん。つい酔うてもうて、すんまへん」

信治郎はこまに両手を合わせて家の中に飛び込んだ。

翌明治二十六年（一八九三年）二月、軍艦製造費をめぐって前年から対立していた政府と民党を中心とする議会に対して、天皇が〝和衷協同〟を希望し、六年間内廷費より支出することを宣言し、文武官僚は俸給の十分の一を献納するよう詔勅を下した。

すでに清国との関係が悪化しており、対清戦争への準備がはじまっていた。

そんな中で大阪の活気はますます勢いを増し、七月十五日、淀川の川開きが天満橋の下流で開催され、十五万人の見物客が川岸に押し寄せた。

道修町は、前年に大流行した天然痘（全国で患者三万三千人、死者八千人）に続き、この年は赤痢が大流行し、ふたつの病いで患者は二十万人を超え、五万三千人余りが死亡することにより、特効薬、消毒剤（石炭酸）の要望が多くなり、この製造、販売に追われた。

　とは言え、疫病への特効薬などまだ開発されていなかった。かつて江戸、文政年間に大流行したコレラで一日百人以上が亡くなる騒動の時、道修町では薬種商仲間が協同で、新しく〝虎頭殺鬼雄黄圓〟なる丸薬を製造し、無料で施与した。

　この丸薬を施与したところに道修町の商人の協調性と疫病に対する姿勢がうかがえる。

　この薬、記録から見ると、雄黄、白朮、菖蒲、竜骨、虎頭骨など十種であるとされ、薬種を見るとヒ素化合物が含まれている。薬の用い方が、普段は身に付け（男は左の肌、女は右）、室内で一部を燻べ、病いに冒された時は、大人は三分の一、子供は四分の一に割って白湯で服用するとある。いかにももっともらしいが、現代医学から考察すると、ヒ素化合物は殺菌薬のひとつであるから、あながち効用がないとは言い切れないところに、薬の町の底力を思わざるを得ない。

「今日も少彦名神社に行列ができたそうですわ」

　信治郎は番頭の伊助に言った。

「そうか、もう秋の風が吹きはじめとるいうのにかなんことやな」

　伊助は眉根にシワを寄せて信治郎にうなずいた。

「信はん、今夜の夜鍋、頼んだで」

「へぇ〜い」

「わてには洋酒部の仕事はさっぱりや」

信治郎は小西儀助商店に奉公に出て、二度目の秋をむかえていた。

数日前、信治郎を薬種部から洋酒部へ移すように告げたのは、主人の儀助だった。

二代目儀助が小西屋の当主になってから、店はウイスキー、葡萄酒などのアルコール類を扱い出した。輸入したウイスキーにしても、葡萄酒にしても、当時の人々はこれを栄養剤、強壮剤として飲んでいた。実際、癇(かん)が立ったり、癪(しゃく)を起こした時の気付け薬にブランデーやウイスキーは高価な薬として用いられていた。葡萄酒もまた老人の栄養剤として飲まれていた。

これらの洋酒の大半が輸入物であった。

儀助は、これをどうにか自分の手で製造し国産品を製造しようとしていた。

夕食を摂(と)っている時、常吉が小声で言った。

「信どん、洋酒部へ移ったんやてな」

「へぇ〜い、そうだすわ」

「今夜、夜鍋やて。洋酒の夜鍋は何をしてはんのかようわからんから、わてにはえらいきつかったわ」

「そうだっか、わては楽しみにしてまんねん」

「そこがえらいな、信どんは」

「そんなことあらしまへん。小西屋は薬種が看板だっさかい」

「そうやな……」

常吉は言って、ちらりと奥で同じように夕食を摂っている手代の弥七を見た。

以前なら、丁稚が無駄話をしているのを見つけると、じゃかあしいぐちゃぐちゃ言うとらんで食べんかい、と怒鳴りつけるのだが、そうしないのには理由があった。

去年の暮れ、酒の匂いをさせて戻った兵作に弥七が喰ってかかり、つかみ合いの喧嘩になった。賄いのトメが止めに入ったが、女手ではどうにもならず、その諍う声が、奥の御寮さんに届いた。家に戻っていた番頭の伊助が呼ばれ、酒を飲んだ兵作が一方的に悪いということになった。

すると兵作が、弥七は外への使いで得意先からもらった銭を報告せず、屋台で鮨や肴で酒を飲んでいると言った。

「ほんまかいそれは、弥七」

伊助は険しい表情で弥七を睨みつけた。

騒動は主人の儀助の知るところとなった。

何人もの奉公人をかかえる店では、奉公人同士の喧嘩やいがみ合いはよくあることだったが、金のことには特に厳しい儀助は、喧嘩は両成敗と申しつけ、弥七のすべての持ちものをあらためさせた。兵作の方は、今後、一切酒を飲むことを禁じさせた。

小西屋では奉公人に金を持たせることはいっさいしなかった。得意先への使いや、用を頼まれた先で、丁稚に駄賃代わりに小銭を包んでくれることはよくあることだった。その金をそのまま丁稚が懐へ入れてもかまわない店もあったが、小西屋は駄賃、祝儀のすべてを報告し、その金を仕舞っておき独立する際の資金や、当人の結婚、生家の葬儀の足しにするやり方をとっていた。

それは儀助が最初に奉公に出た彦根の店のやり方であった。

儀助は商いにとって、金がいかに厳格であるべきものかを徹底して教えようとした。

弥七は荷物を調べられたことで兵作をひどく恨んだ。

小正月の一日半の休みに兵作は天満の実家に戻らず、南地の馴染みの店に行った。

釣鐘町の実家にいた信治郎に兵作の使いがやって来て、飯でも食べようと店の屋号を知らせに来た。信治郎は外出に不満気なこまに宮参りへ行くと告げて、教えられた店へ行った。

兵作はすでに酔っていた。

「兵次郎はん、旦那さんに見られたらえらいことになりまっせ」

「あんな堅物が茶屋に来るかいな」

足元がおぼつかない兵作をかかえるようにして南地へむかっている時、背後から二人の名前を呼ぶ声があった。

振りむくと、弥七が立っていた。

「兵作、これでおまえも仕舞いやな」

兵作は弥七を見て逆上し、つかみかかった。からみ合っているうちに弥七の額が切れ、血が流れた。

「これが証拠や、店に戻ってみなぶちまけたるさかい」

弥七は額をおさえて走り去った。

兵作は店を出された。信治郎は大番頭の藤次郎から事情を問われ、正直に事のなりゆきを話した。

若者とは言え、まだ半分は子供の年齢なのだから、半べそをかく丁稚も、手を出す丁稚もいる。勿論、いじめもあったが、番頭たちが目を光らせ、陰湿なものでなければ、その場で叱責すればおさまった。

兵作がいなくなって、弥七は何かにつけて信治郎に辛くあたった。自分の用もそうだが、他の丁稚の用でさえ信治郎にやらせた。常吉や富次たちも、自分たちにとばっちりが来てはかなわないと、見て見ぬ振りをした。常吉は心配して二人きりの時は信治郎に声をかけた。

「信はん、辛抱せなあかんで……」

ところが信治郎は弥七から言いつけられる仕事を嫌がりもせず、へぇ～い、と大声で返答し、平然とこなした。

　実際、一年も経たぬうちに信治郎は丁稚の仕事を驚くほどてきぱきとやってのけるようになり、店内だけではなく、道修町の中でも、元気な信どん、と呼ばれるほどの評判が立っていた。

　信治郎より下の丁稚も三人増えて、彼等に仕事の要領を教え込むのも、丁寧であった。あの子は勘所のええ子やと番頭の伊助も信頼するようになり、道修町の他の店の者も、信治郎の名前を覚えるようになった。

　それでも弥七のいじめは続いた。

　その夜、信治郎は洋酒部に移って、初めて儀助の夜鍋の手伝いをした。

　二階の一番奥にある部屋の前で、ランプ片手に待っていた信治郎はあらわれた儀助に頭を下げた。

「ご苦労さんだす」

　ウム、と儀助は言ったきりで、部屋に入った。

　信治郎はランプを部屋の中央に置き、儀助の言葉を待った。

「今後は葡萄酒の調合をやっさかい、そこに置いたある樽の中の原液をまず、そっちのフラスコに半分ほど入れてくれ」

「へぇ〜い」

信治郎が木槌でトントンと叩き、樽の蓋を開けると、いきなりぷぅ〜んと腐ったような匂いが部屋の中に漂った。

信治郎は顔をしかめ、鼻に手を当てた。

「どや、葡萄酒の原液の香りは？」

儀助が信治郎に訊いた。

「へぇ〜、旦那さん、こらたいした匂いだすな」

と首を横に振った。

「おまえならそれを飲めるか？」

「これをでっか」

信治郎はもう一度樽の蓋に鼻を近づけた。そうしてすぐに樽から顔を離した。

「これはちょっと……」

「ちょっと何や？」

「人が口にするもんには思えませんわ」

「それを外国では皆が食事の前やら、食事の間も美味しい言うて飲んだはる」

「これをでっか……」

信治郎はもう一度鼻を近づけた。

——これを美味いとほんまに思うんやろか。

「発酵しとるのや」

「ハッコウでっか」

「ほれ、樽の脇に字が書いたあるやろう」

見るとそこに〝河内産葡萄醱酵液〟と札が貼ってあった。

「この葡萄は河内の葡萄でっか」

「そうや、河内の山の斜面は葡萄も、大麦もよう育ちよる。大麦からはビールがでける」

「ビールでっか？」

「そやビールや。海のむこうでは伏見、灘でこしらえる清酒の何百、何千倍のビールを皆が飲んでるそうや。美味いビールがでけたら、そら宝の山や。日本人はまだ米からの清酒、あとはせいぜい芋から焼酎をこしらえることしかでけん。麦から、葡萄から美味うてお客はんの身体の滋養になるもんをこしらえることができたら、そら道修町で大店になる。乳酸、酢酸も皆発酵や。わしは発酵は神さんからの授かりもんやと思うとる」

信治郎はもう一度顔を近づけた。

「旦那さん、なんやさっきより匂いがやわらこうなった気がします」

「そら空気と混ざりよったからや」

「この部屋の空気でっか？」

「そうや、生きもんなんや。早(はよ)うフラスコに注げ」

「へぇ〜い」

信治郎が樽から出した葡萄酒の原液をフラスコに入れて儀助の前に置くと、儀助はランプの灯りにそれをかざして、一、二度振っていた。

儀助の目が鋭く光っていた。

真剣なまなざしで葡萄液を覗き込む儀助を信治郎は息を呑んで見ていた。

儀助はフラスコの中に机の上にあった水差しの水を注いだ。そうしてフラスコの葡萄液をちいさな皿に注いだ。

その皿をじっと見て、鼻を近づけ匂いを嗅ぎ、指先を皿に入れ、液の付いた指を舐(な)めた。

――どんな味がすんのやろか……。

信治郎が唾を飲み込むと儀助が言った。

「舐めてみるか」

儀助が信治郎を見た。

「よろしいんだすか」

「かまん」

信治郎は机の前に寄って、小皿に鼻を近づけ、その液に指先を入れ舐めてみた。

「どや」

「なんや、酢がおかしゅうなったような感じだすな」

「そうやな。酸っぱさが勝ちよんな。水の温度を少し上げてみよう。白湯をこしらえてくれ」

「へぇ～い。どのくらいの熱さに？」

「人肌くらいでええやろう」

「ヒトハダでっか？」

「人肌がわからんか、そこの温度計を使うて三十度くらいの白湯にせい」

「へぇ～い」

三十度にぬくもった白湯を、またあらたに、原液を注いだフラスコの中に入れた。

儀助はフラスコを振って、同じ作業をくり返した。

儀助が小首をかしげている。

――上手いことといかへんのやろか……。

「もう少し白湯の温度を上げてみよか」

「へぇ～い」

丁寧な作業が続いて行った。

その間、儀助は、一度も手を休めようとしない。

——こない大変な作業を旦那さんはずっとやってはんのや。

耳の奥に常吉の声がした。

「旦那さんの夜鍋、わてはもう眠むうなって、うとうとしてたらえらいカミナリ落されてもうた……」

次は伊助の声がした。

「信どん、旦那さんの夜鍋、頼んだで。わては洋酒の方はさっぱりや……」

小西屋の奉公人の大半が夜鍋を敬遠しているのは知っていたが、こうして目の前で、いっときも手を休めずにフラスコを覗いたり、指を付けて舐めたりして、わずかな味の違いに試行錯誤をくり返している儀助に信治郎は興奮し、まばたきもせず見ていた。

——えらい人やな、旦那さんは……。

「信吉、今度はそこに置いたあるアルコールの……」

儀助は言いかけて言葉を止め、東の窓に目をやった。

うっすらと夜が明けようとしていた。

儀助は棚の上の時計を見た。

「もうこんな時間かいな。信吉、今夜はここまでや、用具を片付け」

「へ、へぇ〜い」

信治郎は、洋酒部の手代に教えられていたとおり、水の入った桶と空桶を部屋の隅から運んで来て、空の桶に何個かのフラスコに入った液を流し、それを水桶の中に入れて洗いはじめた。

儀助は帳面を開いて、ひとつひとつの小皿をたしかめるようにして何かを記していた。

「信吉、四十度の次の白湯は何度やったかいな」

「五度ほど下げまして三十五度だす」

「そやったな……」

儀助はフラスコを洗っている信治郎を見ていた。

その視線に気付いた信治郎が儀助を見上げ、

「何だっしゃろか、旦那さん？」

と訊いた。

「いや何もない」

と言って儀助は帳面の上に筆を走らせた。

信治郎は洗ったフラスコや小皿を空拭きし、それを逆さにして乾いた布に丁寧に並べた。

「今夜はいつにのう、よう作業が進んだ。信吉、おまはん、昼まで休んでかまんから」

「いいえ、旦那さん、一晩、二晩寝んでも平気だす」

儀助は信治郎の顔をもう一度見直した。

その日の昼間、飯膳の前に座っていた信治郎はいきなりうしろから頭を殴られた。

不意の殴打に、信治郎は額の左を膳の角に痛いほどぶち当てた。

「何をうとうとしてけつかんのや。このガキが」

振り返ると弥七が鬼のように目を見開いて、拳を握りしめたまま信治郎を見下ろしていた。

「す、すんまへん」

信治郎は座り直して弥七に頭を下げた。

「弥七はん、信どんは今朝まで旦那さんと夜鍋を……」

常吉が言うと、

「じゃかあしい。何が夜鍋や。休まんでええ言うたんは、こいつや」

と座り直した信治郎の膝頭を弥七が蹴った。

そこへ大番頭の藤次郎が通りかかった。

「何をおおけな声を出してんのや。表に聞こえるやないか」

眉間にシワを刻んでいる藤次郎に弥七が事情を説明した。

「それは弥七の言うとおりや。信吉、おまえが悪い。何を甘えてんのや」

「す、すんまへん。わて眠むってたんと違います」

「いや、眠むっとった。それともわてが……」

弥七が言おうとすると、

「もうええ、早う飯を食べて仕事に入りい。それと信吉、旦那さんがおまえを呼んだはる。今夜も夜鍋やそうや」

と藤次郎は言った。

「へぇ〜い」

「旦那さんは、夕刻から寄合いに出はる。戻らはってからの夜鍋やよってに、夕飯食べたら少し休んどき。マキ、マキは居てるか」

と下女を呼んだ。

「はい、何でっしゃろ、大番頭はん」

「信吉のおでこに血が出とっさかい、膏薬持って来て塗ったり」

「は〜い」

下駄音をさせてマキが奥に走った。

弥七、常吉が持ち場に戻った。

「信吉」

藤次郎が名前を呼んだ。

「へぇ〜い」

「旦那さんに昼まで休めと言われて休まなんだ、おまえが悪い。ええか、考え違いしたらあかんで。小西屋は旦那さんの口から出たものは守らなあかんのや」

藤次郎に言われたとおりに信治郎は夕飯のあと少し部屋で休んだ。

目覚めると、夜の八時を過ぎていた。あわてて起き出し、裏の洗濯場に顔を洗いに出た。

マキが行灯を掲げて立っていた。手に羽織も持っている。行灯の灯が差す先に大きな人影があった。見ると双肌(もろはだ)見せた儀助が顔を洗っていた。儀助は顔を洗い終えると、水桶に手拭いを浸し、肩から腕を拭い出した。

「旦那さん、背中拭いまひょ」

信治郎が声をかけると、儀助は振りむき、ちいさくうなずいた。

信治郎は水に絞った手拭いで儀助の背中を拭った。大きな背中である。肩、背中についた筋肉は岩のように盛り上がっている。

信治郎は左の背中を拭おうとして思わず手を止めた。左の肩口から右脇に大きな刀(かたな)疵(きず)のような疵痕があった。

「どうした？　その疵か。それは昔、彦根で奉公しとる時分、川に流された時についたもんや。その疵のお蔭で命拾いした……」

「……そうだすか」

「人は一人前になるまで、一度や二度は命拾いをするもんや」

マキが素頓狂な声を出した。

「旦那さん、ほんまだすか？」

儀助はマキの方を見て白い歯を見せ、

「女子は命拾いはせんでええんや」

「何でだすか？」

マキが訊いた。

信治郎は舌打ちをしてマキを見ると、唇の上に人差し指を立てて、黙っとれという仕草をした。

「女子は命のやりとりをしたらあかん。ましてや命を拾うたりはせん。女子は命を授かって、それを育てんのが仕事や」

マキが小首をかしげた。

信治郎はマキに目配せをして、それ以上何も言うな、と伝えた。

儀助は着物の袖を通しながら言った。

「信吉、着換えて二階へ行くさかい」

「へぇ〜い」

儀助は奥の間にむかった。

「信どん、膏薬塗り替えまひょか」

「かまん」

「弥七はんがやらはったんでっしゃろ」

「違う。すべって転んだんや」

「ほんまに」

信治郎が笑うと、マキはまた首をかしげた。

信治郎がランプを手に二階の作業場で待っていると、儀助が分厚い書物と紙の包みをぶら吊げてあらわれた。

「よろしゅうお頼もうします」

信治郎が頭を下げ、顔を上げると、儀助が信治郎の顔を一瞬見た。

部屋に入ると儀助は紙包みを縛った紐を解き、中身を開いた。

「そこの摺り鉢と摺りこぎ棒持って来い」

「へぇ～い」

信治郎が摺り鉢と摺りこぎ棒を机の上に置くと、手袋をした儀助が包みの中身を両手で掬って鉢の中に移した。

「それは……」

「乾かした芋の中身や」

「乾燥芋でっか」

「そや。これを鉢の中でほぐしたってくれ。ほれっ、よう見たら、こまかい筋が、芋の繊維があんのが見えるやろ、それをこわさんように、糸くらいにほぐしてくれ」

「へぇ〜い」

「ゆっくりでかまんからな。丁寧にやるんやで」

「へぇ〜い」

儀助はかかえてきた分厚い本を開いて読みはじめた。

乾燥した芋をほぐすのは思ったより難しかった。一時間経っても鉢の中の芋の半分もできない。

「信吉、下の階に濃い茶をいれて来るように言うてくれ」

「へぇ〜い」

階下に降りて片付けをしていたトメとマキに、旦那さんが濃いお茶が欲しい言うてはります、と告げると、濃い茶だんな、とトメがくり返した。

茶が碗に注がれて、急須が一緒に盆に載せられた。

早う持ってかな、と珍しくトメが気ぜわしく命じた。

信治郎は急いで階段を駆け上り、部屋に入ると儀助に差し出した。

儀助は茶をゆっくりと飲んで言った。

「トメがいれる茶は美味いな」

――なんでトメはんがいれたとわかるんやろ。

「トメが生まれ育ったのは宇治の近在や。子供の頃、茶摘みをした言うてたさかい、わてが、あれを店に入れたんや。人は何かを与えられて生まれとんのや。ところで信吉、おまえ、その額の疵、どないしたんや？」

　儀助が訊いた。

「へぇい、すべって転んでもうて……」

「すべって転んだ……。足元を見いひんで歩いてたんかいな。そんなん一人前の商人になれへんで」

「す、すんまへん」

「その、すぐ謝るのもあかん。頭を下げることと謝ることは別のことや。人に詫びを入れなあかん仕事は、仕事やない」

「す、いや、へぇい」

「奉公するいうことは、仕事を覚えることや。仕事を覚えるいうのんは、勿論、店のためやが、それだけやない。おまはんのためでもあるのや。せやから奉公いうもんは厳しいんや。辛いことがなかったら、それは何ひとつ身に付かんのや。わてはおまはんよりまだ若い時に奉公に出た。店、店の事情があるよって奉公はまちまちや。そら、ようど突かれた……。なんべん家に戻ろかと思った……」

儀助は茶を飲みながら、遠い所を見るような目で語った。

「温い飯は三年喰わしてもらえなんだ。けどそれを辛いと思うたことはいっぺんもなかった。なんでかわかるか？」

信治郎は顔を上げた。

「わてには帰る所がなかったんや。そら生家はあったが兄弟も皆奉公へ出とる。わてが倒れたら、それで仕舞いや。飯を食べさせてもろうて、仕事も覚えられる。それで十分やった。ど突かれようが、蹴られようが、わては倒れるわけにはいかんかったんや。この手に銭も握らせてもらえへんかった。それがよかったんや」

信治郎は儀助の話を聞きながら、もしかして旦那さんは、この額の疵がどうしてでけたかを知ってはるんやないか、と思った。

「さっきわての背中の疵を見たやろう」

「へぇい」

「あれは彦根の奉公先で、表へ薬を配る仕事がでけるようになってからのことや。薬を配る近在のお得意の村には川が多かったんや。けど店は薬の配達に回る奉公人に、川の渡しの舟賃を出さなんだ。けどそれはいけずでそうさせとんのとは違う。少し遠回りをすれば川を渡れる浅い瀬があるのを主人も、番頭も知っとる。舟賃を出せば、商いの利がならん。利がならん仕事は商いやない。それを覚えんのが商いの修業というもんや。

わては、その日の午前中、薬を配る段取りを間違えてしもうた。手間取った分だけ急がなあかんことで判断を誤った。水嵩が増してたんや。それでも無理して近くの川を渡っとったら、一気に流されたんや。丁度、流木が引っかかっとったのに夢中でしがみついたら、上半身がはさまれてもうた……。背中の疵は、わてにおおけなもんを教えてくれた。命が助かっただけと違う。商人としての命も拾うてもろうたいうこっちゃ……」

そこまで話して、儀助は、

「……いらんことを話してもうたな、さあ仕事や」

手元の帳面に目を戻した。

——いらんこと違います。ええ話を聞かせてもろうて、ありがとさんでございます。

信治郎は胸の中で手を合わせた。

「どや、そっちは上がったか」

「もうちいっとででけます」

「でけたら、それを……」

その夜は早くに終った。

作業場の錠をかける儀助の背中にむかって信治郎は言った。

「旦那さん、今夜はええお話を聞かせていただいて、ありがとさんだす。今夜のお話をわて一生忘れんようにして気張ります」

「………」

儀助は何も言わず、黙って奥へ消えた。

皆が寝静まっている部屋に戻り、信治郎は蒲団の中に入った。

すぐに寝付けなかった。

目を閉じると、若い奉公人の男が、水嵩の増した濁流に流される姿が浮かんだ。

背中にくくりつけた薬箱を守りながら、急流に流される男の、必死の表情が浮かぶ。

流木にしがみつき、背中を貫く激痛に顔を歪めながら、生き抜こうとする若い商い人の土性骨である。

——わてはまだまだ甘いわ。旦那さんがしてきはったことから比べたら、ガキのようなもんや……。

信治郎は薄闇の中で、唇を嚙んだ。

額の疵痕があとかたもなく消えた秋の夕暮れ、信治郎はウイスキーの瓶を新しく入った丁稚と二人で磨いていた。

「こら、片手で瓶を取ったらあかん。えらい高価な商品や。赤ん坊かかえるようにしい」

「へぇ～い」

「ラベルの真ん中から外へむけて、やさしゅう拭かなラベルが取れてまうからな」

「へぇ～い」

新しい丁稚はマキと同郷で、マキに言わせると、泣き虫小僧らしい。懸命に瓶を拭く、まだ幼さが残る丁稚の顔は、一年半前の自分の姿だ。

その時、中庭の方から声がした。

「誰ぞいてるか」

儀助の声である。

すぐに返答をしようとしたが、手の中にウイスキーの瓶があった。瓶を棚に戻して返答をしようとしたら、自分の返事と同時に、へぇ～いと声がした。弥七の声である。それでも信治郎は中庭にむかった。

障子のむこうから儀助の声がした。

「金木犀(きんもくせい)の枝を少し落すよって鋏(はさみ)を持ってきい」

「へぇ～い」

「ああ、それと弥七、豊後(いなか)のお母はんの具合はどうや?」

「へぇ～い。旦那さんから新しいお薬を送っていただきまして、それがよう効いとると手紙が届きました。ほんまに、おおきにありがとさんでございます」

「そうか、それはよかった。今年の末に藤次郎が九州へ挨拶回りに行くよって、そん時におまはんが里帰りできるように言うたったる。お母はんのことは心配やろが、気張るんやで」

「へぇ～い、ありがとさんだす。すぐに鋏を取ってきて参じます」

廊下を歩く弥七の足音がした。

――そっか、弥七はんのお母はんは身体の具合がようないんや……。

そう言えば、時々、ぼんやりと夜空を見上げている弥七を何度か見たことがあった。

――皆それぞれ事情をかかえて生きとんのや……。

信治郎は儀助と弥七の会話を耳にして思った。

弥七の信治郎に対する厳しさは相変らずだった。

それでも信治郎は、人というものは外見や態度だけを見ていてはわからないものだとうなずいて仕事に戻った。

西横堀川から吹いて流れる川風に、晩秋の冷たさが感じられはじめた夜、信治郎はいつものように夜鍋を手伝っていた。

「信吉、おまはん、ビールを飲んだことあるか？」

「いいえ、ありまへん」

「店（うち）で扱う商品の味くらいは知ってなあかんで」

「へぇ～」

作業場の机の上に三本のビールの瓶が並べてあった。

「これは今、扱うてるビールや。こっちの二本が輸入物で、これがイギリスのバス、これがドイツのストック、そうしてこれが、ほれ去年、おおけな山車まで繰り出して表通りを練り歩いた国産のアサヒビールや」

信治郎も、国産ビールの売り出しとして、大阪中を派手な山車で練り歩いたこのビールのことは知っていた。

小西屋の洋酒部では輸入物、国産物のビールを取扱っていた。この当時まだビールは薬種物として扱われ、道修町の店々が、それらのビールを発売していた。

大阪、吹田村にとてつもない金をかけてビール工場が建設されたことは大阪中の話題だった。

大阪は日本のビール造りの発祥の地と言ってもよかった。この国産ビールが誕生する以前、大阪では何人もの人物が、ビール造りに挑み、挫折をくり返していた。

なぜそれほど、ビール造りに男たちが魅了されたのか……。

日本人がビールの存在を初めて知ったのはいつかははっきりしない。だが、十八世紀に長崎、出島に入ったオランダ人の商館員が、幕府の役人や通訳にビールを飲ませたという記録がある。

〝酒はぶどうにて作り申候、又麦にても作り申候、麦酒給見申候処、殊外悪敷物に

て、何のあちはひも無御座候(なくござそうろう)、名はヒイルと申候〃

つまり約百七十年前に、長崎、出島のオランダ商館で、初めてビールを口にした幕府の役人、通訳は、その味の奇妙さに驚いたという。

「こんなに苦くて不味(まず)いものを、海のむこうでは本当に喜んで飲んでいるのか」

記録を読むと、役人たちのしかめっ面が浮かぶようである。

とは言え、オランダの港を出発し、長い航海で赤道も越えねばならない厳しい条件に、船中のビールの味が変わっていたことは想像される。故にどの記録にも、美味いと記されていないのだろうし、ビールの存在を長崎で知った蘭学者はこれを薬として扱っていた。

そのビールの存在が大きく変わるのは、幕末、アメリカ、イギリス、ロシア、フランス各国と条約が締結され、開国を迎えて以降だった。

明治に入り、日本から使節団、留学生が数多く派遣された。中でも明治四年（一八七一年）、右大臣、岩倉具視を特命全権大使とした総勢五十人の使節団は、アメリカ、ヨーロッパ十二ヶ国を歴訪し、ビールの本場ドイツをはじめ、ベルギー、オランダ、オーストリア各国でホップの栽培、ビールの醸造を見学し、さらにビアホールなどに入り、ビールの消費される風景に関心を示した。彼等はイギリスでオールソップ社のビール醸造場を見学し、地下に川水を引いた、近代的な大工場で一万個と言われる酒樽の貯蔵を見て驚嘆した。

帰国後、太政官少書記官となった久米邦武（くめくにたけ）が、ビールの醸造とその消費量の甚大さは、日本においても同様になると報告を提出し、将来、農業国である日本でこれを生産すれば、巨大な利益を上げられると提言した。同時に輸入ビールの需要が少しずつ拡大した。しかし価格が日本酒の六倍もしていた。それでも、外国人居留地では少しずつビールが人気を得ていた。

そんな中、各地で国産ビール製造への挑戦がはじまった。

特に大阪はビール製造に懸命になった。

大阪の渋谷庄三郎（しぶたにしょうざぶろう）はアメリカの醸造技師フルストを雇い、国産ビールの第一号となる〝渋谷ビール〟を製造、販売した。しかし生産コストがかさみ赤字が続き、夢の途中で事業が断ち切れた。他にも何人かの事業家がビール製造に挑んだが、ビールのマーケットが成熟しておらず、皆、夢をかなえることなく撤退していった。

小西儀助もビール製造に挑んだ一人であった。ビールは巨大な利益を生むと目算したのである。

しかし、その夢を五年前に断念した。総額で二万円の投資を浪花の川水に捨てる結果となった。

事業撤退の理由はさまざまにあった。

味が苦過ぎたし、泡ばかりが出て何を飲んでいるのかわからないと苦情が出たり、瓶が割れてしまうということまで起きた。生産コストが売上げを上回ることも資金をすり減らした。

それでも儀助は自分の夢を簡単にはあきらめなかった。二万円という大金を、薬種問屋で再び貯えるのは容易なことではない。しかし儀助の商いには、そこに利益を上げることができる山があるなら、自分一人ででも登ってみせるという土性骨があった。だからこうして夜鍋をしてでも、ビールの味の何たるかを探そうとしていた。

作業場の隅にかしこまっている丁稚に、自分の心中を話したところでわかるはずはないが、信治郎にはどこか、昔の自分の姿を見るような気がすることがあった。

「信吉、飲んでみるか」

「へぇ～い、おおきに」

信治郎は儀助が注ぐ三本のビールを鼻で匂いを嗅ぎながら飲んだ。

「どうや?」

「へぇ～い。このドイツのビールが飲み易いように思いますが……」

儀助が信治郎の顔をじっと見ていた。

「何ででっしゃろな」

「ドイツのビールは低温発酵、低温熟成しとるからや」

「テイオン？」

「そうや。冷やした中で発酵、熟成させるんや。それが金がかかりよる」

「旦那さん、これは薬だすか」

「いや薬と違う。海の向こうじゃ、これを飲みながら食事をするし、喉が渇いたら水代わりにじゃんじゃん飲むそうや」

信治郎はビールの瓶を手にした。

「えっ、これで二十二銭だすか。ヒェーッ」

信治郎が素頓狂な声を上げると、

「そうや。清酒ならこれ一本の値段で五升は飲める。これを日本人が皆飲みはじめてみい。どんだけ面白い商いになるか」

「ほんまだすな」

「商いいうもんは、山を見つけたら誰より先に登るこっちゃ。人がでけんことをやるのが商いの大事や」

信治郎は儀助の声がいつになく甲高く聞こえた。

信治郎はその日も夜明け前に起きて、神農さんこと少彦名神社にむかった。

信治郎のあとから眠むい目をこすりながらついて来る常吉にむかって声を上げた。

「常吉はん、早うせな、夜が明けてまうで」

「うん、うん、ちいっと待ってや信吉どん……」

昨夜、夜鍋へむかう前に常吉から、明日はわてもお参りに行くよって、と言われた。常吉は信治郎のように毎日お参りに行かない。また店の誰かにいじめられたのだろう。常吉は何か困まったことがあるとお参りに行きたいと言う。信治郎は常吉にいつも言う。

「そんな、困まった時だけ神さんにお参りしても、神さん聞いてくれへんで」

「せやけど、わて眠むたいんやもん……」

「しゃあないな、常吉はんは。けどまあお参りせんよりした方がええわ」

信治郎が常吉に言っていることはすべてこまから幼い頃に言われていた言葉だ。

二人は拝殿の前に並んだ。

信治郎が懐の中からちいさな蜜柑をひとつ出し、それを賽銭箱の脇の縁板の上に置いた。

「どないしたん？　その蜜柑。台所からくすねたんか」

「人聞きの悪いこと言わんとき。昨晩、マキがくれよったんや。今朝は銭がないよって、これや。神さんかて何かお供えせせな。言うこと聞いてくれはらへん」

「………」

黙って蜜柑を見ていた常吉が懐から厘銭を出した。賽銭箱に放るのをためらっている。

「何してんのや、早うもろうてもらい」

「けど饅頭買おうと思うてのけといたのに……」

信治郎は常吉の手から厘銭を取ると、それを賽銭箱に放った。

「あっ」

常吉が声を上げた。チリンと音を立てて銭が中に落ちた。

「そない神さんの前でごちゃごちゃしてたらあかんて、ほな……」

信治郎は目を閉じて手を合わせた。

常吉も手を合わせた。常吉が目を開けると信治郎はまだ目を閉じて手を合わせている。

——信吉どんはぎょうさん願い事があるんやな……。

信治郎が目を開け、拝殿の奥にむかってニコリと笑った。

「信吉どん、何かええことあったんか？」

「せや、昨晩、ええ夢を見たんや。あの夢は、ええ夢やった。そらもう、あんな綺麗な夢を見たんは初めてや」

「どんな夢や」

「何と言うたらええやろか。雲やら海やらのむこうから御天道様（おてんとさん）が昇ってくるゆうか、きらきらしてからに、周りにあるもんが光り出しよった。わての手も、身体もや。その……。あれは何ちゅう色なんやろか」

「黄金色ちゃうか?」

「コガネ?　何や、それ」

「わての田舎では秋に稲が実って田圃が皆光りよんのを黄金色いうんや。大判、小判の黄金色や」

「銭の黄金か。いや、それと似とるが違うたなあ。もっと透き通ってて、奥の奥から光の玉が湧いてくるいうか、ええ色や」

「その色がどないしたんや」

「何や見てるだけで胸の奥が熱うなるいうか、何ともええ気持ちになったんや。それで今、神さんにお礼を言うたんや」

「信吉どんは何でも神さんに話すんやな」

「そら、そうや。旦那さんも言うてはったわ。人がまだ登っとらん山を登るんが、商いの大事なとこやと。人の登ってへん山へ登ろう思うたら、そんな一人の力ででけん。せやから神さんに力をもらうんや」

「ふぅ〜ん」

「ふぅ〜ん、ちゃうで。常吉はん。わてら人の何倍も気張ってやらな、手代で終ってまうで」

「わて番頭はんになれるやろか」

「番頭はんで終ったらあかん」

「えっ、暖簾分けしてもらうんか」

「それだけではあかん。気張って働いたら、そのまだ上があるはずや」

常吉が信治郎をじっと見た。

「何や、わての顔に何か付いたあるか」

「いや……。信吉どんはえらいことを考えてんのやな」

「そんなん違う。考えてんのと違うて、山を登るんや。けど、あの綺麗な色は何ちゅう色なんやろか……」

信治郎はどこか遠くでも見つめる目で白みはじめた道修町の空を見上げた。

秋も終ろうとする十一月の下旬、道修町の守り神である少彦名神社の例大祭が行なわれた。狭い境内に大阪中の人が集まったのではないかと思われるほどの人がくり出した。俗に〝神農さんのトメ祭り〟と呼ばれるこの例祭は、大阪での諸祭りの最後に行なわれるのでそう称され、道修町は祭りの見物客で賑わった。

前日の宵宮から本祭のある当日は道修町の大半の店は半ドンで仕事は午前中で終りになった。

朝飯の膳を運んで来たマキが目をかがやかせていた。

「マキ、何や嬉しそうやな。何かええことでもあったんか」

信治郎が声をかけるとマキは大きくうなずいて言った。

「へぇ～。今日、彦根からお父はんとお母はんが来はるんだす」

「そうか、そら良かったな」

朝飯を掻きこんでいたら丁稚の一人がやって来て、大番頭はんがお呼びだす、と伝えた。信治郎は朝飯の残りをぺろりと平らげ大番頭の藤次郎の下へ行った。

「へぇ～い。何だっしゃろ」

「信吉、おまえ伊助に付いて居留地に行ってくれ。何でも店の〝赤門印〟に苦情が出たるそうや。伊助は洋酒の方がさっぱりやからおまえを連れて行かせてくれ言うとる」

「へぇ～い」

赤門印は小西屋が一年前から販売している葡萄酒だった。まだ出荷数は少ないが、主人の儀助がようやく商品化したものだった。

伊助が呼ばれて、信治郎の顔を見て安心したように胸を撫で下ろした。

「信吉、ここが今日これから行くとこや」

伊助から渡された小紙に商店の名前が記され、脇にカタカナでマークス・ホイトとあった。

「番頭さん、少し銭を用意しとった方がよろしおま」

「何でや？」

「商店の方はかましませんが、この脇に書いたるのは外人はんの家だっせ。赤門印の苦情は葡萄酒を買うたこの家からだっしゃろう。ひょっとしてこの家へ行け言われるかもしれまへん。外人はんの家の仕入れは、たいがい中国人の執事いうのがしてまんねん。あの人らは少し袖に銭入れたら話は早いと聞いてます」

「そうか、ほな大番頭はんに頼んでくるわ」

信治郎は伊助と二人で外国人居留地にむかった。

「いや、信吉、助かったわ、わては葡萄酒やらはさっぱりやからな」

頭を掻く伊助にあちこちから声がかかった。

伊助はん、ご無沙汰してます、どちらへ、伊助はん、先達てはお世話さんだした、と道修町の他の店の番頭やら手代が声を掛ける。

伊助はん、どちらへ、おっ、信吉はん、こないだは店の手代がえらい世話になったそうやな、おおきに、と他の店の番頭が信治郎に礼を言った。

「信吉、おまはんえらいもんや。さっきの番頭は頭をなかなか下げん奴やで。何したんや」

「道を教えたっただけだす」

「ほんまかいな。まあええ、評判がええいうのは、ええこっちゃ。旦那さんもおまはんのことは重宝してはる。けどそれで調子に乗ったらあかんで、嫉妬が一番人にえげつないことさせよるからな」

「へぇ〜い。肝に銘じときます」

居留地の商店へ行くと信治郎が言ったとおり苦情が出た家へ行かされた。あらわれた中国人に銭と詫びにと持参した赤門印の三本を渡すと、笑って事は納まった。帰る道すがら伊助が言った。

「ようしたるわ。信吉、おまはん店に奉公に来て何年や？」

「へぇ〜い、二年だす」

「まだ二年かいな。何や、五年、七年の年季に思えるわ」

博労町に入ると、一人の男が声をかけてきた。

「いや信吉はんやないか。今日は何の用むきや？」

染料商では大店の小西勘之助商店の番頭の由助であった。

「こら由助はん、おひさしぶりで。こちら店の番頭はんの伊助はんだす。番頭はん、こちら……」

信治郎は伊助に赤門印のラベルの印刷で世話になった小西勘之助商店の番頭を紹介した。

由助が丁寧に頭を下げた。

「そら初めてのご挨拶で、小西の由助だす」

伊助も丁寧に頭を下げて挨拶した。

ほな、と別れ際に、先を行く伊助を見て、由助が信治郎に耳打ちしてきた。

伊助が振りむき、由助に言った。

「由助はん、店の大事な丁稚はんを引き抜いたらあきまへんで」

道修町の中で、手代、丁稚が店を変わることは珍しくなかった。同じ薬種問屋が集まる町であるから、他の店の丁稚がどんな働き振りをしているかは自然とわかってくるし、よく働くと評判の丁稚は他の店の主人、番頭の耳にもその評判が届く。かと言って戦力になる丁稚を店が易々と手放すはずがないし、筋が通らぬ引き抜きは、店の主人がそれを咎めたし、江戸期よりの組織であった薬種仲間の組合の関係は依然残っていた。

しかし明治も中期に入ると、奉公人を無給で働かせる制度も少しずつ変わらざるを得なかった。永く勤め上げた末の〝暖簾分け〟が、新興の商店の台頭で通用しなくなってきたこともあった。

その日は半ドンで、昼過ぎから信治郎は店を出て、高麗橋へむかった。

昼間、博労町で伊助とともにいた折、声をかけてきた小西勘之助商店の由助から、ほな、どや昼過ぎに屋台の鮨屋で一杯やらへんか、と耳打ちされていた。

明日は朝までに店に戻ればよかった。

高麗橋へ近づくと、派手な音楽が聞こえてきた。今流行の楽団の演奏である。

——何かやっとんのかいな。

楽団の姿が見えると、幟を何本も立てて、カンカン帽を被った男たちが小旗を振り呼び込みをしていた。新店の売り出しである。店の中央に大きなビールの張りぼてがあり、そこに旭日(あさひ)の赤いラベルが見えた。

「ビールの出張所の開店や。それにしてもたいしたもんやな」

吹田村に大きな工場を建設し、新聞、チラシで大宣伝をしていた。

見ると、その数軒先で別の楽団がこれまた派手に演奏していた。こちらは東京からのビールらしい。ふたつの楽団、売り子が競い合って音楽と呼び込みを張り合っている。

——なんや合戦やな。

信治郎はふたつのビールの売り込み合戦を見ながら、ビールへの思いを語っていた儀助の顔を思い出した。

——旦那さんは自分の手であれをやりたかったんや……。

信治郎は大阪麦酒のビールではなく、東京から来たビールの店の前に立った。日本麦酒、札幌麦酒とあり、恵比寿ビールと札幌ビールの品名があった。

信治郎は札幌のラベルのデザインが気に入り、

「それもちっとまかりまへんか。一本欲しいんや」

と呼び子に言った。

ビールは高い買い物だった。

懐の中の金のほとんどがビールで消えてしまった。

欲しいと思ったら見境なしに手に入れる信治郎の性格は、後年、さまざまな所であらわれる。その大胆な性格が信治郎の商いの選択の大きな決め手になることになる。

由助は先に屋台の長椅子に座っていた。

「どないしはりましたん？　信はん、えらい嬉しそうな顔して」

「いや何でもあらしません。待たせてしもてかんにんだす」

そう言いながら信治郎は懐の中に仕舞ったビールの瓶をそっとさわった。

「いや、昼間はびっくりしてもうたわ。さすがに小西屋の番頭さんだけのことはありまへんな。こっちの腹を見透かされたんかと冷や汗掻きましたわ」

由助は首をすくめて言った。

伊助が由助に、店の大事な丁稚はんを引き抜いたらあきまへんで、と言ったのは、あながち間違ってはいなかった。

博労町で古くから染料商を営む小西勘之助商店は、主人の小西勘之助が明治以降の時代の流れに乗り、染料商だけではなく、他の商いにも進出しようとしていた。

そんな折、小西儀助商店から相談のあった葡萄酒赤門印のラベルの色出しと、水に濡れても破れない紙のことで相談を受けた際、小西勘之助は儀助とともに店に来た信治郎に目を付けた。以来、主人に言われた由助がしばしば信治郎を訪ねて来た。

信治郎は店を変わるつもりはなかった。それでも由助はたいした情報通で、他の町の商いのいろんな話をしてくれる。それが信治郎には興味があった。

「今日はいつにのう嬉しそうやで、何かあったんかいな。これでっか」

由助が左手の小指を立てた。信治郎は笑って首を横に振った。

「そや、由助はんに聞きたいことがあったんや。そやそや、実は夢を見たんやが、その綺麗やった色のことだすわ」

信治郎が話して聞かせる夢の中の美しかった色のことを、由助はじっと聞き入った後で言った。

「それ、琥珀色やないか」

「えっ、コハクイロ？　それどういう色だすの」

「王偏に虎、王偏に白と書いて琥珀や」

「その琥珀って、唐薬で使う琥珀のことだっか」

「そうや、見たことあるか」

「いいえ、なにしろ高い薬材で、店の奥の方にわずかに仕舞たあるいうことでしたわ」

「そうや、琥珀は貴重品やさかいにな。ロシアと欧州の北の方、日本では陸中の方でしか採石でけんいう話や。わても原石をふたつ、みっつ見たが、それぞれ色合いが違うて難しい色やなと思た。けど琥珀の最高のものは、そら独特の、吸い込まれるような深味がある色やと、先代の旦那さんから聞いたことがある。琥珀の色にも幅があんねん、絵師もようけ苦労してこの色を作りよる。着物地の染めもいろんな工夫をして琥珀を出すいう話や。今、信はんが話してた、御天道様が昇ったり沈んだりしよる時の、雲に映り込んだ色の感じや、こんまい泡の玉が底の方から湧くようなきらきらした感じを、先代の旦那さんが同じように言うてはった。色は難しいからな、奥の奥があるよってに……」

「そうでっか、あの色は琥珀色いうんでっか……」

信治郎は見た夢を思い出すようにうなずいた。

「その色がどないしたんや」

「へぇ〜、その色の中におっただけで何やら身体も、胸の内も熱うなりまして、極楽にいてる気がして」

「極楽に行ったことおまんの？」

「ハッハハ、そらまだおまへん。そやけど、〝夢のお告げ〟いうものもありますがな」

「そうやな。そら大事にせんとあかんな」

「へぇ〜、大事にさせてもらいま」

信治郎は頭を下げ、屋台の板の上に、王偏に虎、王偏に白、とぶつぶつ言いながら文字を書いた。

「由助はん、虎はわての干支だすわ。こらやっぱり夢のお告げや。おおきにありがとさんだす」

「何や、ようわからんが、信はんが喜んでくれたんなら、それでわては嬉しいわ。ところで店の話やが……」

由助はいつもの勧誘の話をはじめた。

由助と別れてから、信治郎は南地の芳やにむかった。

信治郎が暖簾を分けて顔を覗かせると、しのは信治郎を見つけて、今日あたりかいなと思てましたん、お二階準備してまっさかい、どうぞ上がりやして、と嬉しそうに笑った。

兵作に連れてこられて以来、信治郎は、時折、時間を見つけてこの店に顔を出していた。

しのに逢いたい、そう思うと気持ちがときめいた。しのも信治郎に逢うと、あからさまに口にはしないが嬉しそうにしてくれる。

先立った旦那が残してくれた小茶屋だが、しのは女手ひとつで気張っていた。女でありながら人を使って店を切り盛りしているしのの姿を見ていると、信治郎は、人を上手に使う加減のようなものが見える気がする。

それにしのは、元々、南地では売れていた芸妓であったから、何事にも粋と筋を大切にする。

二階には、しのが仕立て直しをした信治郎の羽織までが置いてある。

丁稚が藪入り、小正月以外で羽織を着ることはない。奉公して七、八年、やっと手代になって安物の羽織に袖が通せる。

しかし、しのは信治郎と二人で居る時は羽織を着て欲しいと言う。

「男衆（おとこし）は何事も粋でないとあきまへん。ええもんを見分ける目を持とう思たら、当人はんがええもんを身に付けなあかしまへん」

「そんなもんかいな」

それまで着るものに、どちらかと言えば無頓着だった信治郎に着物の着方、選び方をしのは教えた。

江戸期より、天下の大難波（だいなにわ）の、大店、旦那衆たちが、その贅（ぜい）にまかせて田舎大名をはるかにしのぐ、〝座敷遊び〟で築いてきた物の善（よ）し悪（あ）し、粋と下衆（げす）の審美眼は、かたわらで、それを見続けてきた芸妓たちにも備わるようになっていた。

しのは、その典型であった。

トントンとはずんだような足音をさせて、しのが二階へ上がって来た。

「ようお見えやして、あれっ、それ何だすの？」

膳の上に置いた瓶を眺めている信治郎を見て言った。

「ビールや」

信治郎が白い歯を見せて言った。

「ビールって、あの、高麗橋の袂（たもと）で今売り出し中の外国のお酒でっか？」

しのがビール瓶をじっと眺めている信治郎に言った。

「そうや、そのビールや。ちいっと値は張りよったが、おまはんにも飲ませてみたい思うてな」

「わてにでっか、嬉しいこと言わはって」

「ほんまや、銭（ぜぜ）が空になってもうたわ」

「そない高いんでっか」

「これ一本で清酒なら五升は買える」

「ほんまでっか。いや、いっぺん飲みとおましてん」

しのが信治郎のそばに寄り、同じようにビールの瓶を眺めはじめた。しのの甘い香りが鼻を突く。

――ええ匂いや……。

「今日はええ匂いがしたるな」

「……そうでっか。わてには匂いまへんで」

しのが小鼻を動かした。その仕草が愛らしい。とても子持ちの女性には思えない。

「この五角の星の印、なかなかお洒落だすな……」

「おまはんもそう思うか。他に恵比寿はん、アサヒはんもあったが、わてはこの五角の星の印が気に入ったんや。この五角の星は北海道開拓の旗印や。ええ印やないか」

「あの北の国だすか」

「そうや、ほれ札幌麦酒て書いたるやろう」

「ほんまでんな。北海道の札幌いうたらぎょうさん雪が吹ってさぶいさぶいとこなんだっしゃろ」

「ビールは造る時に冷とうないとあかんのや」

「そうなんだすか。信はんは何でもよう知ったはりまんな」

「小西屋の旦那さんの受け売りや」

「受け売りでも、ご当人はんの身に付いたら、その話を買うたんと同じでっしゃろ」

「そらそうやな」

「どないして飲むんだすか？　燗つけまひょか」

信治郎は笑ったが、当時、売り出しの外国の酒というので、ビールをお燗して飲む人もいた。

「しのはん、開けてみぃ」

「かましません？」

しのが栓を開けると、シューッという音とともに泡が飛び出した。

「あれっ」

しのが声を上げ身体を反り返した。

「ハッハハ、発泡酒やよってな……」

明治二十六年も、あとわずかで終ろうとしていた。

イギリス、フランスなどの欧州列国とアメリカがアジアに勢力をひろげるために、積極的に政治干渉、植民地政策を進めていた。

アメリカは一月に、太平洋に浮かぶハワイ王国における王党派と親米派の対立に乗じて王制を廃止させ、ハワイで臨時政府の樹立を支援し、保護領とすることを宣言していた。この動きを警戒したホノルル総領事、藤井三郎は外相、陸奥宗光に軍艦の派遣を要請。海相、西郷従道はハワイの在留日本人の保護を名目に軍艦、浪速を出航させた。インドシナ半島の植民地化を進めていたフランスは七月、シャム（現タイ）国境に進攻し、領有権を一部放棄させていた。

四月には朝鮮で東学教徒が、処刑された東学教主の崔済愚（チェジェウ）の免罪を請願し騒動となっていた。同時期、日本は朝鮮からの穀物輸出禁止令が日本人商人に打撃を与えたとして賠償金を請求し、朝鮮半島を日本の影響下に置くべく行動していた。東学教徒の混乱は一ヶ月で鎮圧されたが、翌年、彼等が蜂起し、反乱を企てた事件が、日本を初めて外国との戦争に突入させるきっかけになるとは、誰一人想像もしていなかった。

　日本国内では、帝国議会が列強との不平等条約改正問題で混乱を続けていた。一方、陸、海軍の権限をめぐる対立もあった。それでも国内の経済は、会社制度の新法に乗り、〝カンパニィー〟による商業の体制が少しずつ整い、〝富国強兵〟による産業の転換がはじまり活気づいていた。

　大晦日（おおみそか）の朝、新聞を見ていた番頭の伊助が呆きれたような声を出した。

「なんや、また衆議院が解散かいな」

「ほんまに何をやってんや。商いの邪魔にならんようにしてくれんと困りまっせ。おっ、信吉、居留地からまた赤門印の苦情や、朝のうちに片付けに行ってくれへんか」

　丁度、表の掃除へ行こうと木桶を手にしていた信治郎が、へぇ～い、それでどちらの店だすか、と訊いた。

　またこの店や、栓が飛び出たいうこっちゃ、ほんまかいな、と伊助は眉間にシワを寄せた。

「これ、あの外人さんの家だっせ」

「そうか、足元見られてんのと違うか。それと、今晩、旦那さんがお呼びや」

信治郎は伊助に渡された小紙を見ていた。

居留地に行ってみると、やはりあの外国人の家からの苦情だった。

新品の葡萄酒三本を包んだものを手に邸宅の裏手から訪ねると、あらわれたのは、以前とは違う中国人の執事だった。

——執事が変わりよったんや。

信治郎はいち早く状況を判断すると、まずはお詫びの葡萄酒の包みを差し出した。

相手はそれを見て、自分の胸元を指さし、これは自分にか、という仕草をした。

信治郎はすぐに包みを解き、中の一本を執事が持っていた栓の取れた葡萄酒と交換してくれるように言って、残りの二本を執事の胸を指さして渡した。

途端に執事は白い歯を見せた。

すかさず信治郎は伊助から渡されていた銭の入った封筒を、執事に差し出した。執事は目の前で封筒の銭をたしかめ、また白い歯を見せ、自分の名前は、ヤンだと言った。

「信吉だす。小西屋の信吉だす。今後もよろしゅうお頼もうします」

「コニ、シンチキ？」

「違（ちゃ）います。シンキチ、シンキチ」

「おっ、シンキチ、シンキチ」

とうなずいた。

信治郎は栓が取れた葡萄酒を手に屋敷を出た。

「ヤンでも、ワンでもええが、千度、これをやられたらかなんな。商いにならへん。大番頭はんか、旦那さんに聞かなあかんな」

小西屋が商店へおろす葡萄酒はまだ需要が多いわけではなかった。主な売り先は在留の外国人の家か、葡萄酒を滋養の薬として飲むことを覚えた西洋物好きの上流階級の人たちだった。

午後から店の中は大掃除でてんやわんやであった。

その日、儀助の手伝いはいつもより早い時刻から呼ばれた。

作業場で待っていた信治郎がランプを手に頭を下げると、儀助はいつものようにうなずいたが、儀助の機嫌が良くないことが信治郎にはすぐに見てとれた。

――カミナリが落ちんようにせなあかんな……。

この頃は儀助に叱られることはなくなっていた。

「信吉、今朝、居留地へ赤門印の苦情で出かけたそうやな？」

「へぇ～い。行かせてもらいました」

「どんな苦情や、その品物持って帰ったか」

「へぇ～い、下の洋酒部の棚に仕舞うてま。すぐに取ってきま」

儀助がうなずいた。

取って返すと、儀助はその瓶を受け取り、鼻を近づけて匂いを嗅ぎ、作業机の上の碗に中身を注いだ。

「栓が取れるほどおかしな状態と違うが……」

「わてもそう思いました」

「それはどういうこっちゃ」

「…………」

信治郎は黙っていた。

「かまんから思うとること言うてみい」

「へぇ～い、居留地の賄い場の仕入れをまかされてんのはほとんどが中国人だす。商店の方も、その執事に袖の下を渡してま。今回、その執事が以前おった者と変わってました。問屋をわざわざ呼び出しよったんは、以前同じ苦情で新品を二本足して持っていったのを教わりよったんやないかと……」

儀助は黙って碗の中の葡萄酒をじっと見ていた。

「……商いの役得はどこにでもある。しかしそれが毎々あると商いにはならん。どないするかは藤次郎はんと話さなあかん」

「へぇ～い。大番頭はんには事の次第はお伝えしてありま」

信治郎の言葉を聞いて儀助はちいさくうなずいた。

「信吉、おまえ、この赤門印飲んでみたか」

「へぇ～い」

「それで、この味をどう思う？」

「…………」

信治郎は返答しなかった。

「かまんから、思うとること言うてみい」

「…………」

それでも信治郎は黙っていた。

儀助は苛立（いらだ）ったように言った。

「別に、おまえがおかしなことを言うて、腹を立てるわしと違う。ええもんをこさえたいから訊いてんねや」

「へぇ、へぇ～い。少し酸っぱ過ぎるんと違いますやろか」

「そうやな。それで？」

――それでって、何と返答したらええんや。

「ビールもそうだすが、苦過ぎるんがわてらにはかなんのだす。清酒の味を知っとる客には……」

儀助は信治郎の話をじっと聞いていた。

「清酒の味を知っとんのは、わてはあの甘味のおかげやと思います。苦いんや、酸っぱいんはどんだけ苦かろうが、酸っぱかろうが、こらあかん、飲めへんわ、と放り出しよんのは皆同じやないかと思います。けど甘味は、どのくらい甘いかを皆わかってま。子供でもわかるんと違いますやろか。その甘味の加減が足らんのと違いますやろか」

そう言って儀助の顔を覗くと、儀助は目を大きく見開いて、信治郎を睨み付けていた。

「す、すまへん。わてのような何もわからんもんが出過ぎたこと申しまして……」

信治郎は作業場の畳に額を擦りつけて謝った。

「いや、かまん。怒ってんのと違う。わてがもう何年も、ここで探しとるもんを一年も経たんうちに丁稚のおまえが口にしたのを驚いてるだけや。そやな。おまえはんの言うとおりや」

信治郎は儀助が自分を、おまえはんと呼んだのを耳にして余計に顔が上げられなくなった。

――こら、大晦日にえらいカミナリ落ちよるで……。

「信吉、顔を上げい」

「へぇ〜い、ほんま、すんまへんだした。余計なことを申しまして……」

「違う。今のおまえの話を聞けて、わても自分が少し嫌気がさしとったのを恥ずかしいことやと思うた」

おまえはんが、おまえになって信治郎は少し安堵した。

「どや、わてと二人で、その甘味をこしらえてみよか？」

——わてと二人で……。

「へぇ〜い。旦那さんのためなら何でもさせてもらいま。どうぞ何となりと申し付けて下さい」

「そう気張らんかてええ。そうや。物事はあきらめたら、それで終りや。なんのために大阪へ出てきたかを忘れとった……」

儀助は遠くを見るような目をして言った。

「信吉、おまえはなんでこの小西屋へ奉公に来た？」

「へぇ〜い。道修町でも飛び切りの店や、とお父はんが選んでくれたと聞いてま」

「そうか。わてが大阪へ出て来たんは、店を見てのことやない」

——店を見てのことやないって、どういうことや？

「わてが彦根の〝鶴屋〟いう薬種問屋の奉公をやめて、大阪へ出たんは、或る僧侶さんの話を聞いたからや。十七歳の時やった」

儀助は、遠い日のことを語り出した。

「わての奉公先の近くに寺があってな。そこに時々、願掛けに通ってたんや。それで寺の住職はんと知り合うようになった。その人は寺にはあまり居てへん僧侶さんでな。布教やらであちこちを回ってはった。その人がわてに、よう参りに来よるが、何か願い事があってのことか、と訊いた。わての家族に身体の具合が悪いのが居てることもあったが、わては正直に住職はんに話したんや。〝ええ商い人にさせてもらいたい〟とお願いに来てることをな……」

――へぇ～、旦那さんもそないなことしてはったんや。

「そうしたら住職はんが言わはったんや。ええ商いをしたかったら、これからは大きな港のある所やないとあかん。彦根もええ商いはできるやろが、これからの商いは、人と物が外からぎょうさん入って来て、人と物が外へぎょうさん出て行ける所やないとあかん、とな。それでその住職はんは、今の新政府になる前から、お上が開いた港町を皆見て回ってて、わてに函館、横浜、大阪、神戸の街の様子を話してくれはった。それでわては自分の手に、身体につけた薬種の仕事なら大阪に出ようと決めたんや。あの時、あの住職はんに逢わなんだら、道修町も、小西もあらへん。わては、その住職はんを恩人やと今でも思うとる……」

――人と物がぎょうさん外から入って、出て行く所が、これからの商いの場所なんか……。

信治郎は、以前、儀助から聞かされた背中の疵痕の話といい、今しがたの、大きな港の話といい、自分がまだ知らないことが山ほどあるのだと思った。

翌元旦を迎えて、小西屋では主人と奉公人が全員揃って、新年の挨拶をして年始めとした。

おめでとうさんだす。おめでとうさんだす。今年も一年どうぞよろしゅうお頼もうします。おめでとうさん……。

信治郎は、小西屋で二度目の元旦を迎えた。

信治郎は、一年の計は元旦にある、と口にする儀助の考え方と、身もこころもあらたまる清々（すがすが）しい朝の気分が好きだった。新年のこの行事を、信治郎は後年、商店、会社を起業してからもずっと続けた。

その年の一月は大阪には珍しく雪の舞う日が何日かあった。

さぶい、さぶい、さぶうてかなんな、と奉公人たちはアカギレの手をこすりながら働いた。その寒さも二月の声を聞くと緩み、東西の横堀川から吹き寄せる風も暖かくなった。

その日の夕暮れ、信治郎は堺筋を南から北にむかって歩いていた。日本橋（にっぽんばし）が見えたあたりで名前を呼ぶ声に振り返った。常吉が手を振りながら走って来るのが見えた。

「やっぱり信吉どんや。歩き方ですぐにわかったわ。何度か声をかけたんやけど、なんで信吉どんはそない歩くのが速いねん」

「届けもんの帰りか」

「そや、木津の店で急に薬の入り用があって……。信吉どんは？」

「わては九郎右衛門町に赤門印を届けて帰るところや。エゲレスはんの宴会の人数が増えたいうんでな」

「エゲレスはんも宴会をしよんのや」

「そや、ようやったはる。居留地の屋敷ではぎょうさんお客はん呼んでやったはる」

「そないやったら洋酒部も景気がええな」

「さあ、それはどないやろ」

「信吉どん、今日は節分やで。わて豆撒き好きなんや」

「おう、そやったな。ほな急ごか」

二人が日本橋を渡ろうとすると、右手から賑やかな声がして女衆が七、八人、風変わりないでたちで二人の前を通り過ぎた。

「な、なんや、今のは。おぶわれてた赤ん坊の髪が白髪やったで。嬢さんの中に坊さんの恰好もいてたし、ようけ歳がいってもうた女の人がお姫はんの恰好やったで。あれは幽霊か？」

目を丸くして女衆を目で追う常吉を見て信治郎は笑い出した。

「ハッハハ、幽霊か、そやな、たしかにあれは幽霊やな。〝オバケ〟やがな。節分の日にああして女衆が遊びよんのや。オバケの連や」

「オバケ？」

江戸期より続く節分のオバケは、赤ん坊の成長を祈り、若い娘によい嫁ぎ先が見つかるようにと、数人で町にくり出す行事だ。

大阪には、年忘れで町の女衆が遊ぶのを、江戸、東京のように反感を抱いたり、蔑視するものがいなかった。

寛容で、どこか悠長な大衆の気質が大阪には残っていた。それが大阪の衆の力でもあった。

節分会の夜、信治郎は夜鍋に呼ばれた。

新しい年になって、葡萄酒だけではなく、儀助は信治郎に、他の種類の酒造りを教えはじめた。

「信吉、今夜はブランデー酒をやってみよか」

「へぇ～い、ブ、ブランデー酒だすか」

「そうや。あっちではぎょうさんブランデー酒を飲むいう話や」

「ウイスキー酒とは違うんでっか？」

「本物のウイスキーは大麦からこさえよる。ライ麦や玉蜀黍からもこさえとる」

儀助が作業場の机の上に置いたのは見たことのない陶器の瓶だった。

「これがブランデー酒や。葡萄酒をこさえる時にできるアルコールの強いのをブランデーにするいう話や。ちょっと飲んでみい」

「へぇ～い」

信治郎は儀助が陶器の瓶から注いだ酒に鼻を近づけた。

「わあ、こらえらい匂いだすな」

「外国では、これを食事の後に飲むらしい」

「むこうにはいろんな酒があんのだすな」

「ほんまやな……。さて、この味に似とる酒を合成せなあかん」

儀助は帳面を出した。当時の日本では本物を造る技術はなく、香料を混ぜて模造洋酒を造っていた。

「まずアルコールや。これは三十度にせなあかん」

「えらい強うおまんな」

「そや、それがおまえが嗅いだ匂いや。これに水を二合、白砂糖を十匁に酒石酸、龍脳（香料）に、グリセリン、マグネシアや……。これを順番どおりに入れて掻き回したるんや」

儀助はフラスコの中にガラス棒を入れて掻き混ぜている。

そうしてフラスコから薄茶色の液体を小皿に注いで、鼻を近づけて舌先で舐めた。

儀助の顔がしかめっ面になった。

その皿を信治郎に渡した。

「な、な、なんだすか、これは？　とても飲めしませんわ」

「ほんまやな。分量が違うとるか……」

道修町の店々が寝静まった後も二人は合成を続けていた。

「今度はどうや？」

「へぇ～い、さっきより苦いゆうか、舌に溜まりのようなもんが残りまんな」

「そうやな……」

「もう少し白砂糖の分量を増やしてみたらどうでっしゃろ」

「いや、苦みは砂糖を足したかて消えるもん違う。大福餅かてそうやろう。甘味を出そうと思うたら塩加減が大事や」

「そうだすな……」

信治郎は、儀助が次に残したフラスコの中の出来上がりを待っている。

本来なら豊穣に実った葡萄を発酵させて誕生させるブランデーを、二人はわずかな本物を参考にして合成酒でこしらえようとしていた。

何度試しても本物とまったく違った味の酒ができてしまう。それを何とか飲めるようにしてしまう。
ここが儀助をはじめとする当時、合成酒を製造しようとしていた男たちの味に対する感覚の鋭敏さでもあった。購買者、すなわち顧客が、これを西洋のブランデー酒として愉(たの)しむことができれば商品となりえたのである。
「旦那さん、分量の調合、わてが書きまひょか」
「おう、そうしてくれ」
信治郎は帳面を出して、儀助が配分する各種の材料の分量を書きとめた。
それはブランデーだけではなかった。
例えばシャンパン酒で言うと、
焼酎　一合
アルコール　四十匁
水　三合
グリセリン　七匁
白砂糖　十三匁
酒石酸　一分
ニクヅク（ナツメグ）一分

龍脳（香料）　一分
茴香油（ういきょうゆ）　三滴
……これら九味を混和し、一時間後、布地で漉（こ）して出来上がる。今で言う、レシピが、この当時すでに存在していた。
大阪の薬種問屋の何人かが挑んでいたのはブランデー、シャンパンだけではなかった。〝簡便葡萄酒〟〝幾那（きな）葡萄酒〟〝白葡萄酒〟〝香竄（こうざん）葡萄酒〟などを西洋葡萄をベースにこしらえようとしていたし、日本産の山葡萄の実から同じ味になるものを求めて、新製品づくりに挑んでいたのである。
今でこそカクテルに欠かせないリキュールのベルモットにしても、当時は〝ベルモト酒〟として、彼等はこれを製造することに懸命になっていた。
ベルモト酒ならば、
三十度アルコール　二十九匁
白砂糖　十三匁
水　二合
酒石酸　二合
甘松（かんしょう）（香料）　二分
大棗（たいそう）（ナツメ）　一分

人参　二分
ニクヅク（ナツメグ）　一分
マグネシア　一分
西洋人による合成酒の分量配分を書き写し、新しい商品を造り出そうというのである。信治郎は儀助と、西洋の酒を調合、合成しながら試作して行くうちに、これらの酒が何であるかを学んで行った。
主人の儀助が、なぜ、それらの酒の合成を若い信治郎に教えようとしたか、その真意はわからなかったが、試せども試せども、本物の味わいとはほど遠い西洋の酒造りに、誰かともに挑む者を側（そば）に置いておきたかったという心情はわからぬでもない。
いつしか信治郎は、儀助とは別に、自分の帳面を持つことを許されていた。

梅雨が明け、日増しに暑さが厳しさを増す七月下旬。ひさしぶりに博労町の小西勘之助商店の番頭の由助から、一杯やりたいと伝言が届いた。

屋台の鮨屋で由助は相変らずの愛想にあふれた顔で言った。

「どや信はん、商いの方は？」

「ぼちぼちだす」

「何や、その言い方は、もうわてら他人やおまへんで」

「そうだすな。今夜ここはわてがもちまっさかい」

「どうしたんや？　水臭い」

「旦那さんから小遣いが出たんだすわ」

「ほう、あのシブチンがかいな」

「旦那さんはシブチン違います。旦那さんが銭に厳しいんはわてら奉公人に銭の有難味を教えようと思うてのことだす。その証拠に、先に、手代の弥七はんを故郷の豊後へ里帰りに行かせた折、丁稚の時から十年ためといた銭の半分を持って行かせはった」

「へぇー、ほんまかいな、その話。道修町の噂では儀助はんがビール製造に手を出さはってえらい借財がでけたいう話でっせ」

「その話はわても耳にしてまっけど小西屋はそないなことで身代がおかしゅうなる店と違います」

「けど信はんは、その洋酒部で身を粉にして働いてると噂だっせ」

「粉になるまでは働いてまへん。けど旦那さんの夢を何とか手助けできたらとは思うてま」

「そ、それが信はんのええとこや。けどビールの製造いうたら、あの吹田村の工場見てもわかるように、えらい銭がかかりますで。外国人の職人はんが、やってはるらしいでんがな」

「そらほんまのことだす。元々、ビールはあっちが本場やさかい。けどそれを自分らの手でこしらえてみようという旦那さんの、ど根性はたいしたもんだす」

と言って信治郎は胸元をポンと叩いた。

「そらそうやが、根性だけで商いはできるもんと違いまっせ」

「いや、まず、その根性、心意気が肝心やと、わては思うてます」

信治郎は屋台の暖簾の隙間から見える夜空を仰いだ。

「相変らずやな信はんは……」

「由助はん、あんたはんは商いを誰から習うたんでっか？」

「そら、店の旦那さん、先代の大旦那さんやがな」

「先代の大旦那さんは誰に商いを習わはった？」

「そら、先々代の、あ、先々代はいてへんな……」

由助が小首をかしげた。

「誰から習いはったんやろな……」

信治郎は鮒鮨を注文した。

「この鮒鮨の何とも言えん味と一緒だす。せっかく獲った魚を無駄にしとうないいう職人の気持ちが、発酵を自然と身に付けよりましたんや」

「ハッコウ？　それ何や？」

「発酵は宝の山らしいでっせ……」

「そうなんか。それよりどうやら清国と一戦まじえようという話らしいで……」

「わても、その噂は聞いてます」

朝鮮半島における覇権争いで、清国と日本が対立していることは新聞で読んでいた。ただ当時の新聞に国際問題が正確に掲載されることはなかった。

それでも戦争がはじまるかもしれないと噂が立つのには理由があった。国家事業と民間事業で毎年、鉄道路線を拡張していた山陽鉄道会社は神戸から広島まで延び、続々と兵員と軍事物資が西へ輸送されていたからである。やがて終着点の広島から、朝鮮半島に向かう輸送船が待機する宇品港まで軍用線が敷かれることになる。

「お客はん、戦争やって勝てんのだっしゃろか」

屋台の主人が言った。

「そら勝てんやろう。清国いうたら日本の何倍もある大きな国やで」

「そうだっしゃろな……」

鮨屋の主人が不安そうな顔をした。

実際、清国総税務司についていた英国のR・ハートは、開戦からの短期間は日本軍が優勢かもしれないが、長期戦になれば、その兵力と国力で清国が勝利すると見ていた。この予想はそのまま諸外国の判断だった。清国を攻撃するにはアジア最大の海軍である清国の北洋艦隊を打破しなくてはならない。北洋艦隊は定遠（ていえん）、鎮遠（ちんえん）という七〇〇〇トン級のドイツ製新甲鉄艦を有し、追属する海防艦も充実していた。一方、日本海軍は最大で四〇〇〇トン級の海防艦しかなく、海戦での勝利は難しいというのが大半の予測だった。陸軍においても清国陸軍は何倍もの兵力、軍事力を持ち、ドイツ製のモーゼル式小銃とクルップ式鋼鉄製の野砲を装備していた。兵の数、武器においても清国軍は優勢であった。だから大半の日本人はこの戦争は不利な戦いと思っていた。

ただイギリス政府は、のちの外相になるG・N・カーゾンが開戦直前の日本と清国を訪問し、短期間に強力な軍隊を築きつつある日本軍と比べて清国軍隊の訓練不足を指摘した。開戦とならば勝敗はわからずと報告し、日本に勝利の可能性があると見ていた。

東学党の乱に発した混乱を平定するために清国軍は朝鮮半島へ出兵した。これに対して日本は明治二十七年（一八九四年）六月二日、清国軍より多い兵隊を出すことを決めた。八月一日、日本は清国に宣戦布告。九月十五日、両国の主力部隊が平壌（ピョンヤン）において戦闘に入った。日本陸軍の村田式小銃と清国陸軍のモーゼル小銃との戦いであり、まだ青銅砲しかなかった日本陸軍にクルップ式野砲が火を吹いた。この戦闘では兵力は均等だったが、軍備にはあきらかに差があった。

ところが戦闘がはじまり、一日も経たぬうちに清国は大方が敗走。十六日に平壌は陥落した。

その翌日、九月十七日に黄海（こうかい）において、北洋艦隊と日本艦隊が激突した。開戦早々、日本海軍の四〇〇〇トン級の旗艦松島が七〇〇〇トン艦の鎮遠の三〇・五サンチ砲弾を浴び、一瞬の内に九〇名の死傷者を出し旗艦機能を失う事態となった。各艦同士の戦闘は不利と判断していた海軍は、タテに長い一列の布陣で、全速力で走り回る単縦陣戦法をとり、ずらり横に並ぶ陣を敷く北洋艦隊の戦艦を一艦ずつ撃破して行った。この攻撃に、一二サンチ、一五サンチの速射砲が大活躍した。砲手の能力も清国軍が及ばぬほど正確だった。黄海海戦も、平壌制圧と同様、日本軍の勝利となり、北洋艦隊は山東（さんとう）半島の威海衛（いかいえい）に退却した。黄海の制海権を手にしたことで戦況は日本軍優勢になった。これによって陸軍の第二軍を遼東（りょうとう）半島に上陸させ、すでに鴨緑江（おうりょくこう）を越えていた第一軍と合流し、戦場は朝鮮半島から清国領土に拡大した。日本軍は、主要戦艦の定遠、鎮遠を含む北洋艦隊に対して海陸から攻撃を続け、明治二十八年二月、清国の艦隊及び陸軍を打ち破った。

日本は対外国軍との初めての戦争に勝利したのである。

日本軍勝利せりの第一報が入った時、日本中が揺れ動くかのような興奮状態になった。まさか大国、清国に日本が勝利すると想像もしていなかった日本人は、皆歓喜した。その折の新聞記者の回想に「仕事をしていた男は仕事を止めて悦（よろこ）んだ。子供は絶叫した。

女や老人たちは涙をこぼした」と語られているほどだった。

二ヶ月後に下関で結ばれた戦争終結の講和条約で、日本は朝鮮の独立を承認させ、遼東半島、台湾、澎湖諸島の割譲と沙市、重慶、蘇州、杭州の開市、開港を認めさせ、賠償金二億テール（日本円で三億一千万円）の支払いを清国全権大使の李鴻章に調印させた。

その賠償金の額を知り、日本人はまた歓喜した。

日本中どこもかしこも日清戦争の勝利で有頂天になっていた。

まだ戦争終結の条約が締結しないうちに、オッペケペー節で大人気になった川上音二郎一座が、日清戦争の華々しい勝利の戦いを芝居にかけ、連日、押すな押すなの好評で、最後には皇太子までが芝居見物にこられた。

十七世紀以降の戦勝国にみられる国民の昂揚と好景気は日本にもやって来た。

なにしろ清国から取り上げた賠償金が三億一千万円である。これは当時の日本の国家予算の四倍近い金額である。

「えらい金が入って来よるで……」

それだけで商人、商業は勢いがついた。その上、自分たちの国は、あの大国清国を倒した国である、と日本人の意気は一気に上がり、連夜のごとく人々は表に出て騒いだのである。

大阪の盛り場、商店の集う場所へ人々はくり出し、その消費は驚くほどであった。〝戦勝景気〟である。

日清戦争の勝利で日本中がまだざわめいていた五月、信治郎は小西屋に奉公に出て、三年目を迎えていた。

船場では、手代になるまで七年と言われていたが、信治郎は小西屋において、特別な存在になっていた。

赤門印のみならず、小西屋の洋酒部のことは信治郎に聞け、と言われるほどに、彼は洋酒部の仕事を奉公人の中で、人一倍励んでいた。

いつものように夜鍋の手伝いをしている信治郎に儀助が言った。

「どや信吉、いっぺん東京へ一緒に行ってみるか？」

儀助の言葉に信治郎は思わず顔を上げた。

「東京へだすか」

「そうや、東京や。今のままでは洋酒部は薬種の重い荷物になってまう。東京には珍しい葡萄酒やら、洋酒が出回ってるそうや。しっかりしたもんがあったら、店(うち)でも扱おうと思うとる。それを探しに東京へ行くんや。信吉、おまえを連れて行こうと思うとる」

「ほ、ほんまだすか、旦那さん。ぜひともよろしゅうお頼もうします」

信治郎は作業場の床に顔が付くほど頭を下げた。

「そうか、よっしゃ、連れてったろう」

「へぇー、そらほんまでっか。信はんはやっぱり、その辺りの人と違うわ。東京までの汽車賃、三円かかるいう話でっせ。それを小西屋の旦那さんが信はんをお供に言わはったなんて、えらいことや。東京見物か、ええなあ……」

旅支度もあって、ひさしぶりに戻った釣鐘町の家で、せつが感心したように言った。

「そやない。旦那さんは新しい商いの仕入れを探しに行かはんのや。そんな物見遊山の旅と違う」

その話を聞いていたこまが、

「そんな遠い所へ行って、戻れんようになんのと違うか……」

と心配そうに言った。

「お母はん、そんなことはあらへん。東京は今、汽車で一日で行きますよって」

喜蔵が笑って言った。

「喜蔵はん、何を言うてんねん。この釣鐘町でかて息子を東京へ行かせて、何年も便りひとつ届かへん人が何人いてると思うてんのや」

実際、釣鐘町だけではなく、大阪から帝都、大東京へ新天地を求めて旅立った家族、男衆は何人もいた。

しかし彼等から、東京は新天地だ、と便りが届くことはほとんどなかった。大阪の人間にとって、東京は、別の土地であった。

年の初めからまた床に臥すことが多くなった忠兵衛を信治郎は見舞って言った。

「お父はん、具合の方はどうだす？」

「先月よりだいぶええわ。この分やと今月の内に起きて仕事もできるやろ」

「お父はん、急に無理をしたらあきまへん。病いは治りかけが大事ですよって」

「ああ、おおきに……」

信治郎の目にも忠兵衛が、この年々の間に痩せ衰えたのはわかった。

「東京へ行くやて？」

「へぇー、旦那さんのお供で四、五日ほど行かせてもらいま」

「そうか、そら、ええこっちゃ。商いは人がぎょうさん集まる所でやるもんやさかいにな」

「へぇー、お父はんにちっさい時から教えてもろうとることは忘れしません。東京がどないな所かいっぺんこの目で見て来ますわ。帰って来たら、土産話をぎょうさんしますよってに、それまでに元気になっとくれなはれ」

その日の午後一時過ぎ、去年、中番頭になった伊助変名って伊兵衛に見送られて、小西儀助と十六歳の鳥井信治郎は大阪駅発、東京行きの汽車に乗った。

汽車が動きはじめると、儀助が言った。

「えらい押して、売りよんな……」

「何がだす？」

「今しがたの出発通路での、ビールの売り出しや」

「へぇ～い、わても見てびっくりしましたわ。あんなやって儲かりますのんだすか」

「さあ、儲かるかどうかはわからん。それより大事なことは、ああやって、押し出せるか、押し出せへんかや。押し出したら何かが動きよるが、押し出せへんかったら、何も変わらへん。どんだけ大きな商いでも、どんだけちいさい商いでも、指を口にくわえて見とったらあかん。押し出せるかどうかが分かれ目や……」

「へぇ～い」

「わてが言うたことが今はわからんでもええ。商いいうもんは、どないなやり方をしようとも、皆同じようなことで、足元をただ踏んでまうときが来る。前へ進むも、うしろにさがってまうも商人の腹の決め方や……」

そう言ってから儀助は遠ざかる大阪の街を見つめた。

儀助が、東京へ行くと決めた時、どうして信治郎を供にすると言い出したのか、その真意はわからない。ただこの二年、儀助の洋酒部、新商品の開発の現場に信治郎だけがずっとそばに付いていたことは事実だった。

昨夜、せつが言ったとおり、東京までの汽車賃だけでも三円五十六銭かかる。今の金に換算すると七、八万円というところだ。往復運賃は、今の海外旅行の交通費ほどになる。

儀助は窓際の席に座り、帽子を膝の上に置き、目を閉じていた。

汽車はすでに京都に近づき、いにしえ、山崎の合戦の戦場になった小高い山々が車窓に映った。

信治郎は子供の頃に、こまに連れられて山崎の寺社に参詣しに行った日のことを思い出した。

竹林が風にそよぎ、いくつもの寺社の瓦が五月の陽光にかがやいていた。

——綺麗なもんやな。東京はどないな所やろか。

信治郎はつぶやいた。

この山崎の地が、後年、信治郎の商いの〝母家（おもや）〟になることなど知るよしもなかった。

山崎の駅を出発した時、信治郎は儀助に、腹の具合を尋ねた。

「昼食（ひる）は摂ったさかい、夕飯の時刻に言うよって……」

と言って窓の外を一瞥（いちべつ）して目を閉じた。

儀助が昼食を摂っているのは知っていたが、大番頭の藤次郎と中番頭の伊兵衛から命じられたとおりに、儀助の腹加減を訊いたのだった。

商用で儀助が出かける時は藤次郎か伊兵衛が供をするのが小西屋の慣わしだった。ましてや商用先が畿内の外へ出て、何日か泊りの外用ではなおさらであった。それをまだ手代にもならぬ信治郎に供をさせると聞いた時、藤次郎は驚き、自分が供をすると儀助に申し出たが、儀助の意志はかわらなかった。

出発の日時が決まると、二人の番頭から儀助の供をする心得と、供の者がすべきことを、耳に胝(たこ)ができるほど何度も聞かされた。

「ええな、信吉、どんだけちいさな荷でも旦那さんに持たせたらあかんで。おまえは葛籠(つづら)が歩いてんのと同じや。雨が降ってきたら、おまえは傘や、わかってんな」

実際、出発の数日前までは大きな葛籠ふたつが儀助の旅支度として準備してあった。半分は御寮(ごりょん)さんの用意したものだった。それを咎めたのは儀助だった。

「何をしてんのや、この大荷物は。花見に出かけんのとちゃうで、わてがやるさかい」

葛籠はひとつになった。儀助は若い時分に行商までやらされていたから荷造りは見事なほど簡素だった。それを見て信治郎も釣鐘町の母がわざわざ持って来た細々とした旅支度の大半を置き、肌着の替えと、道中無事のお守りだけを入れた。それでも東京の訪問先に届ける土産品やら赤門印の葡萄酒を詰めた小葛籠がひとつ増えた。

やがて寺社の屋根瓦が見えはじめ汽車が京都市中に入った。

儀助は目を閉じたままだった。

弁当売りの声がかしましい京都を出て、汽車が大谷、馬場を通過すると、儀助が目を開いて窓の外を見た。

「旦那さん、何かございますやろか?」

「何もない。長い道中や、おまえもよう休んどき……」

儀助が見ていた外の風景に、そこが主人の故郷に近い土地であることに信治郎は気付いた。

汽車が米原(まいばら)に近づこうとした頃、窓から入り込む傾きかけた初夏の陽光に車内が少しざわついた。

「旦那さん、夕食にいたしましょうか」

儀助はうなずいた。信治郎は葛籠を開けて御寮さんの用意した弁当を取り出し、竹筒に入った冷茶を差し出した。

名古屋駅に入る頃には陽は落ちて、弁当、茶を売る男衆の声があちこちから聞こえた。大府(おおぶ)を過ぎた頃、信治郎は掛布を出し儀助の膝の上にひろげた。外はもうどっぷりと闇がひろがっていた。鉄橋を渡る度に汽笛の音だけが鳴り響いた。

信治郎は初めて乗る汽車の旅に興奮して寝付けなかった。耳の奥から声がした。

「なんぼなんでも、そないな遠い所へ丁稚のあんたはんがなんで行かなあきまへんのや」

こまの声だった。

「お母はん、そら違いまっせ。旦那さんはわてを見込んでお供をさせてくれはるんだす。東京がどないなところかを見ることができるええ機会を貰いましたんや。有難いことだすわ」

「ほんまや。小西屋の旦那さんはよほどおまはんのことを見込んでくれとんのやな」

忠兵衛が言った。

「ええか、どんだけの銭かけて店がおまえをお供にさせとんのかをよう胆に銘じとくんやで」

伊兵衛の声が重なった。

浜松を過ぎ、静岡に入った頃には、すでに日が替わっていた。車内には寝息しか聞こえなかった。休んでいる儀助の影はじっと動かない。沼津の駅名が薄灯りに見えた頃、信治郎は便所へ行き、用を足すとデッキに立った。

五月の星空を円錐形に切るようにしている山影が見えた。

——これが富士山か……。

小三十分デッキに立っていても、山の稜線はずっと視界の中にあった。

——さすがにおっきいわ。

絵でしか見たことのない霊峰にむかって信治郎は手を合わせた。

——どうか、わてにあんたはんのように大きな商いをさせとくれやす。鳥井信治郎の商いの夢をどうか叶(かな)えさせとくれやす……。

国府津(こうづ)、大磯を過ぎると空が白みはじめ右手の車窓に光る相模(さがみ)の海がひろがっていた。横浜駅のプラットホームは、朝の七時というのに人でごったがえしていた。

七時四十分に汽車は終点の新橋駅に到着した。

先刻の横浜よりさらに大勢の人がプラットホームにあふれかえっていた。

信治郎は大きな葛籠を背に担ぎ、もうひとつを手で持ち、儀助が立ち上がるとすぐにうしろを付いて歩いた。

見上げるとたいした駅舎である。それ以上に人が波のようにあふれていた。驚いたのは洋装の男女が多いことだった。言葉遣いも違い、大阪駅とは比べものにならないほど活気があった。

改札を出ると、信治郎の背中の荷が動いた。振りむくと男が一人、白い歯を見せ、お兄さん、どこまで？　運びますよ、と荷を持とうとした。

「何を勝手に荷に触わってんのや」

信治郎は声を荒らげた。

「おい、荷はこれが運ぶよって、いらんことせんでええ」

儀助が野太い声で男を睨みつけた。男は去り、儀助は信治郎に、大丈夫やな、とだけ言った。

「旦那さん、お宿は……」

伊兵衛に渡された宿の住所を言おうとすると、

「日本橋の馬喰町まではわかってるさかい付いて来たらええ」

「へぇ～い」

信治郎は、銀座の大通りを儀助のあとに続いて歩いた。背中越しに大きな建物が並んでいる。どれも皆大理石や赤煉瓦造りで、別の世界に入り込んでいる気がした。

儀助が立ち止まった。左手の建物の間から彼方を見て帽子を脱いで直立不動の姿勢になった。

「信吉、あれが宮城や、天子さんがいてはるところや」

朝靄の中に皇居の屋根瓦が光っていた。

信治郎もあわてて鳥打帽を脱ぎ、最敬礼をした。

儀助は深々と頭を下げ、ゆっくり顔を上げると静かに言った。

「天子はんがいてはるところが、やはりこの国の中心になるいうことやろな……」

——この国の中心？

信治郎は儀助が言った言葉がすぐに理解できなかった。

——この国の一番は大阪でっしゃろう……。

信治郎は首をかしげて、もう一度皇居の美しい姿を見た。

朝の陽光に真っ白の壁が光ってまぶしかった。

プワァー、プワァーと背後から警笛が鳴った。振りむくと、鉄道馬車が近づいていた。乗車しているのは皆洋装の男女である。

信治郎はあわてて路肩に身を寄せた。

やがて前方に木造りの、日本橋の欄干の装飾が見えた。すれ違う人が皆気ぜわしく通り過ぎて行く。その男衆の様子を見ていて、彼等が自分と同じ商人だとわかった。道修町と違うのは、洋装の男衆、女衆が多いことだった。

日本橋を渡りはじめて気付いたのは、大阪と違い、橋の袂に物乞いがいないことだった。そのかわりに日傘をさした洋装の女性とシルクハットの男性が、橋の欄干から川辺を眺めている。

――なんやけったいな街やな……。

商家が目に見えて多くなった。中には洋館建ての商家もあった。

亀甲の枠に〝大〟の字が入った屋号が見える。恵比寿ビールの看板があった。

――あれも商家なんやろか？

「信吉、あれが、明日訪ねる国分はんや。東京で一番の問屋さんや。ほれ、恵比寿ビールの看板があるやろう。これからの問屋は当店が扱うとる品物をあないして一生懸命売りよるんや」

「問屋がだすか？」

「そうや。問屋の商いも、これからは変わるんや」

〝亀甲大〟の屋号印のある店先に大八車や荷担ぎの衆が群がっていた。

――えらい繁昌やな……。

儀助は大通りを右に折れて、馬喰町に入った。

何十軒という旅籠屋が通りの両脇に並んでいた。

――こらまたえらい数の宿屋やな……。

二人が入った日本橋、馬喰町、横山町は、江戸期より、東京へ入る人々のための宿がひしめく町であった。

馬喰町を歩くと、上州屋、下総屋、相模屋、美濃屋、京屋と国の名を屋号にした宿屋が並んでいた。

二人は伏見屋という宿に入った。儀助の姿を見た女将が、まあ小西屋はん、永いことどす、よう御越しやす、と西の言葉で迎えた。

「お湯沸いてまっさかい汗を……」

「いや、握り飯でもくれ。すぐ出かけっさかい」

儀助は言って下女の用意した木桶で足を洗いはじめた。

信治郎は先に部屋へ行き、葛籠の中から儀助の着替えを出した。そうしてすぐに階下へ降り、握り飯を貰って戻った。

「信吉、おまえ、顔を洗う(あろ)て足袋を履き替え。それひとつ頬張っとけ」

「へぇ～い」

汽車の中で休んでいた儀助が、急に走り出した牛のように動き出した。

――そや、高い汽車賃払う(はろ)て来てんのや。ぼやぼやしとる暇はないわい。

宿を出て、伊勢町(いせちょう)にむかった。儀助の歩調は驚くほど速い。この通りも朝からえらい人の数である。乾物商が並んでいたかと思うと次は瀬戸物、呉服問屋、両替商とめまぐるしく商いが変わって行く。そのどの店からも荷を積んだ大八車や客が出入りしていた。

――こら船場に引けはとらんで……。

前を行く儀助が左前方を見た。儀助が仰ぎ見ている場所に足場で囲まれた城のような大きな建物が建造中だった。

――何や、あれは……。

「信吉、あれが新しい日本銀行や」

「へぇ～」

伊勢町にある、一軒の薬種問屋へ儀助は入った。番頭が儀助を見て、すぐ近寄って来た。

「こら小西屋さん。早いお見えで、今、主人は……」

「待たせて貰いまっさかい」

そう言って儀助は信治郎を振りむいた。信治郎は手にした土産品を番頭に差し出した。

「これはまたご丁寧に……」

やがて店の主人があらわれて儀助は奥に入って行った。

信治郎は店の隅に座って、東京の薬種問屋の様子を眺めていた。漂う薬種の匂いは同じだが、道修町のようにいちいち頭を下げる者がおらず、どれが丁稚で手代かわからなかった。

儀助の打ち合わせが終るのを隅で待つ信治郎の下に、茶と茶菓子が運ばれてきた。

茶を持って来たのは、肩から白い前垂れをした若い女性だった。

「どうぞ召し上がって下さい」

「そ、そんなかましませんよって」

女性は丁寧にお辞儀して立ち去った。

信治郎は東京の問屋では、畳の上ではなく、机を挟んで客と応対しているのに驚いた。それに何台かの電話が四六時中鳴り響いて、近くにいた者がそれを取り、大声で話をしていた。小西屋にも電話は一台あったが、番頭の藤次郎と伊兵衛が出るだけだった。

――どないなってんねや……。

儀助が店の主人と語らいながら奥からあらわれた。手に袋をかかえていた。

信治郎はすぐに立ち上がり、儀助から袋を受け取ると、主人に頭を下げた。

「いや、いろいろ教えてもろうて有難うございました。朝早うからおおきに」

「とんでもない。小西屋さん、常盤橋の方に回りましたら日本銀行の建物がよく見えます。あと半年で完成です。それは見事なものですから、東京土産に……」

主人が言った。

二人はほぼ完成している日本銀行の建物を眺めた。

明治二十三年に辰野金吾の設計で着工した日本銀行の本館は五年半の歳月をかけての工事の末、ようやくその雄姿を見せはじめていた。日本橋本町と本両替町の土地をまたいで建設された日本銀行本館は周囲の土蔵造りの商家から頭ひとつもふたつも高い建物で、真っ白な石造りの壁が朝の陽光にかがやいていた。

「おおけなもんどすな。大阪とはえらい違いだすな」

信治郎は大阪の日本銀行の建物を見知っていた。その何倍もの大きさだった。

「清国からぎょうさん賠償金も入ったし、さぞおおけな金庫があるんやろう。よっしゃ、次の問屋に行こか。赤門印を出しといてくれ」

伊勢町から大伝馬町に戻ると、他の土蔵造りの店と違う白い石造りの店前に大きな看板が掲げてあった。その看板に真っ赤な葡萄酒の瓶が描かれ、〝蜂印香竄葡萄酒〟〝滋養、強壮すべてに善し〟と謳い文句があった。

信治郎もこの蜂印香竄葡萄酒の存在は知っていた。

店の中に入ると、壁一面に何十本も陳列してあり、さながら葡萄酒の御殿のようだった。

「いらっしゃいませ。何かお入り用ですか」

若い丁稚が二人に声をかけた。

「商用で出向いてきたんや。ご主人はいてはるか」

「はい。社長さんですか」

「そうや。大阪の小西儀助が来たと伝えてくれるか」

「はい。少々お待ちを」

この店もあちこちで電話が鳴り響いていた。

「やあ、小西社長。よくお越し下さいました。さあ、どうぞ奥へ、奥へ」

金縁メガネに口髭の恰幅の良い洋装の男がチョッキのポケットに左手を差し込んであらわれた。

信治郎がその場に立っていると、儀助が、かまん、おまえも一緒に来なさい、と奥へ歩き出した。雪駄を履いたままである。足元は畳敷きではなく、赤い絨毯が奥まで続いていた。

ずらりと商品が並んだ棚で囲まれた部屋に通された。中央に楕円形の大きな机が置かれ、その机の上にさまざまな形のガラスの瓶とグラスが並んでいた。

「長旅お疲れでしたでしょう。あちらの景気はどうですか。戦勝景気に沸いていますか。さあ、どうぞおかけ下さい。君もどうぞ」

信治郎も椅子に座るように言われたが、立ったままでいると、儀助が座るよう目配せした。

すぐに銀製の盆を手にした女性があらわれた。

「どうぞ一杯。旅の疲れがとれますよ。これが、神谷(かみや)さんが売り出した〝電気ブラン〟です」

口髭の社長が手にした瓶は、今まで見たことのない形をしていた。透き通ったガラスから見える中身はウイスキーに似た色をしていた。

「これはブランデーとワイン、それにジンとベルモット。少しキュラソーも隠し味にしてあります。いや、これが今、東京では人気です。神谷傳兵衛(でんべえ)さんはやり手ですよ。お蔭で当店(うち)も大忙しです」

「それが話に聞いとった電気ブランだすか……」

儀助は口髭の社長が瓶からグラスに注ぐのをじっと見ていた。

グラスを儀助は手にして匂いを嗅いだ。

「君もどうぞ」

信治郎は立ち上がり、おおきにと言ってグラスを手にして、儀助と同じように匂いを嗅いだ。匂いは小西屋が扱っている輸入物のブランデーに似ていた。

儀助が口にするのを見て、信治郎も飲んだ。輸入ブランデーほどアルコールも、味もきつくはなかった。

「これならアルコール臭も上手く取れてまんな」

「そうでしょう。神谷さんはこれを浅草で一杯売りをしていらっしゃる。これがまたえらい人気でして……。まあもっとも一杯売りは神谷さんのお家芸ですから」

「相変らずの人気だすか」

「はい。それはもうたいした勢いです。私たち薬種問屋の米櫃(こめびつ)です。このところ蜂印が人気なのは、神谷さんが蜂印の味をまた少し飲み易く改良したからなんです。今度は何を隠し味にされたのか、とても飲み易くなりました」

「ほう、それは感心でんな。いや、神谷さんの仕事振りには頭が下がりますわ」

「丁度いい。一番新しく入荷した蜂印を一本お持ち帰り下さい。何が隠し味かは、小西屋社長の専門ですから、あとでぜひお教え下さい」

儀助は笑ってうなずき、信治郎を見て目配せした。

信治郎は荷の中から赤門印葡萄酒を出して儀助に渡した。

「小西屋の赤門印も少し味を変えてみましたんで、ぜひ飲んでみてもらおう思いまして……」

「そうですか。それはぜひ」

信治郎は儀助から瓶を受け取り、机の上のグラスに赤門印を慎重に注ぎ、前に差し出した。

社長は匂いを嗅ぎ、グラスの中の葡萄酒をゆっくりと揺らしてひと口飲むと、一瞬、金縁メガネの中の目をしばたたき、眉間にシワを刻んだ。

「どうでっか?」

「…………」

相手はしばらく何も言わなかった。

信治郎は、大伝馬町の問屋を足早に出た儀助のあとに付いて、次の薬種問屋をめざした。

今しがた聞いた問屋の社長の言葉が耳の奥に響いた。

「まだ何かが足りませんな……。ともかくこの新しい蜂印香竄を飲んでみて下さい」

と笑って言った。それが問屋の社長の赤門印への答えだとしたら……。

――失礼な奴やな。あないな口のききかたを旦那さんにしよって……。

信治郎は腹が立った。

次の二軒は薬種の打ち合わせであったから儀助は普段どおりの威厳のある小西屋主人であった。

午後の問屋回りの途中、信治郎は儀助と蕎麦屋(そばや)に入った。

かけうどんを注文してもらった。

大阪で言う、素うどんである。麺を入れたどんぶりを覗いて信治郎は目を丸くした。

「旦那さん、これ何だすか?」

「これが東京の素うどんや。大阪と違(ち)ごうて、東京はだし汁がこんな濃いんや」

儀助が笑って言った。

「濃いいて、これ醤油(しょうゆ)ちゃいますのん」

「わても最初は驚いた。食べてみると、そないでもない。味覚いうもんは国、場所によってまるで違うもんや」

儀助は言って平然と食べはじめた。

信治郎も濃い汁からうどんを箸でつまんで食べた。ひどくやわらかい麺だった。

信治郎は蕎麦屋を出ると儀助に言った。

「旦那さん。東京の人間は大阪と舌が違(ち)ごうてんのと違いますやろか」

「どうしてや?」

「舌が違うよって、赤門印の美味さがわからんのと違いますか」

「………」

信治郎の言葉に儀助は何も返答しなかった。

儀助が不機嫌なのがわかった。

儀助の下で働いて三年目に入っていた。夜鍋で、他の奉公人より儀助の近くにいることが多かったから、主人の感情をわかっているつもりだった。

儀助の歩調がまた速くなっていた。

不機嫌になると、儀助は口が重くなる。歩調もそうだが、所作も気ぜわしくなった。

赤門印の味が、あの社長にはわからなかったのでは、と口にしたことを信治郎は後悔した。

「旦那さん、す、すんまへん。余計なことを口にしてしもうて、かんにんしとくれやす」

信治郎は儀助の背後で頭を下げた。

儀助が急に立ち止まった。

信治郎はカミナリが落ちると思った。通りの中央で直立不動のまま目を閉じてうつむいていると、頭の上から野太い声がした。

「あの社長が味のことを何も言わんかったんは、そんな理由とちがう。信吉、おまえは何もわかってへん。わかってへんのなら、黙っとれ」

「へぇ、へぇ〜い。すんまへんだした」

「いちいち謝るんやない、と何べん言うたらわかんのや。このど阿呆」

馬喰町の宿に戻った頃には、すでに陽は落ちて、通りのあちこちに店灯りが揺らめいていた。

部屋で遅い夕食を摂った。

膳を運んで来た女が、お酒をつけましょうか、と言った。

ああ頼む、と儀助は返答した。

大伝馬町の通りで叱かりつけてから儀助は信治郎に一言も声をかけなかった。

酒が運ばれ、女が注ごうとすると、かまん、とぶっきら棒に言った。

女が部屋を出て行くと、信治郎はすぐに儀助の膳のそばに行き、徳利を持って儀助の前に差し出した。儀助は黙って盃を取り、酒を受けた。儀助はゆっくり盃を干すと言った。

「どないや？　東京は」

「へぇ〜い……」

「へぇ〜いやない。東京はどないやと訊いとんのや」

「失礼だすわ。商い人同士でも礼儀はあるんと違いますか」

「おまえ、まだ昼間のことを言うてんのか」

「す、すんまへん」

「あそこで貰うた蜂印香竄を持って来い」

信治郎は葛籠に仕舞った瓶を出し儀助に渡した。

儀助はそれを開け、盃に注ぎ、匂いを嗅いでから飲み干すと、目を閉じた。

沈黙が続いた後、儀助は立ち上がると、風呂へ行ってくるさかい、と言って障子を開けて立ちどまった。

「信吉、その葡萄酒をおまえも飲んでみい」

そうひと言言って部屋を出ていった。

信治郎は儀助の膳のそばに置いたままの葡萄酒の瓶を見た。

「何が神谷や、何が蜂印や……」

信治郎には自分の主人に失礼をした、あの口髭の社長も、あの社長が誉めていた神谷という男の名前も腹立たしかった。

信治郎は立ち上がり、自分の膳から茶碗を取り、部屋の中央に座って、葡萄酒の瓶を目の前に置いた。

そうして瓶をつかむと、葡萄酒をゆっくりと茶碗に注ぎ、その匂いを嗅いだ。

匂いは自分たちの赤門印とそう変わりはなかった。

茶碗を口元に近づけ、ひと口飲んだ。

信治郎は目を見開いた。

口の奥にひろがった葡萄酒の味を唾液とともに、口の中でもう一度味わった。

もうひと口飲んだ。今度は少し多目に口に含んだ。この二年、儀助に教えられたように口の中の、それも奥まで葡萄酒がひろがるようにした。

葡萄酒が喉の奥に流れた。甘味が口にたしかに残っている。

茶碗の中の葡萄酒を行灯の先に近づけて、その色と濁りをたしかめた。

信治郎はもうひと口飲んで、目を閉じた。今度はゴクリと喉が音を上げるようにして一気に飲み込んだ。たしかに甘味が残って、しばらく消えない。鼻の奥から残り香が戻ってきた。

信治郎は、フゥーッと大きくタメ息をついてから、

「これや、この味や……」

と声を上げた。

信治郎は茶碗の中の真っ赤な葡萄酒を見つめて、もう一度声を上げた。

「これや、この味を探しとったんや」

夜明け前、信治郎は音を立てぬように起き出し、店の裏手から通りに出て、昨夜、宿の女から聞いておいた岸沿いの稲荷神社に参った。賽銭箱に銭を投げた。

——お稲荷さん、どうか旦那さんに、あの葡萄酒の味を、いやあれ以上の葡萄酒が造れるようにお頼もうします。わて一生懸命お手伝いしますよって……。

信治郎は胸の中で祈った。

そうして引き揚げようとした時、目の前に大きな黒い影が立っているのを見て、思わず後ずさった。

「信吉、よう励んどんな……」

儀助だった。

「あっ、旦那さん。起こしてしもうてすんまへん」

「いや、わしが勝手に起きたんや。おまえが小西屋に奉公に来て、ずっと神農さんに参っとんのは知っとる。ええこっちゃ」

そう言って儀助は祠の前に行き、銭を投げて手を合わせた。信治郎は儀助が、毎朝、庭の稲荷に水を上げているのを知っていた。

「信吉、おまえは神仏に参るのを誰に教わったんや」

「へぇ～い。家のお母はん、いや母からだす」

「そうか。そらええお母はんや。親から教わったもんは人の一生の身に付くよってにな。

わしは祖父から習うて、それが身に付いたのを今は有難い思うとる。人がでけることには限りがある。商いもそうや。けど世の中には他人がでけんことをやる者が、いつの世もおるんや。なぜ他人にできんことがそいつにでけたかわかるか？」

「いいえ」

「運気や。それを取りこぼさんように、こうして神仏にお願いするんや。運気は人一人の力ではどないもしようがない。神仏はわてらのやっとることを見てはる。助けてくれはるもんがあったら、頭を下げても連れてきてもらうんや。ええお母はんを持って、信吉、おまえは幸せ者や」

「へぇ～、おおきに有難うさんだす」

明けはじめた朝の光の中に、ひさしぶりに儀助の笑顔が見えた。

遠くで川を渡る船頭たちの声がした。

二人は宿にむかって歩き出した。


儀助と国分商店に行って信治郎が驚いたのは、取扱う品物の多さと、それらの謳い文句を書いて壁に飾ってある貼り紙の多さだった。

それは厚紙に印刷され、赤色、青色、黄色……、恵比寿ビールなどには金箔が使われていた。

その壁のむかいにある棚には、あの蜂印香竄葡萄酒が山のように陳列してあった。

——こら問屋と違うて、売り店やないか。

儀助が国分商店の主人と話している間に、信治郎は店の中を案内してもらった。

店の裏手は日本橋川の岸になっており、そこに繋留した運搬船が川を埋めるほどひしめいていて、大勢の船人足が荷や樽を肩に担いで次から次に船に積み込んでいた。荷を満杯に積んだ船の一番高い所に恵比寿ビールの、恵比寿さんが鯛を釣り上げた絵を染めた幟が立ててある。

川風に赤い幟があざやかに揺れていた。

——こら、毎日が祭りやないか……。

むこう岸も同じような荷上げ、荷下ろしの風景が続いていた。

その喧噪を見下ろすかのように、日本銀行の新しい建物が光っていた。

「すんまへん。あのむこうに見える煙突みたいなのは何だすか?」

「あれは浅草の凌雲閣ですよ。高さが二百二十尺(約六十七メートル)あります」

「二百二十尺でっか。そら雲の上まで届いとるんとちゃいますか」

「ハッハハハ、そうですね。東京にいらっしゃる間に一度見学へ行かれるといいですよ。展望台からの眺めは絶品です。富士山まで見えますから」

「あの富士山がですか。ひょっとして大阪も見えるんとちゃいますか」

「ハッハハ、見えたらいいですね」

その日は国分商店から、他の薬種問屋へ回った。

四日の間、儀助に付いて回った信治郎は、東京という街が、これからどこまで大きくなるのかと想像した。

――こら負けとられんで……。

出発から五日後の朝、儀助と信治郎は大阪駅に着き、ひさしぶりに難波の地を踏んだ。

「ご苦労はんやったな……」

店に戻った信治郎は、番頭の藤次郎と伊兵衛に労を犒われた。

信治郎は東京での仕事の報告を二人にして、帳場へ行き、店から預り受けた銭の精算をした。

「旦那さんから、おまはんは今日休んでかまん言うことや。釣鐘町の家でも帰ってゆっくりし」

「へぇ～い、おおきにありがとさんだす」

信治郎は東京で儀助が注文した品物の書き付けと伝票、そしておそらく二階の作業場に置くことになる神谷の蜂印香竄葡萄酒や電気ブランなどを伊兵衛に渡した。

「信吉、旦那さん、東京で何かあったんか……」

伊兵衛が言った。

「いいえ、何もおまへんでしたが、何か？」

「いや、なんや機嫌がようない気がしたよって」

信治郎も儀助の機嫌が良くないことは気付いていたが、その原因がどこから来ているものかわからなかった。

「東京見物はしたんかいな？」

「へぇ〜い。旦那さんと浅草の凌雲閣に登りました。そらええ眺めでしたわ。富士山がすぐそこに見えました。浅草はえらい人の数だした」

「そうか、近頃の東京の勢いは、そらたいしたもんやという話やさかいにな……」

「ほんまだすわ。大阪もうかうかしてると東京に追い越されてまいます」

「そやな、気張らなあかんな……」

信治郎は旅の片付けをして、釣鐘町の家に戻り、その足で南地の芳やのしのに土産品を届けに行ったが、生憎（あいにく）、しのは留守にしていた。

ひさしぶりに家族と逢った信治郎は東京での土産話をした。

「そら日本橋川の川岸の荷出しは、毎日が祭りのような騒ぎだしたわ」

「そら、ええもんを見たな」

忠兵衛が目を細めて信治郎を見た。

翌朝早く、店に戻り、作業場に置く荷を探すと失（う）せていた。

「常吉はん。作業場の荷がないけど……」

「作業場での洋酒造りはやめはるそうだす」

「えっ、今、何と言うた？」

第三章　ハイカラ修行

明治三十一年（一八九八年）二月、上方歌舞伎待望の劇場〝大阪歌舞伎〟が開館した。芝居好きの難波っ子にとって新しい芝居小屋の完成は柿落し（こけらおと）前から評判だった。座元は、この柿落し興行に九代市川團十郎（だんじゅうろう）を座長に上げ、團十郎を五万円という破格の出演料で迎えた。当時の五万円は、現在の価値に換算すると数億円である。これがまた大評判になり、初日から客席は満員の客でひしめきあった。

連日、歌舞伎が賑わい続ける四月の中頃、芝居見物が何より好きだった鳥井忠兵衛が帰らぬ人となった。

この二年、床に臥すことが多かった忠兵衛は妻、こまと喜蔵、信治郎の兄弟をはじめ家族に看取（みと）られて五十九歳で生涯を終えた。

このたびはご愁傷さまで……、と悔みを述べる通夜の弔問客に信治郎は兄の喜蔵、母、こまの隣りに座って丁寧に頭を下げた。

喜蔵が信治郎の膝を軽く叩いた。

見ると、藤次郎と伊兵衛の顔が見え、そのうしろに小西儀助の姿があった。

信治郎は立ち上がり、儀助を迎えた。

「旦那さん。お忙しい時にわざわざお顔を見せてくれやして、おおきに……」

儀助の顔を見るのは、実に三年振りである。頭髪に白いものが増えていた。

「信治郎はん。せんないことどしたな」

藤次郎と伊兵衛の声を聞きながら、信治郎は儀助を案内した。

儀助が喜蔵とこまに悔みを述べていた。

「小西屋はん、お忙しいとこを……。その節は息子がお世話になってからに」

儀助たちが引き揚げて行くと、替わるように博労町の染料商、小西勘之助と番頭の由助があらわれた。

由助が信治郎に小声で言った。

「信治郎はん、残念なことやったな」

信治郎は小西勘之助に深々と頭を下げた。

「旦那さん、お忙しい時にご丁寧に……、ご無沙汰しておりまして、すんまへん……」

染料商、小西勘之助は、信治郎が小西儀助商店の次に奉公に入った店の店主であった。

そして去年の秋、信治郎は染料商での奉公を二年で終えていた。

通夜の弔問客がぽつぽつと途絶えはじめた時刻、信治郎はこまに、少し休むように言って、祭壇の前に座っている喜蔵の背中を見た。兄の肩越しに父の位牌が線香の煙りの中に見えた。

父と兄の三人で語り合った三年前の夜のことがよみがえった。

その夜、釣鐘町の丁稚が家に来てくれるように信治郎に報せに来て、家に戻ると、膳が用意してあった。

「お母はん、今日は何かお祝いでっか？」

「それはお父はんからお聞きやす……」

風呂を上がった喜蔵が戻り、皆が揃うと忠兵衛が信治郎に言った。

「今日でわては隠居させてもらう。明日から喜蔵にこの店の、家督を継いでもらう。信治郎、おまはん、それでかまへんな」

「そら勿論だす。お兄はん、おめでとうさんだす。これでお父はんもゆっくりでけるし、店も安泰や」

信治郎が言うと、忠兵衛が息子を見た。

「安泰と違う。信治郎、おまはんはどないすんのや」

「そうやで、信治郎、あんたにお兄はんを助けてもらわな……」

こまがすかさず言った。

「おまえは黙っとれ。信治郎、わてがおまはんに聞きたいのは、この先、おまはんがどないしようと思うてるかや。小西屋はんでの奉公振りが評判なのは、わても喜蔵も耳にしてる。手代になるのもそう遅うない言う人もいる。いずれ小西屋はんの番頭になって、道修町でやって行くつもりなんか？」

「…………」

返答しない信治郎にこまが言った。

「そうやで、この店は三代続いた店だっせ。お祖父さんの要助はんも次男で、この別店を出さはって、津ノ国屋忠兵衛にならはったんや。次男のあんたはんが、雇われ番頭を……」

「こま、おまえは黙っとれ言うとるやろう。あっちへ行ってくれ」

言われてこまは渋々立ち上がった。

忠兵衛はこまの背中を睨んで、

「……何が津ノ国屋や、昔話をしくさって。それで信治郎、おまはんはどないしたいんや」

「薬種問屋をやるつもりはおまへん」

信治郎の言葉に、忠兵衛と喜蔵は顔を見合わせた。

「薬種問屋をやるつもりはないって、おまはんどういうつもりや。今年の五月かて、奉公人の中で、おまはん一人が東京へお供させてもろうてたやないか」

「あれは薬種の用だけとは違いましたんや。半分は洋酒部の仕事だした。お父はん、喜蔵兄はん、わてはこのまま小西屋はんの奉公人でやっていくつもりはありまへん」

「そらどういうこっちゃ」

　忠兵衛と喜蔵が信治郎を見た。

「薬種問屋はそら利のええ商いだすが、道修町で、その利をぎょうさんあげとんのは、武田屋はん、田邊屋はんいうた、御一新前からの株仲間のひと握りの大店（おおだな）だす。小西屋かて、その大店に割って入ることは、五年、十年では無理だす。それに暖簾分けで、元店から別店を出してもろうたとしても、今のご時世店がおおきゅうになるには並大抵のことではあかん思います」

　忠兵衛と喜蔵は信治郎の話に真剣に聞き入っていた。

「わては別の商いでやって行こう思うてます」

「別の商いって、信はん、何の商いや？」

　喜蔵が訊いた。

「そら、今はわからしません」

　信治郎はそう言って眉間にシワを寄せた。

「わからんて、わからへんもんを、どないやって探すんや」

「………」

信治郎はまた黙り込んだ。

喜蔵が見兼ねて言った。

「お母はんは前からそうなんやが、お父はんもそうやろうと思うて言わせてもらうけど、信治郎、おまはん、この店に戻って来て、わてと一緒に店をやったらええ。今は丁稚一人を雇うのが精一杯の店やが、おまはんとわてで気張って店を盛り上げて行こうやないか」

「喜蔵兄はん、気持ちは嬉しいんだすが、この店の商いの高はわてわかってま。わて一人の食い扶持でどうこうとは思うてません。けど商売の算用はできますわ」

「信治郎、何を抜かす。おまはん一人の食い扶持でどないかなる店と違うで。きちんとそれは米穀商をやる時からのけたあるんや」

忠兵衛が声を荒らげた。

「お父はん、信治郎はそういうつもりで……」

喜蔵が忠兵衛をなだめた。

「す、すんまへん。お父はん、わてそういうつもりで……」

信治郎は畳に額がつくほど頭を下げた。

「わかっとるわい……」

忠兵衛はそう言って、フゥーッと大きな吐息を洩らした。

「それでどないするつもりなんや」

忠兵衛が元の口調で信治郎に訊いた。

「小西屋はんを、年の内に出よう思ってます」

信治郎の返答にまた忠兵衛と喜蔵が顔を見合わせた。


線香の煙りの中に、怒り出した時の忠兵衛の顔が揺れていた。

生まれてこのかた忠兵衛が信治郎にむかって声を荒らげたのは、あの夜だけだった。

――お父はんはほんまにやさしい人やった……。

「おまえ一人の食い扶持は米穀商をやる時からのけたあるんや」

信治郎は父がそんなふうにしてくれていたとは思いもしなかった。

弔問客が途絶えた。

信治郎は喜蔵にそろそろ表を閉めて、提灯(ちょうちん)を下ろそうと言った。

信治郎は立ち上がり、店の表へ出た。

春の風が吹いて流れていた。

見上げると、おぼろ月が浮かんでいた。

耳の底に声が聞こえた。

「ええか、信治郎、道修町の小西屋はんのご主人の小西儀助はんはあの町でも評判の人や。奉公は辛いことがぎょうさんあっさかい、それを辛抱すんのやで。わてがうちの店をおおきゅうにでけんさかい、おまはんを奉公に出すことになってもうた。けどおまはんなら、わてはやれると信じてる。気張るんやで。そいでどないしようもない時は……」

そこまで言って忠兵衛は口ごもった。

「お父はん、大丈夫だす。わてきちっと奉公してみせまっさかい」

父の目に光るものがあった。

よみがえった声を聞きながら空を見上げると、月がゆっくりと揺れていた。

忠兵衛の火葬を終え、釣鐘町の家に遺骨を持ち帰った。

四天王寺から僧侶が来て経を唱えはじめた時刻には、春の陽は傾き、西表木戸から土間に差す陽光も朱色に変わっていた。

読経を終えた僧侶が次姉のせつが出した茶をゆっくりと飲みながら、こまと喜蔵に挨拶した。

信治郎は僧侶の顔に見覚えがあった。高齢になっているものの、穏やかな目元を見上げた記憶がある。僧侶が信治郎を見た。

「下の息子さんかいな？」

「そうだす。ご無沙汰してます」

「そうか。まだちいさい頃、お母はんとようお参りに来てた子やな。えらい男前にならはって、もう何歳にならはった？」

「二十歳になります」

「ほうそないか。わしが歳を取るはずや。ハッハハ」

僧侶の笑い声で皆が笑い出した。

やがて僧侶が皆に送られて引き揚げると、家の中に静寂がひろがった。

「お母はんも、お兄はんもお腹が空きましたやろ。仕出しの精進落しの弁当が届いてまっさかい、すぐ用意しますわ」

長女のゑんが言った。

ゑんもせつもすでに嫁いでいた。

居間に膳が運ばれ、ひさしぶりに家族水入らずの精進落しになった。

信治郎はこまと喜蔵に酒をすすめ、その銚子を二人の姉にもむけた。

うちはお酒はかなんし、とゑんが首を横に振り、せつは自分のお腹をそっと手で触れて笑った。せつのお腹には子供がいた。

「中桐（なかぎり）の家の方はどない……。三輪の卯吉郎はんは少し肥えはったか……」

こまが娘たちの嫁ぎ先の様子を尋ねた。

「喜蔵兄はんは決まりはったけど、信はんはどないなんや？」

ゑんが訊いた。

「何がだす？」

「わてはまだそないなことできる身上やおまへん」

「おまへんって、信はんもう二十歳やろ」

こまは姉弟の会話を黙って聞きながら、時折、仏壇の骨壺を見ていた。

「節分さんの時に挨拶した時は、お父はん元気やったのにな……」

せつが仏壇を見て言った。

「それがお父はんとの最後やったのかいな」

ゑんの言葉にせつがうなずいた。

信治郎は二人の姉の会話を聞きながら、今年の元日、釣鐘町の家で鳥井の男三人が酒を酌み交わした時のことを思い出した。

その席で、信治郎の今後を心配する父と兄に、信治郎は初めて自分がやろうとしている商いの話を打ち明けた。

「葡萄酒の商いをしてみようかと思うてます」

「ほう、あの滋養に効くいう葡萄酒かいな。いきなり高い薬をやろう言うのんか。そら面白いかもな。なあ喜蔵」

「お父はん、お兄はん。葡萄酒は薬と違います。そら今は滋養、強壮で売ってますが外国では食事の前、食事をしてる時も飲むもんだすわ」

「けど新聞の売り出し文句はそうなってるで。それをどこで仕入れるんや」

　喜蔵が言った。

「仕入れるんと違いますわ。こさえるんだすわ」

「信はんがつくるんかいな?」

　喜蔵が目を丸くした。

「へぇー、そうだす。道修町の小西屋はんで旦那さんと一緒に葡萄酒造りを二年近うやって、要領はわかってます。小西屋でも、赤門印の葡萄酒を製造、販売してましたさかい」

「けどそれを儀助はんは商いにならん言うて、やめはったんやろう」

「そうだす」

「それをおまはんがやろう言うのんか」

「小西屋の旦那さんは葡萄酒の味わいが出せへんかったんだす」

「おまはんにそれができるんか?」

信治郎は大きくうなずいて二人を見返した。

「それで信はん、葡萄酒の先の見込みはええのんか？」

喜蔵が訊いた。

「わてが見たんは、二年前の東京で二軒の問屋はんでの品揃えと、荷出しだした。今、一番売れとんのが、東京の神谷傳兵衛いう人が製造、販売しとる蜂印香竄葡萄酒だすわ。これは飲み易い、ええ味を出しま。その折に東京の老舗の問屋の国分商店でおよその出荷数を聞きました。今はもうその倍はいってると思います。これからもっと伸びるはずだす、お兄はん」

「そないに出とるんか」

信治郎が挙げた数量に、忠兵衛が目をかがやかせた。

「それでどないしてこさえんのや？」

「原酒は、勿論、葡萄酒だすわ。これは河内産の葡萄酒を樽で仕入れます。小西屋はそうしてました。神谷はおそらく山梨の葡萄か、スペイン、ポルトガルの原酒樽を仕込んでんのかもしれません。この葡萄の原酒にいろんなもんを加えて、日本人の飲み易いもんに調合させます」

「そうか……、おまはん、よう勉強したるな」

「道修町の小西屋はんから博労町の小西勘之助商店に奉公替えさせてもろうてからも、

葡萄酒のことはずっと気にかけてましたさかい……」

「それで、おまはんの葡萄酒をこさえて商いになるまで、元金はどのくらいかかるんや?」

「………」

すぐに返答はできなかった。信治郎にも正確な算段はできていなかったからだ。

「よっしゃ、人が飲むもんや、目の玉が飛び出るほどの品物をこさえんのとは違うはずや。その元金、わてが、鳥井の家がどないかしようやないか。その美味い葡萄酒を一発こさえてみようやないか。こら楽しみやで、なあ喜蔵」

「そや、わても応援させてもらうわ」

忠兵衛は少し酒が入った頬を光らせて嬉しそうに言った。

興奮した父と兄の顔を見て、

「おおきに、お父はん、お兄はん、おおきに……」

と信治郎は何度もうなずいた。

――あれが、お父はんと商いの話をした最後やった。

しかしまだ信治郎には踏ん切りがつかなかった。

通夜、葬儀と続いたせいか、少し疲れた信治郎は奥の間で休んだ。

喉に渇きを覚えて目を覚ますと、家の中には、静寂がひろがっていた。

信治郎は起き上がり、表へ出て、井戸の水を汲んで一気に飲み干した。

見上げると春の星がきらめいていた。

道修町で、夜毎こうして星空を仰いだ日が思い出された。

——マキは、常吉はどないしてんのやろか。

小西屋での日々が、遠い日の出来事のように思えた。

母屋に戻ろうとすると、障子越しに薄っすらと灯りが見えた。

——誰ぞまだ起きてんのやろか。

そっと障子を開け、部屋の中を覗くと、こまのうしろ姿が見えた。

母の背中は、こころなしかちいさくなったように映った。

「お母はん、まだ起きてんのかいな」

こまは振りむいて信治郎の顔を見るとちいさく微笑んだ。

「なんや信はん、休んどったんやないの」

「喉が渇いて目が覚めてもうた」

「そうなんか……」

信治郎は母のそばに行き、仏壇の前へ座って言った。

「なんや、お父はん、あっという間やったな。親孝行もでけんうちに逝かせてもうた」

「何を言うてんのや。お父はんは奉公先での信はんの評判を聞く度に、そら嬉しそうにしてはったんやで。それで十分に孝行はしてるがな」

「いや、せめて葡萄酒ができるまで生きて欲しかった」

「何のことや？」

「……何でもない」

信治郎は短くなった燈明（とうみよう）の蠟燭（ろうそく）を替え、火を点け、手を合わせた。

「信はん」

背中で母の声がした。

「何でっか？」

こまは独り言かのように、忠兵衛の位牌を見ながら静かに話しはじめた。

「昨日、今日、ご苦労はんやったな。おおきに。信はんは、ええ男衆（おとこし）にならはった……。こんなことを言うと、喜蔵兄はんには悪いけど、お父はんは信はんのことがほんまに好きやったんや。あんたを丁稚に出す時、わては反対したんや。この家があんたを丁稚に出さなあかん身代と違うのを、わては知ってたさかい、離縁をしても信はんを手元に置いとこう思うてた……。あんたはんを小西屋はんに連れて行った日の夜、わては泣き泣き戻して欲しいと話したら、お父はんも目に涙を溜めて言わはった。わしも信治郎を外に出しとうはない。けど信治郎のためやと思うて、我慢したってくれと……」

　——そんなことがあったんや……。

「わてがこの家に嫁いだ時は、鳥井の商いはそらたいしたもんだした。まだ要助祖父はんも元気やったし、両替屋で〝釣鐘町の津ノ国屋〟いうたら知らんもんはいいひんほどの身代やった。要助祖父はんが亡くなってからも、お父はんはよう気張って働いてなはった。それが御一新の二年前、西国の藩に貸さはった大きな金が戻らんようになってもうた。詳しい事情はわてはわからへんかったけど、千度、その藩の御屋敷まで通っててはった。国元までも行かはったけど、あかんかった。それで三代で築いた身代がおかしゅうなってもうた。お父はん、もう生きていけんとまで言わはった……」

　こまは、その頃の様子を思い出しているかのように、切ない表情で語っていた。

　——そないなしんどい目に……。

「……お父はん、首くくる言わはって、わては必死でかんにんしてもろうた。わてのお腹の中に赤児（やや）がいてたさかいな。せめて子供を二人、三人産んで育てさせて欲しい、と泣いて頼んだんや。最初の赤児はすぐに亡くなってもうた……。せんない日が続いたけど、お父はんと二人で〝生玉（いくたま）さん〟に通うたんや。それで喜蔵はんを授かったんや」

　こまは続けた。

「……喜蔵はんが生まれて、ゑんはん、せつはんと子を授かった頃は、お父はんも元気にならはって……。信はん、あんたはんが生まれた時、お父はんが赤児のあんたはんを見て言わはった。この子はええ目と鼻をしとる。この子の先行きが見てみたい、と。もういっちょう、わては気張るで、とそれは喜んだはった。何年か振りに、わてはあの人の嬉しそうな顔を見た気がした……。信治郎はん、あんたはんはお父はんを救うてくれたんや。わても赤児のあんたはんの顔に、元気な時のあの人の表情が見えた。気性も若い頃のお父はんによう似てる。あんたはんを丁稚に出させたんは、お父はんが、家業の失敗は自分が他人の飯を食べてへんかった甘さがあったからや、とわてが泣いて戻して欲しいと頼んだ時に言わはったんや。それを初めて聞いて、わては恥かしかったし、安堵したわ。商い人の根性いうもんは、女のわてらが考えてるより、奥が深いんのやな、と。ほんまの商いは一代くらいではようでけんのやな。通夜、葬儀をお兄はんと取り仕切ってるあんたはんを見てて、お父はんのやらはったことは間違いがなかったんやと、つくづくわては思いました」

「そんな、お母はん、ええ話を聞かせてもろうてからに、おおきに、ありがとさんだす。けどわてはまだ半人前だす。これからだす」

信治郎は母の手を握って言った。

その信治郎の手の甲を、こまは軽く叩いて、

「そうか、半人前なら、早う一人前にさしてもらえるように、明日でも、生玉さんに、お父はんのお礼と、あんたはんのことを頼みに皆でお参りに行こか」

「へぇ〜、そないしまひょ」

信治郎が言うと、こまが白い歯を見せて笑い返した。

ひさしぶりに見る母の笑顔だった。

翌日、鳥井家の家族は皆して松屋町筋を歩き、生玉さんにお参りに出かけた。

信治郎は、この日のことをよく覚えていて、後年、生玉さんこと生國魂神社が、昭和の大造営をした折、彼は空にむかってそびえるほどの大鳥居を寄進した。

その大鳥居は、現在も、難波の青空にむかって見事に建っている。

忠兵衛の四十九日が終り、四天王寺の墓所へ忠兵衛の骨を納めた。

信治郎は、その頃、釣鐘町の家を早くに出て、河内の葡萄畑を見に行ったり、外国人居留地へ知り合いの中国人執事や、日清戦争以降、中国への輸出品が大きく伸びていた中国人商社を訪ねたりしていた。

この日も朝早く家を出て、外国人居留地にある洋酒輸入商の「セレース商会」へ出かけていた。

セレース商会はスペインから日本に来て、神戸で洋酒の輸入商をしていた。取扱っている品物は母国、スペインの葡萄酒だけでなく、シャンパン、ブランデー、ビール、ウイスキー等の洋酒はスペイン産に限らず販売していた。

主な販売先は外国人居留地に住む人々と神戸に入港する外国船や軍艦などだったが、明治二十年代後半から、少しずつ日本人もビールを飲むようになって、その売上げも伸びていた。

信治郎が小西儀助商店に奉公をしている時、小西屋のある通り筋に、荻野（おぎの）という和紙の小売商があり、そこへ店の用でよく出かけていて、お嬢（いと）さんと顔見知りになっていた。そのお嬢さんが、セレースに嫁ぐことになったことがきっかけでセレース商会と知り合うようになった。

商家の娘さんがスペイン人に嫁ぐというので近所の評判になった。血筋も生活の風習も違う家へ嫁ぐことに反対する人も多かったが、信治郎は顔見知りだったお嬢さんの明るい性格をよくわかっていたから、

「荻野のお嬢さん、そらええ縁談や。外国の人かて同じ人間や。これからの時代は新しい所へ、女子（おなご）はんもどんどん出るべきや」

と応援した。

「信吉はん。ほんまにそう思わはる？　うちも同じ気持ちです。旦那さんになる方は、そらやさしいええ人です。時間がある時に、必ず遊びに来て下さいね」

小西勘之助商店での奉公があけた年の冬、信治郎は、神戸の家を訪ねた。

荻野のお嬢さんと夫のセレースが温かく迎えてくれ、信治郎は夕食をご馳走になった。

信治郎がまず驚いたのは、夕食をとる部屋の内装が豪華であったことだ。それまでは外国人の屋敷を訪ねても、裏木戸からあらわれた執事と話をするだけで、中を見たことはなかった。

信治郎は天井に吊された装飾品を見上げた。

「これはまた綺麗なもんだすな」

「シャンデリアと言うて、むこうではお客さんを招く部屋に飾るんよ」

「しゃん、でりや、だっか？　お嬢さん、この壁の紙も、花柄でよろしいでんな」

「ありがとう。スペインのバルセロナから取り寄せたんよ。主人の、セレースの故郷の街でね。それは美しいところよ」

「行かはったんだすか？」

「ええ、里帰りで。バルセロナはスペインで一番の街やわ。海も美しいし、山も、丘もそれは緑にあふれていて、そこに葡萄畑がたくさんあるねん」

「葡萄畑でっか。そらよろしおますな。葡萄畑も行かはったんでっか」

「ええ丁度、収穫の時で大勢の人がこんなにぎょうさんの葡萄を樽に入れてたわ」

お嬢さんは両手をひろげて信治郎に葡萄の収穫時の賑やかさを語った。

——こらスペインさんの葡萄も一回あたってみなあかんな……。

食事がはじまってさらに信治郎は驚いた。

二人の執事が、出される料理がかわる度に目の前の皿を取りかえるのだ。その上、〝スープ〟と呼ぶ、碗汁のようなものを口に入れる〝スプーン〟というものがあり、それを使って食べるのだった。

お嬢さんが、初めて西洋の食事をする信治郎に、食べ方を親切に教えてくれた。

「ほら右手で、こういうふうにスプーンを持って奥からゆっくり掬うんよ。食べる時に音を立てるのはあきません。こうしてゆっくり口に入れて、口を閉じて飲み込んで」

「へぇ〜、音を立てたらあかんのだすか」

「そう。西洋では食事は大切な時間やから、時間をかけてゆっくり、静かに食べるの」

「そら、わてらの早飯と逆だすな」

信治郎の言葉にお嬢さんが笑い出し、主人のセレースに通訳すると、セレースも愉快そうに笑って信治郎を見た。

セレースが信治郎に葡萄酒をすすめた。

「セレースさん、こらまた綺麗な器だんな」

信治郎は目の前に置かれた透き通ったガラスの器を天井のシャンデリアにかざした。

ガラスに花の模様が刻んであった。

――えらい細かい細工をしたあんな……。

セレースが信治郎のグラスに葡萄酒を注ぐように執事に言った。

セレースのグラスにも葡萄酒が注がれ、そのグラスを少し持ち上げた。お嬢さんも同じようにして笑ったので、信治郎もグラスを持ち上げた。

セレースが信治郎に何事かを言った。

「主人が、今日はよく来て下さって、ありがとうと言うてるわ」

「そうでっか。わてもお嬢さんと旦那さんにお逢いできて嬉しいですわ」

魚や肉料理が出て、その都度ナイフ、フォークの使い方を覚えるのに信治郎は苦労した。

お嬢さんがわざわざ信治郎の隣りに腰かけて要領を教えてくれた。

信治郎は食事をしながらセレースとお嬢さんが葡萄酒を飲む様子を見ていた。特にセレースは葡萄酒をよく飲んでいた。

——これが西洋の晩御飯の食べ方なんや。毎晩こないしてんのやったら、そら葡萄酒はよう売れるがな……。

食事が終って隣りの部屋に移ると、壁の中央に薪をくべて、火が燃え盛っているのを見て、信治郎はまた驚いた。

「こら何だすか、お嬢さん」

「ファイアープレイス、暖炉と日本語では言うんよ」

「部屋の中で、こんなん危ないことはないのんだすか」

「大丈夫や。西洋では冬はこうして暖炉の周りに集まって、家族で団欒するねん」

「たしかに暖こうおますな」

執事が酒瓶とグラスを運んで来た。

セレースが酒瓶を手に取って、ちいさなグラスに酒を注いで信治郎に差し出した。

「こら何だすか」

「ブランデーよ」

「ああ、ブランデーでっか。小西屋はんの旦那さんと、このブランデーをこしらえてみたことがありますわ」

そう話すと、お嬢さんも興味を示したが、隣りにいた主人のセレースが身を乗り出してきた。

「あなたは洋酒に興味がおありなんですか」

セレースの表情を見て、信治郎は、シメタと思った。実はこの訪問には、昔馴染みのお嬢さんへの挨拶以上に、葡萄酒の事情を詳しく知りたい思惑があったからだった。

「へぇ〜い、葡萄酒の製造、販売を若い頃に勉強しまして、葡萄酒、洋酒の商いをやってみようかと思うてます」

「それは素晴らしい。葡萄酒に限らず、ウイスキー、シャンパン、このブランデーもそうですが、これから日本が発展し、西洋のすぐれた生活習慣を取り入れるようになれば、葡萄酒をはじめいろんな洋酒が飲まれるようになります。信治郎さん、あなたはとても将来性のある仕事に目を付けられています」

お嬢さんの通訳するセレースの話を聞きながら、彼の興奮した表情を見て、

——セレースはんもきちんとした商売人なんやな……。

と彼の話にうなずいた。

「合成酒は私も試飲してみましたが、あれは葡萄酒の本当の味とはほど遠いものです。私たちヨーロッパからの輸入商は新政府に、合成酒の製造を禁止するよう、何度も申し出ているのですが、聞いてくれません。西洋の物を表面だけすぐに真似をするこの国の人たちの安易なやり方は良くありません。信治郎さんもそう思われるでしょう」

「ほんまにそうだすな……」

熱っぽく語るセレースを見て、まさかその合成酒をこれから製造しようとしている張本人だとは言い出せず、信治郎はうなずいた。

「スペインにはフランス産に負けない素晴らしい葡萄酒があります。あなたは妻のお友だちだから特別に勉強してお譲りしますよ」

「そら、おおきに……」

信治郎は一度目の訪問で多くのことを学んだ。

信治郎は次にセレース商会を訪ねる前に、お嬢さんの実家へ行き、彼女の好物を聞いた。それを土産に買って、神戸へ二度目の訪問にむかった。

汽車の窓に映る風景を見ながら、信治郎は、右手が庖丁(ほうちよう)やのうて何やったか、あっ、そうやナイフや、左手がフォークやったな。お茶碗がス、スープで、スプーンを右手で持って奥の方から音を立てんように飲むんやな。ナイフも皿に当てて音を出したらあかん……と食事のマナーを思い出していた。

――お箸ひとつで皆食べられる、こっちの方がよほど進んどるように思うが、国が違うということは、そういうこっちゃろう。けど食事をしながら、グイグイ葡萄酒を飲んどったんは、あれはなかなかや……。

実際、当時の日本人は葡萄酒を滋養強壮剤としてちびちび飲む人がほとんどだった。

――あんなふうに、日本人が葡萄酒を飲むようになったら、蔵の中はいつも空っぽで、ええ商いになるで……。

「これから日本が発展し、西洋のすぐれた生活習慣を取り入れるようになれば、葡萄酒をはじめいろんな洋酒が飲まれるようになります。信治郎さん、あなたはとても将来性のある仕事に目を付けられています」

セレースの言葉を思い出した。

「ほんまやろか。いつになったらそんな日が来るんやろか……」

信治郎はつぶやき、かたわらに置いたお嬢さんへの土産の包みを軽く叩いた。

土産は少し張り込んで、高麗橋の〝鶴屋八幡〟で一等高い和菓子を詰め合わせた。江戸期より〝形小にして銭を咬むに似たり〟と評判の高級品である。信治郎は品物を選ぶ折、なぜか一等高いものを選ぶ癖があった。信治郎の財布が軽くなった。丁稚奉公の間に貯えた金はまだ残っているが、商いの元手にはとてもではないが、足る高ではなかった。

「よっしゃ、ほな一発、その葡萄酒の商いやってみようやないか。そんだけの銭はどうにかしたる」

亡くなった父、忠兵衛は生前そう言ってくれたが、それを喜蔵に言い出せない。できれば自分で元手を算段したかった。

やがて神戸の港が見えた。大きな船が浮かんでいた。

二度目の訪問では、まずセレース商会が扱う商品を見せてもらった。

三本の葡萄酒がテーブルに置かれ、セレースがそれをグラスに注いだ。

「どうぞ飲んでみてください」

「へぇ～、おおきに」

一本目の葡萄酒を口に入れ、味をたしかめるように口に含んで揺らした。

——こら、濃過ぎるわ……。ずっと飲んだら重とうなる。

「どうですか？」

「結構だすな」

「さすが信治郎さんだ。ではこちらを」

二本目も濃過ぎた。とてもではないが日本人には飲めるものではなかった。

三本目はそれまでより飲み易かった。

「わてには、これが一番飲み易うおました」

「この葡萄酒は一番若いんです。醸造期間が短いんです。前の二本の方が葡萄酒の本当の味です」

お嬢さんが通訳する話を聞きながら、信治郎は三本目の瓶を手に取って眺めた。

「これは瓶詰で運んではるんだすか」

「いや、今はもうすべて樽詰です。瓶詰は船が赤道を通過する時、味が変わってしまいます」

「ではこっちで瓶詰してるんだすな。ちなみに樽ひとつで何本瓶は出せるんだす？　その値段も教えてくれますか」

セレースは机の方へ行き、帳面を手に戻ると値段と樽ひとつからの瓶出しの数を言った。信治郎はたちまちのうちに暗算で、瓶一本の出し値を計算した。

「どうですか」

「そら高うて商いになりまへん」

信治郎はきっぱりと言った。

セレースは両手をひろげ肩をすぼめた。

「信治郎さん、力になれなくてごめんなさいね」

お嬢さんが済まなそうな顔で言った。

「いや、お嬢さん、商いは商いですよって。こっちこそお力になれんで、かんにんだす」

「ええんよ。セレースはん。セレースは同じ商いをする日本人と知り合いになったことをとても喜んでるから」

「セレースはん。もっと安い元酒の樽売りはおまへんのだっしゃろか」

セレースがはっきり首を横に振った。

――セレースはんも商売人なんやな。

所用を済ませ、夕刻、屋敷を訪ねると、また歓待を受けた。

セレース夫妻の屋敷にいて、信治郎は西洋人と日本人の生活習慣の違いに驚くことがたくさんあった。中でも一番違っていて、学ぶべきだと思ったのは西洋人の個人を尊重する考え方だった。セレースが地球儀でスペインの場所を教えたいと書斎へ案内した時に、妻はこの部屋には入らないし、自分も妻の部屋には入らないと言われたことに信治郎は驚いた。

それだけの会話で、若い信治郎が西洋の個人を尊ぶ、個人主義に気付いたのは、信治郎独特の観察眼があったのだろう。

――西洋人はたとえ夫婦でもその人さんの気持ちを大事にするいうことなんや。

他にもいくつか印象的なものはあったが、二度目にして信治郎が、自分たちの暮らしとは違うと思ったのは〝匂い〟、すなわちさまざまな香りが漂っていることと、〝色味〟であった。

元々、信治郎は嗅覚が人一倍すぐれていたが、食事をする部屋ではやわらかな香りがしたし、暖炉のある部屋からは甘い香りがした。厠(かわや)へ入った時も、また別の香りがした。

「お嬢さん、このお家は部屋によって違った香りがしまんな。皆何やええ匂いだす」

「あら、気が付きはったん？　そうなんよ。部屋によって違う香りを撒いてるの」

「香りを撒く？　何のことでっか？」

信治郎が訊くと、お嬢さんは隣りの部屋のガラス製の棚から、美しい瓶をひとつ手にして戻って来た。

「それは何だすか？」

「フレグランス、香水やわ。栓を取ってみるとええよ」

栓を取ると、なるほど、この部屋と同じ香りがした。

「バラの花や、さまざまな花を摘んで、香りを持つ成分から作るんよ。高価なもんやわ」

「ほう、匂いだけで商いになるんだすか」

「ええ、婦人たちが競い合って買うんよ」

「それにしても綺麗な瓶だすな。これに何か美味い酒を造って入れたら売れるんちゃいますか」

「信治郎さんは何でもお仕事につながるんやね」

「こら、どうも、すんまへん」

また食事をする部屋には壁紙ひとつにしても、同じ色調で合わせた中に、花や、鳥や、蝶(ちょう)が華麗に描かれてあったし、談笑するための暖炉のある部屋には落ち着いた茶色を基調にした壁紙と家具が備えてあった。

食事の皿にも、お茶の器にも、金箔がさりげなくほどこされてあった。

——西洋はんは、金色が好きなんやろか。

西洋人がジパングと呼んだ日本に、黄金の国として憧れを抱いていたことを信治郎は知らなかった。

信治郎の目を特に引いたのは、夕食の時に着替えてあらわれたお嬢さんの洋服のビロード地の色彩のあざやかさだった。

――いや見事な赤色やな。

信治郎は、テーブルのむかいに座ったお嬢さんの美しい洋服に見惚れた。

――何や、色味を変えただけで違った人に見えてまうな……。

信治郎の目の前にいるのは、船場(せんば)の和紙の小売店の嬢さんではなく、まったく別の女性に映った。

お嬢さんと信治郎の間には、花瓶に活(い)けられた、これもあざやかな赤い花があった。

「いやお嬢さん、お美しい。その洋服と、この花がよう似合いますわ」

「おおきに。これはバラよ。西洋の人が好きな花なんです」

「バラ、でっか。見事なもんだすな」

信治郎は言って、出されたスープを飲みはじめると、その様子をセレース夫婦が見て、

「信治郎さんは覚えが早い、と主人が感心してますよ」

と笑って言った。

おおきに、と信治郎は丁寧に頭を下げた。

信治郎はセレースの部屋で見た棚の中に並んだ高価(たか)そうな書物に興味をひかれた。

――セレースはんはこうやって遠い国まで商いに来はっても、よう勉強をしてはんのや、感心やな……。

その厚い書物の脇に綺麗な色彩の薄い本を見つけた。

「これは何だすか？」

信治郎が訊くと、セレースは、セールス△△△……、と言って、その本を取り、信治郎にページをめくって見せ、セレース商会の葡萄酒が載っているページを指さした。

そこには昼間、信治郎が飲んだ三本の葡萄酒の写真が載っており、その背後に、美しいスペインの葡萄畑と海の絵が描いてあった。

――そうか、この本は商品の見本帖なんや。

他のページをめくると瓶のかたちが違う葡萄酒の見本や、家族が食卓で乾杯している絵があった。ビールもあれば、シェリー酒もある。さらにめくるとリンゴや、ナシ、蜜柑の絵の付いた瓶詰の果実酒もあった。

――こんなもんまでむこうでは商品にしとんのかいな。何でも商いにしよんのや。これがいずれ、わてらの商いになるいうことやで……。

信治郎が目をかがやかせて見ていると、セレースが、その本を持って行くようにと差し出した。

「これ、わてに？　かましませんの。色付きの立派なもんを」

するとセレースは笑って、同じ本が重ねてあるのを見せた。

――やっぱり見本帖や、えらい豪華な見本帖をこしらえるんや。

夕食が終って暖炉の部屋で話をしている時、信治郎はセレースが席を立ったのを見て、その本の白黒のページに葡萄酒の樽と西洋煙草を吸う時のパイプの絵があるのを指差して訊いた。

「お嬢さん、この絵は葡萄酒と煙草を一緒に売っとんのだすか」

「ああ、それは違うわ。樽で買って下さったお客さんにパイプを差し上げるのよ」

「樽を買うたらパイプを？　ああ景品でんな」

「そうそう。ノベルティーと言うのよ」

とお嬢さんは教えてくれた。

その夜は、セレースの屋敷を出たのが遅くなり、信治郎は神戸の木賃宿に泊った。

相部屋の行灯の下、その日の商い帳簿の整理をしている行商人の隣りで、信治郎は昼間、セレースに貰った見本帖を見ていた。

葡萄酒の樽とパイプの絵の描かれたページをじっと見ながら、

――お嬢さんたしか、ノベ、ル、テーとか言ってはったな……。

「ノ、ベル、テーか」

信治郎が声に出して言うと、隣りにいた行商人が信治郎をいぶかしそうな目で見て、手元の見本帖を覗き込んだ。

「へぇ～、あんた、その本が読めんのでっか？」

「いやいや、読めまっかいな。こらスペインはんの商品の見本帖だっせ」

「けど今、読んではったがな」

「そら教えてもろうたんを口にしただけだすがな」

「教えてもろうたにしても、えらいもんでんな。若いのに感心や。何が書いてまんの？」

信治郎は葡萄酒や果実酒の写真、絵を指差して相手に説明した。

「そいで、これがでんな、葡萄酒の樽でんがな。そばに西洋煙草を吸う煙管(きせる)、これがパイプいいまんねん。樽を買うた取引先に上等のパイプが付いてきまんねん。景品でんな」

「ほう、えらい上等そうな景品でんな」

「そうだすわ。それだけ利がある商品いうことですわ」

「むこうはんも、わてらと同じように値引き分の現金渡しみたいなことをしてまんねんな」

「いや、むこうはんの方がこないしてはっきりしてる分だけ、商いが上手いいうことやないですか」

「そう言えば、今日の昼間、神戸の桟橋で北海道のビールのえらい売り出しを楽団入れてしてましたわ。三本買うたら一本おまけが付くいうんで知らん者同士が四人集まって買うたりしてましたわ」

「神戸の桟橋？　何であないなとこで？」

「そら小樽への便が出るようになったからだすわ。わての足やと神戸から小樽まで一月半はかかりまっせ。それを四日で船は着いて、えらい殿様気分で旅がでけるいうことでっせ。やっぱり金の力はたいしたもんでんな」

――もう小樽まで客船は行っとんのか……。

翌朝、信治郎は大阪に戻る前に桟橋へ寄った。

湾の中にはぎっしりと船が停泊していた。

「こらまたえらい数の船やな。大阪とは比べもんにならんな」

すでに客船でさえ、三〇〇〇トンクラスの船舶が航行していたので、水深が浅い大阪湾にそれらの船舶は入港がかなわず、神戸港は西の航路の拠点となっていた。

船笛の音が湾に鳴り響いた。

おう、上海行きが出よったで……、かたわらで声がした。

見ると一隻の客船が黒い煙りを上げて桟橋を出航したところであった。

――ほう上海まで行きよんのや。

信治郎がこれまでに乗った船はせいぜい大きな川の渡し舟である。

「すんまへん。小樽行きの船はどの桟橋から出まっか」

かたわらにいた男に訊いた。

教えられた桟橋に船は停泊していた。出発は午後らしく、荷積みの真っ最中だった。

——こら、ええ時に来たわ。

見ると数十台の大八車が船尾にむかって扇状に並んで、次から次に荷を背負った男たちがタラップを登っていた。

信治郎は目敏く酒瓶を積んだ大八車を見つけた。

「ご苦労さんだす。これ全部積むんでっか」

「こんだけちゃう。ほれ、このうしろも、そっちも皆そうや」

男の言葉に周囲の大八車を見ると、すべて酒瓶が積んであった。ビール、葡萄酒、ウイスキー……、セレースの見本帖にあった商品が山と積んである。

「これ全部を船の客が飲むんだすか？」

「違う。横浜までや。横浜に着いたら、また新しいのを積むんや。ちょっと邪魔になるさかい……」

「あっ、すまへん」

見ると手紙やら、肉、野菜もどんどん船積みされていた。信治郎はそれらの荷の多さに驚いた。

神戸から大阪に戻り、いくつかの用を済ませて、釣鐘町の家に着いた時、陽は既に落ちていた。

　信治郎は喜蔵に呼ばれた。

「何だっしゃろか？」

「これ、使(つこ)うたってくれ」

　目の前に包みが差し出された。

「お兄はん、これ何だすか？」

「おまはんの商いの当座の金や。使うたってくれ」

　――わての商いの当座の金？

　信治郎は包みを一瞥して言った。

「お兄はん、これをいただくわけにはいかしまへん」

「昨日も神戸へ行ってたんやろう。汽車賃かてかかったやろう。新しい商いの打ち合わせや、飯代、酒代、土産もんかてかかるのは当たり前や」

「そのくらいは奉公の時の金がありまっさかい」

「それもわかってる。けど金はあって困るもんやない。ええ話があったら、そこで手付けのひとつも打たなあかんはずや。当座はそんだけでかんにんしたってくれ。わてはもう少し出してやりたかったんやが、お母はんがおまはんにいっぺんにまとまった金を渡してまうと何をしでかすかわからへん、と言わはんのや」

信治郎は、その言葉を聞いて苦笑した。

「けどお兄はん、わてには算段が……」

「そらようわかったる。おまはん、お父はんが生前に言わはった言葉を覚えとるやろう。おまはんの新しい商いを、ひとつやってみてくれと嬉しそうに言わはったんを」

「へぇ～」

「お父はんはそれでわてに、お父はんが別に仕舞うてはったもんを渡しはった。それはお父はんのお金の一部や。この店の身代削ったもんとちゃう」

「そうでっか……。ほなありがとう頂戴します。おおきに」

「その包みの金額はお母はんには内緒やで」

「わかりました」

信治郎は部屋を出て、夕食の片付けをしているこまに挨拶した。

「信はん。神戸に行ってはったんか。あんたはん、この頃、少し泊りの用が多いな」

「すまへん」

「その羽織やけど、どこで仕立てたんや」

「これでっか……小西勘之助商店の由助はんから……」

「それほんまか？」

「へぇ～、小西勘之助で奉公明けやいうんで仕立ててもらいました」

「そら親切なことやな。初めて見る羽織やけど」

「そうでっか……」

信治郎は話をはぐらかすように答えた。まさか芳やのしのが誂えてくれたとは言えない。

「まあええけど……。商いの準備であちこち出かけたのんは聞いてまっさかい。外泊もそらあるやろが、なるたけ家に戻って休まんと、いくら宿いうても他人(よそ)さんの所や。何があるかわからんさかいにな」

「へぇ～い、気ぃ付けますわ」

「喜蔵はんから何か話があったんか」

「へぇ～い、兄さんからありがたいお話をいただきました」

「そうか……。あんたは今、実入りのない身体や。実入りのない者の銭(ぜぜ)は羽が生えてる言うさかいな。飛んだきり戻ってけえへん。そこを考えてシブチンでやらなあきまへんで」

「わかってま。肝に銘じときます」

「商い人が見栄と遊びを覚えたら仕舞いやさかい」

「へぇ～い」

信治郎は早々にこまの前を立ち去った。

羽織のことといい、遊びの忠告といい、こまは何かを誤解しているような気がした。

部屋に入り、羽織を掛けた。羽織の背のシワを平手で一度、二度伸ばした。

最近、しのと逢っていなかった。

部屋の中央に座り込むと、信治郎は懐の中から、今しがた喜蔵から受け取った包みを出した。中には一円札を十円ずつの束にきちんと折った金が入っていた。

「何や、これは……。三、四、五……十あるやないか」

全部で百円の金だった。現在の二百万円といったところだ。

「当座にしては多過ぎるやないか……」

信治郎は喜蔵のいる母屋の方を振りむき、もう一度、目の前の金を見た。

――どういうこっちゃ……。

信治郎は腕組みして、金を睨んだ。

翌朝、信治郎は神戸のセレース商会へ電報を打ち、二日後に商談で訪ねたい旨を告げた。

家に戻ると、喜蔵が入荷米の吟味をしていた。

「お兄はん、昨夜はおおきに」

「おう、おはようさん。くれぐれもお母はんには内緒にな」

「へぇ〜、わかってま。ちょっと裏の納戸を見させてもろうてかましませんか」

「ああ、まだ片付けてへん、お父はんの荷があっさかい。丁稚に手伝わそうか」

「いえ、見るだけやさかい、丁稚はんはいりまへん。おおきに」

店に丁稚は二人しかいない。

納戸を開けると、兄が言ったようにガラクタが崩れ落ちてきた。

蔵の方に回って納戸の天井の高さ、奥行きを測った。

——これなら中の物を放かしたら、瓶詰まではできるやろう。

梯子を出して、屋根の様子を見た。木皮葺の屋根は雨漏りもしていないようだった。

信治郎は店に戻って喜蔵に言った。

「お兄はん、納戸を少しの間、貸してもらえますやろか」

「ああ、かまんで。けどあんなところで足りるんかいな」

「へえ～、十分だす」

「ほなお母はんに言うて荷物を移すか、放かすかを聞いてみよう。丁稚に手伝わせるわ」

「いや、お母はんにはわてが言いまっさかい。丁稚はんもいりません。わて一人で十分やれまっさかい」

「そうか……」

こまに納戸を使いたいことを話し、信治郎は一人で荷を外へ引き出した。ガラクタは大八車に載せて、ガタ屋に売りに行った。

午後には納戸の中はがらんどうになった。

実家に寄ったせつが、納戸の前で腕組みをしている信治郎を見つけて言った。

「信治郎はん、ここで何をはじめるんでっか？」

こまも出て来て、

「あんたはん一人でもうこないに綺麗にしはったんか。お父はんの若い時に似て、やり出したら雷さんみたいに速いな。ここで何をしはるんや？」

「さあ、それを今考えてまんのや」

信治郎の言葉にふたりが顔を見合わせた。


「何や、こんな時間から出かけんのか」

信治郎が土間で、神戸へ出かける支度をしていると、起き出して来たこまが言った。

脚絆を巻き、草鞋(わらじ)の紐を結いながら信治郎は応えた。

「今日は商談だっさかい。天神さんに参ってから行きまっさかい」

「そらええこっちゃ。気ぃ付けて行くんやで。寄り道せんようにな」

「へぇ～い。ほな行って参りまっさ」

家を出て歩き出した信治郎は、こまの言葉に首をかしげた。

──お母はん、なんで寄り道言わはったんやろか。ほんまに勘のええ女性(ひと)や……。

そうつぶやきながら、信治郎は南地のしのの所にむかった。

裏木戸から見上げると、二階の灯は点っている。

──もう起き出したんかいな。

前日、言付けは届けさせてあったが、訪ねる時刻は夜明け方としか書かなかった。その方がしのも休めると思った。

裏木戸に触れようとすると、先に木戸が開いた。

「起きてたんかいな」

「まだ三時だっせ。出発は何時でっか」

「五時には出るわ。今日は大事な用向きやよって」

「ほなお湯入られまっか？　わて今しがた上がったとこでっさかい」

「何を言うてんのや。お大尽やあるまいに一晩で二回も湯に入られるかいな」

信治郎の言葉にしのが笑った。しのから湯の香りが匂った。

二階へ上がり、荷の中に握り飯を仕舞ってくれているしのに言った。

「しのはん、これ、置いてくで」

しのは振り返って、畳の上の包みを見た。

「何だすの、それ？」

「羽織やこんまでの、ここでの酒代や」

「そんなアホなことせんといて下さい。わてが好きでやってることだっさかい」

「ほな、わても好きでしとることや」

「信はん。あんたはんの銭(ぜぜ)とわての銭は違うもんだす。今から商いをしはるんや。一文も無駄にしたらあきまへん」

しのは包みを信治郎に押し返した。

「済まんことやな……」

信治郎の言葉にしのがちいさく笑った。

信治郎は窓を開け、闇の中に浮かぶ川の風景を見ていた。

「少し休まはったらどないですか？　いくら丈夫な身体やいうても、神戸までは道中かかりまっせ」

「そやな……」

信治郎がぼんやり応えると、しのが信治郎の横顔を見返した。

「何かおましたんか？」

「何でや？」

「心配事でもあるように見えまっさかい」

「……そうか」

「あきまへんで、下手の考え休むに……」

信治郎はしのの言葉をさえぎるようにして言った。

「何や……、踏ん切りがつかんのや」

「何の踏ん切りだす？　商いのことやったら女のわてにはわかりまへんけど、色恋沙汰でもあんのでっか」

「わてはおまえで十分や」

しのがまた笑った。

「あんたはんは、ご自分が思うたとおりにしはんのが一番よろしい思いまっせ。何のことや知らしませんが、踏ん切りがつかんのはご自分のことを、よう見てはらんからと違いまっか」

──わてのことを……。

「ああでもない、こうでもないと迷うてはんのは足元踏んでるだけですやろう。踏み出してみな、そこに何があるかわからしませんのと違いまっか。あんたはんが、これやと言うことをしはるのが一番よろしい思います。信はんは、それができる男（ひと）やと思います」

「そうか、おおきに」

窓辺で頬杖をついていた信治郎はうとうととしはじめた。

夜が明けぬうちに信治郎は芳やを出た。

川風が信治郎の背中を押すように吹いていた。前回はせっかくの土産品が崩れてはいけないと贅沢に汽車で神戸に向かったが、今回は徒歩である。信治郎の体力は、丁稚奉公のおかげで驚くほど鍛えられていた。

神戸のセレース商会に着いたのは昼前だった。

電報で商談と報せておいたので、通訳がついていた。

信治郎はセレースと通訳に言った。

「葡萄酒の卸し、販売をやろうと思うてま。卸し先、販売先は目処はおます」

信治郎が言うと、セレースは手を打って笑い、それは素晴らしい、と言った。

「ちょっと待っておくれやす。ただこちらはんの、スペインの葡萄酒だけの卸し、販売では、これから、いちから商いはじめるわてには商いになりしまへん。大阪にはもう祭原商店、松下善四郎商店……と人をぎょうさんかかえてる洋酒問屋があります。そこではフランスの葡萄酒の方がよう出てます。仕入れの値も安いんでっしゃろう。わては大店と、この身ひとつで競うつもりはおまへん。セレースはんも、大店で扱う品物も高級品やさかい、大半は外国人居留地のお客はんか、西洋をよう知ってはる家で売れてるだけだす。わてはそないな高級品と違うて、もっと安うて、飲み易い葡萄酒を売りたいんだす。それで、以前もセレースはんにお話しした、安い樽売りの葡萄酒を譲って欲しいんだすわ」

話をじっと聞いていたセレースが少し顔色を変えて通訳に何事かを言った。

通訳が信治郎に言った。

「それであなたは、その樽の葡萄酒を、そのまま売るつもりですか、と主人は訊いていますが……」

「違いま。その樽の葡萄酒から、日本人が飲み易い葡萄酒を造るんだす。そうして安い値段で売り出します」

通訳がセレースに伝えた。

セレースの顔が赤くなり、少し甲高い声で早口で喋った。

「それは葡萄酒ではない、とセレースは言ってます。そんな商品で本当の商いはできないと……」

信治郎は荷の中から仕入れておいた蜂印香竄葡萄酒と赤門印葡萄酒の瓶を出し、

「これを飲んでみてもらえまっか」

と言った。

グラスが運ばれ、セレースはまず赤門印を口に含み、すぐに吐き出した。次に信治郎は蜂印を注いだ。

「これは葡萄酒ではありません」

あきらかにセレースは怒っていた。

そして興奮しながら、スペインの葡萄酒がフランスの葡萄酒に劣ることはないし、スペイン人がいかに葡萄酒製造の伝統と技術を持っているか、簡単に葡萄酒は造れないことを話しはじめた。

そうして最後に同じ言葉を数度くり返しながら机を叩いた。

「セレースはんは今何と言わはったんです」

「それはニセ、いやまがいものやと……」

通訳が口ごもりながら言った。

「ニセモン？　パチモンやと言うてはるんだすか。けどこしらえてみなわからへんのと違(ちゃ)いまっか？　ほれ、瓢簞(ひょうたん)から駒と言うこともおますやないか」

「そんなことを私は通訳できません」

「あんたはん、何を言うてんのや。わてはここに商談に来てまんねや。物乞いや、説教聞きに来てんのと違いまっせ。ここに仕入れの銭もちゃんと用意してまんねん。葡萄酒はセレースはんが詳しいのはわかってま。けどどんな味の葡萄酒なら日本人が喜んで飲むかは、わてが一番よう知ってま」

「鳥井さん。あなたは主人の奥さまとお友だちですし、セレースは特別に計らうからと私も言われてるんです。しかしそんな無茶な話は……」

「あんたはん、こら商いの話だっせ。お嬢さんも何もおまへん」

今度は信治郎が机を叩いた。

「では仕入れのお金の準備は用意して来ておられることだけ伝えていいですか」

「そら違うで、あんた。難波の商人を舐めたらあかんで。わてのこと、ここには船場で鍛えた商いの算段と土性っ骨があんのや」

と信治郎は頭と、胸元を指先で示した。

「は、はい。わかりました」

セレースは通訳の話をじっと聞き、二度、三度うなずいていた。

セレースが静かな口調で、自分も少し言い過ぎた。商談が対等なのはよくわかっているし、失礼があったら許して欲しい。それで仕入れに見えたなら、私たちの葡萄酒の樽を特別な値段で譲りましょう、と言った。

信治郎は黙って考えた。

「ほな、その値を聞かせてもらいまひょか」

信治郎は値段を聞くと、仕入れた樽葡萄酒を釣鐘町に運び、瓶詰し、ラベルを貼り、これを伝手のある商店、外国人居留地へ直接、販売して、いくらの商利があり、どれほどの期日で商いが回って行くかを、たちどころに算用した。

「高級品だっさかい、売れた後の支払いにしてもらえんのだすか?」

セレースは首を横に振った。高級品ゆえに今で言う、委託販売はできないと、頑として主張した。

「ほな決済の日数を勉強してもらえまへんか?」

それも断じて、商会の規定どおりだと言ってきかない。

「そらあかんわ。こっちも瓶を仕入れたり、品札を貼ったりせなあかんのでっせ。初めっから首をくらなあきまへん。そこを何とかするんが商談違いまっか」

通訳の言葉を聞いてもセレースは首を縦には振らない。

「話にならんわ」

信治郎は言ったきり腕組みすると、黙ったままテーブルの上のグラスを睨んだ。

どうやら初めての商談は成立しなかった。

——そらそうやな。初めっから上手いこと行く商いがあるはずはないわ……。

セレースも黙ったままだった。通訳の男が気まずそうな顔をしていた。

信治郎は目の前にある蜂印の葡萄酒が入ったグラスに手を伸ばし、ひと口飲んだ。

——美味いやないか……。

セレースが、先刻、何度か口走った言葉をまたくり返した。ニセモノと言っている。

信治郎はセレースを見てニコリと笑った。

その笑顔にセレースが怪訝そうな顔をした。

信治郎はグラスの葡萄酒を飲み干して言った。

「ニセモノでも、パチモンでもかましまへんが、パチモンも、性根を入れてやり続けたらホンマモンになることがあるんや。お客はんがホンマモンを決めんのや。それが商いやと言うたり」

それを聞いたセレースが、笑って言った。

「あなたはいい商人になられますよ」

フン、と信治郎は鼻を鳴らして店を出た。

表通りを歩きはじめると、海からの風が火照った頰に当たった。

「何がええ商人になるや。商談、ご破算になって何がええ商人や、けたくそ悪いわ」

商談は上手く行かなかったが、信治郎は少しも気落ちはしなかった。

それより品物の決済に関して断固として譲らなかったセレースの自分たちの商品に対する自信に感心した。

――あの葡萄酒はわしの口にはあかんが、セレースはんは、いずれあの味を皆が飲むようになるはずやと思うてんのや。

信治郎は先刻のセレースの真っ赤な顔を思い出しながら歩いた。

「いつか日本人が、あの葡萄酒を飲む時が来るんやろか?」

こらこら、何をぶつぶつ言うてんのや、どいてくれ、どかんと蹴倒すで、と威勢のいい声が背後からして、大八車を前と後で引くふたりの若い男が通り過ぎようとした。すれ違いざま車輪が石畳の凸凹に乗り上げ、荷台からひとつ丸いものが落ちて、信治郎の足元に転がってきた。

「お～い、兄はん、荷が落ちたで」

信治郎は、それを拾い上げて二人の男に声をかけた。

前を引く男が信治郎の手元を見て、アホンダラ、何をしてんのや、荷が落ちてんがな、と言った。すまへん、すまへん、取りに戻ろうとする後ろの若い男にむかって、もうええ放っとき、出航に間に合わへん、と怒鳴った。

「こらパンやないか」

信治郎はセレースの屋敷で食べたパンを思い出した。

まだ温かかったし、鼻に近づけるといい匂いがした。二人にむかって大声で言った。

「どこへ届けんのや」

「桟橋や。船が出航するんや」

以前、神戸桟橋で見た客船がよみがえった。

「へぇ～、こんな温かいもんを船に積みよんのか……」

信治郎はパンをがぶりと噛んだ。

「こら美味いもんや。あの船の中でこんな美味いもんを食べとんのかいな。お〜い、ちょっと待ちい」

信治郎は大八車のあとを追い掛けた。

やがて前方に神戸港がひろがり、何隻もの船が浮かんでいるのが見えた。

栈橋に着くと、楽隊の奏でる音色が聞こえてきた。

一隻の大型客船が停泊し、その周囲に見送りの人が集まり、船のデッキから栈橋に立つ人たちにむかって手を振ったり、声をかけたりしている乗客の姿が見えた。えらい賑わいである。

そこへ、プップーッと警笛の音がして、二台の馬車が着いた。その馬車を迎えるように数人の警察官が寄って来た。中から青いドレスの婦人と山高帽子に燕尾服の大柄な外国人があらわれた。礼服の日本の軍人が山高帽子に敬礼をしている。

「あら誰だすの？」

信治郎はかたわらにいた男に訊いた。

「アメリカ公使らしいで……」

「あの船はアメリカまで行くんでっか？」

「違う。あの船は神戸—横浜—小樽便や。東回りで小樽まで行きよんのや」

「あの北海道の小樽まででっか？」

「他にどこの小樽があんのんや。しかしさすがにアメリカの偉いさんや、あないにお付きがおんで……」

見ると、先刻の婦人と同じ色のドレスを着た少女が二人、乳母のような女たちに手を引かれて船にむかっていた。そのうしろを大小の鞄を担いだ執事がついて行く。

「あら家族旅行やな。一等の乗客はあんだけの荷があんのやな……。船の中も御殿みたいやという話やで」

——御殿？ 船の中にそないなものがあるんやろか？

その時、ちょっとどいてんか、すまへん、通したって、すまへん、と声がして、カンカン帽に羽織と着物の裾を端折った男が鞄を手に駆け込んで来た。

「すまへん、あの船に乗りまんのや、すんまへん」

男が船にむかおうとすると、先刻の警察官が男の腕を捕えて、こら、今は公使が乗船しとられんのや、と制止した。

「何言うてまんねん。こっちも乗るんや。ほれ、切符もちゃんとあんで」

すぐに船の係員が来て、切符を確認し、三等の乗客は待っといてもらえますか、と言った。

「待てて何や。こっちはひと山当てるために財産皆売払うて買うた切符やで。待ててどういうこっちゃ」

信治郎は熱り立って船の係員に食ってかかる男の横顔を見た。襟元までが汗に濡れている。肩で息をしながら乗り込む公使一行を睨んでいる男の瞳は真剣だった。自分と同じような年齢である。古い鞄を大切そうに胸元に抱き、切符を握りしめていた。

――ひと山当てるために財産皆売払うて買うた切符やで。

今しがたの男の言葉がよみがえった。

信治郎は、ひと山当てようと何人もの男や、家族が、北の新天地、北海道へむかう話を聞き知っていた。

信治郎は男の顔をもう一度見た。

オイッ、早う乗したりいな、と誰かの声がした。信治郎もうなずいた。

その時、信治郎は背中に熱いものが流れるのを感じた。

「すんまへん」

信治郎は係員を呼んだ。係員が振りむいた。

「あの船、まだ乗れまっか。切符売り場はどこでっか」

兄ちゃん、切符売り場は、あの煉瓦造りの建物や、急いだら間に合うんと違うか、とかたわらの男が言った。

「あの煉瓦の建物でんな。おおきに……」

そう言うと信治郎は建物にむかって全速力で走り出した。

どいてんか、どいてんか、あの船に乗るんや、どいてんか……。

建物の中に駆け込むと、信治郎は切符売り場の窓口に一直線にむかった。

「切符一枚や」

「ここは一等乗客の売り場です」

「何をごちゃごちゃ言うとんねん。一等も二等もあるかい。金は持ってるさかい」

それでも売り場の男は眉間にシワを寄せて信治郎を見ていた。

「早うせな、船が出てまうやないか」

その時、背後から信治郎の肩を叩く者がいた。口髭を生やした紳士だった。

「失礼ですが、ここは一等乗客の方の切符売り場です」

「そらもう聞いたわ。早うせんと船が出てまうがな……」

信治郎は袖を引かれた。見ると男が一人手招いていた。

「誰や、あんたは？　わて急いでまんねん」

「わかってま。あの船に乗らはるんでっしゃろう」

男は信治郎の手を引いて建物を出た。

その時、周囲に汽笛の音が響き渡った。

「ああ船が出てまうやないか」

「もうとっくに船は錨を上げてまんがな」

「ほんまかいな……」

信治郎が口惜しそうな顔で出航する船を見つめていると、男が言った。

「四日待ちはったら、次の小樽便が出まんがな」

「ほんまでっか？」

男は大きくうなずいた。

「ほな、その切符を」

信治郎が建物に入ろうとすると男がまた袖を引いた。

振りむいた信治郎に男が言った。

「あんたはん、その恰好で一等に乗ろうと思うてんのでっか？」

「そうや。何でだす？」

「そらあかんわ。そないな恰好で一等には乗れしまへんわ」

「恰好って……。船に乗るのに恰好が何でいりまんの。切符買うたら誰でも乗れるんちゃいますの」

「理屈はそうでっしゃろが、見たとこ、あんたはん商人でっしゃろう」

「へぇ～、船場で仕事させてもろうてま」

「船場の人やったら、大店の、大旦那さんのとこへ挨拶に出かけなならん時は、それなりのもん着て行かはりますやろう」

——ふぅーん。たしかにそやな……。

男の言うことは理屈に合っていた。

「それが仕来りでっしゃろう」

「ほな、あの船の一等に乗んのにも仕来りがあるいうこっちゃな。そらどないな仕来りだすか」

「あの客船の一等に乗る客は十人中九人が外国の人ですわ。それも西洋の人ですわ。残りの一割が中国人か日本人ですわ。その日本人も偉いお役人か、西洋をよう知ってはる大店の旦那さんと家族だすわ」

「けどぎょうさん、日本人はいてたで」

「その人たちは皆三等に乗んのだす。それにこう言っては失礼ですが、船賃がなんぼかかるか知ってはんのですか」

「いや、知らしません。けどわてはあの船に乗ってみたいんや」

「乗ってみたいって……、どこまで行かはんのですか？」

「あの船の行くとこまでや」

「行くとこまでて……、小樽でっせ」

「小樽なら小樽でかまへん。わてはあの船の一等に乗る連中がどんなんかを見てみたいんや」

「見るだけですか」

「いや見るだけやない。どんなふうにしとんのかを、この目でたしかめたいんや。どんなもん食べて、どんなもん飲んで、どないなことしとんのんかを」

「変わった人やね、あんたはんは……、ほな船に乗って、人を見るだけですか？」

「いや、街も、人も見るんや」

「街は、横浜、荻浜、函館、小樽を回りまっせ。横浜は二日、函館、小樽で二日は見物できまっさ」

「そらええなあ……」

「そらええって、それでどないしはるんでっか」

「ここに戻って来るわ。わてにはせなあかんことが大阪にある」

「ほな往復でんな。そら割引がありまっさ。それでも一等の往復の料金は……、ちぃっと待っとくれやす」

男は懐から帳面を出してページを開けた。

「神戸―小樽の往復の船賃は、一等で四十三円でっせ。一等やと洋食でっしゃろから、それも合わせて五十七円です」

「かまん」

　男は信治郎が五十七円という大金にもいっこうに動じないで答えたのに驚いた。

「かまんって、あんたはん、お大尽はんでっか？」

「いや、ただの奉公明けの商人や」

「ただの奉公明けて……」

　男は呆きれて信治郎を見ていたが、思い直したように一枚の紙切れを出した。

「そうでっか。わて、こういうもんですわ。あの船に乗る人の世話をさせてもらってま。旦那さんよろしゅうお願いしますわ」

　男が急に旦那さんと信治郎を呼んだ。

　紙切れには商店の屋号と男の名前が印刷してあった。

「旦那さんが一等に乗って旅をしはるんやったら、いろいろ勉強させてもらいます。旦那さんの、その酔狂に感心しましたわ」

　なぜそうしたいか、本当の理由は信治郎にもよくわかっていなかった。それでも、今、自分が、あの船に乗るべきだということはわかっていた。

　後年、鳥井信治郎は周囲の人が驚くような行動を取ることがしばしばあった。いったんこうしようと決めると、それが一見、商人として足元を見ていないような行動であれ、彼は平然とやった。晩年、なぜ、あんなことをしたのかと訊かれても、彼はただ笑うだけだった。

「一等の旅には、一等の身支度いうもんがありますわ。それも皆わてがあんじょうさせてもらいま」

そう言いながら男は信治郎を神戸市中の目抜き通りに連れて行った。

「まずは洋服を誂えまひょ。ほれ、これでんがな」

男は一軒の洋服店のショーウィンドーの前に立って、そこに飾ってある洋服を指さした。

信治郎は立派なガラス張りの中に飾られた洋服を見た。

――おう、何やええもんやないか……。

信治郎は以前から洋服を一度着てみたいと思っていた。

「これを誂えますと、四十円はする最上等だす」

――四十円？

信治郎は驚いた。

先刻の船賃と合わせると、懐の中の銭がほぼ消えてしまう。

「けど四十円も出すのはあきまへん。第一、ここで寸法を取って洋服をこしらえると三週間はかかってしまいます。四日後の船に乗れません。蛇(じゃ)の道は蛇(へび)言いますやろ。もっと安うて早(はよ)うでける店がありますねん」

男は目抜き通りから少し離れた場所にある一軒の店に信治郎を案内した。

「旦那さん、ここです。この店なら、さっきの店の十分の一の値段で同じもんをこしらえますわ。しかもたったの三日でですわ」

信治郎は店の上方にある看板を見た。〝福建テーラー〟と金文字で屋号があった。

――十分の一？　たった三日で……。それこそパチモンちゃうか。まあええわ。船に乗れるんなら、かまん。

店に入ると、銀縁眼鏡でチョッキを着て、首元に蝶々のようなものを付けた、小柄な男があらわれた。肩口に巻尺を掛けていた。

男が信治郎を指さし、話をすると、銀縁眼鏡は大袈裟にうなずいて、信治郎に歩み寄り、手を差し出して言った。

「いらっしゃいませ、旦那さん。福建テーラーの陳です。お似合いのスーツを仕立てますよ」

やはり中国人だった。

「シェーシェー」

信治郎が銀縁眼鏡に挨拶すると、先刻の男が、旦那さん、中国語もできまんの、こら驚きましたなあ、と感心したように言った。

信治郎にすれば中国語の挨拶など何でもないことだった。大阪商業学校へ通った二年で中国研究会に籍を置いて学んだし、それ以上に小西儀助商店の洋酒部で奉公していた折、外国人居留地に葡萄酒やら納めた酒の件で、苦情が出る度に、居留地の大半の屋敷の仕入れを受け持つ中国人たちと、難しい交渉をしていたからだった。

実際、暇を見つけては、将来のためにと彼等と顔を繋いでもいた。

信治郎は中国の人たちの逞しい商いへの姿勢を見てたくさんのことを学んだ。

——さすがは大国だけのことはあるで……。

と信治郎は彼等のことを尊敬していた。

「旦那さん、いい身体ですね。長生きできますよ」

採寸をしながら陳が信治郎の体軀を誉めた。

そんなふうに自分の身体を誉められたことは初めてだった。

「洋服を作ったら靴がいりますね。帽子もネックのタイもいるね。このポケットも作りますから時計もいるよ。皆、旦那さんにはよく似合うよ」

陳の言葉に信治郎は、洋服には、身に付けるものがいろいろ必要なことがわかった。

「陳さん、それをあんたはん、皆揃えてもらえまっか。但し、銭はそんなにおまへんのや。そこをあんじょうよろしゅう頼んまっさ」

「はい、はい。旦那さんのためなら、陳が皆やりますよ」

「そら、おおきに」

採寸が終って、布地を茶色に決め、明日、仮縫いに訪れる約束をした。その時、信治郎はショーウィンドーに飾られた真っ白な洋服に目を止めた。

「陳さん、あの飾ったある白い洋服やが、ええ感じやがな。あれもひとつこしらえてな」

「おう、さすが旦那さん。お目が高い。予算の中でやりますよ」

信治郎は店を出ると、どこか新しい世界へ旅発つような気持ちがして嬉しくなった。

通りの中央に立って信治郎は空にむかって両手を突き上げ、思いっ切り伸びをした。

「どないしはりました？　旦那さん」

「何やええ気分や、あんたはん、ほんまにおおきに」

「何をおっしゃいますやら、こっちこそ旦那さんに御礼を言わなあきまへん。この商売してて、一等客室に乗らはるお客さんの世話をすんのはめったにあらしまへん。それと出発までの神戸の宿はこちらで持たせてもらいまっさかい」

「ほんまかいな」

「へぇ～、出航地の宿代は船会社から出ますよってに」

「そら豪勢やな」

「当たり前でんがな。一等客室だっせ」

何やら男までが喜んでいるのが信治郎には嬉しかった。

三日を男の用意した宿で過ごし、四日目は外国人も一緒の、〝ホテル〟と名前が付いた洋式の宿に入ることになった。

「この鞄は？」

陳が用意したさまざまな物の中に、それを納める革の鞄があった。

「サービスよ」

陳が笑って言った。


出航の朝、信治郎はホテルから釣鐘町の家へ絵葉書を出した。

母上さま　喜蔵さま
小樽まで仕入れ先の見分にいって参ります
信治郎

二日後に葉書を受け取ったこまが目を丸くして喜蔵を呼んだ。

「喜蔵はん。信はん、小樽へ行くそうやで。あんたはん聞いてたか？」

「小樽って、あの北海道の小樽でっか」

喜蔵が葉書を覗き込んで言った。

「何も聞いてへんのか。けどこれには仕入れ先の見分ってあるで」

「ほんまでんな。何の仕入れやろか。鰊でも売り捌くんやろか」

「阿呆なこと言わんとき。何で道修町に奉公に出た子が鰊を売らなあかんのや」

「そらそうでんな」

「まったく、背中に羽が生えとるんと違うか」

「ハッハハハ、信治郎やったら、そうかも知れませんね。お母はん」

「笑うとる場合と違いまっせ」

　こまが葉書を裏返した。

　そこに大きな豪華客船の写真が印刷してあった。

「まさか、あの子、この船に乗って小樽へ行ったんやろか」

「お母はん、それはあらしまへん。こんな豪勢な船の乗船賃いうたら、そら目の玉飛び出すほど高いんだっせ。往復だけで三十円はかかります」

「三十円！　ほんまかいな」

「へぇ〜、新聞で読みましたわ」

「そら乗ってへんわ。今、あの子は金欠なはずやからな。安心したわ」

「…………」

　こまの言葉に喜蔵は黙り込んだ。

「どないしたんや、喜蔵はん。顔色が悪いで……」

「何もありまへん。昼に食べたうどんがまだ腹に残っとって、気持ちが少し……」

喜蔵は客船の写真を見直し、立ち去った。

その喜蔵がちらりと見た客船〝三池丸〟の一等デッキの椅子に座って、信治郎はシャンパンを片手に海原を眺めていた。

船旅も二日目になっていた。

船はゆっくりと知多半島の沖合いを航行していた。

初夏の陽光に青く霞(かす)む山々の稜線がまぶしかった。

「ええ気分や。こうして見ると、大和の国はほんまに綺麗な国やな……」

三池丸は、当時の国内客船の中で最大の三三五六トンで、神戸を出航し、横浜—荻浜(石巻近郊)—函館—小樽を周航し、そのまま単船で復路航海ができる豪華客船だった。

グッドモーニング、張りのある声がした。見ると体格の良い二人の外国人が信治郎にむかって片手を上げ、笑って挨拶していた。

昨夜、食事の後サロンで言葉を交わした、イギリス公使付きの将校たちだった。

この船にはイギリス公使の家族と公使付きの将校たちが乗っていた。

一等に乗る日本人は信治郎だけだった。

「へぇ〜、グッド、モーニング」

信治郎も笑って手を上げ、挨拶した。

大阪商業学校で学んだ英語で応えると彼らが笑い返すのが愉快だった。

「ほんまに、グッドな、モーニングやで」

信治郎はシャンパンをひと口飲んだ。

「鳥井さま、鳥井さま……」

名前を呼ぶ声に振りむくと、一等客室専任の給仕の正吉（しょうきち）が蝶ネクタイをして恭しく頭を下げていた。

「何や、正吉どんかいな」

自分の身の回りの世話をしてくれる若い給仕が、信治郎には丁稚の後輩のように思えて、この二日の間ですぐに二人は打ちとけた。

「正吉どん、シャンパンならもうええで」

「いえ、まもなく昼食の時間になります」

「もう昼かいな。今、グッドモーニング言うてたんやで。船の中は時間が経つのがえらい早いな」

「それは鳥井さまが、お客さまの中で一番早くお目覚めになられて、船のあちこちを見て回られるからでございます」

信治郎は乗船した一日目から、船のあちこちを見て回っていた。

正吉は船の中をどんどん歩き、質問する信治郎に感心していた。

「そらしょうないで。見るもん皆、おおきゅうて、珍しいからな。今朝見た機関室の中はびっくりしたで。あない大きな鉄の輪がえらい速さで動いてたんは、ほんま、びっくりもんや。あれなら、こないおおけな鉄の船が水の上をへっちゃらでどんどん進んで行くのがようわかるわ」

「まったくさようでございます。それで今日の昼食のおすすめは、ソールムニエルとサーモンのソテーでございます」

「何や、その、ソール、ソームニエ……いうんは？」

「舌平目を焼いて特製のソースと召し上がってもらいます」

「平目かいな。そら好物や。その平目や」

「お飲み物はいかがいたしましょうか」

「そやな。昨晩（ゆんべ）がスペインの葡萄酒やったさかい、今日はフランスの葡萄酒にしよか」

「承知しました。お上着を部屋から取ってまいりましょうか？」

一等客室のレストランではきちんとした服装をしなければならなかった。

「いや、ちょっと小便に、いや、トイ、トイ、レットへ行ってくっさかい」

「ではレストランでお待ちしています」

信治郎はデッキを降りて、自室に戻った。

部屋の左手に陶製の大きな風呂桶がある。その脇に木製のフタがついた陶器の便器があった。そこに小便をして、天井から吊るされた木製の取っ手を引くと水が出た。

最初、使い方を正吉から教わった時、

「いちいち水で小便を流すんかいな。何でや?」

「その方が清潔で、匂いも残りません」

「それで大便はどこですんのや?」

「同じ、ここでです」

「ここでって、どないすんのや。これに股がるんかいな」

「違います。こちら向きで、ここにこうしてお座りになってしていただくのです」

正吉に言われたとおり信治郎は便器に腰を下ろした。

レストランへ行くと、窓辺の席へ正吉が案内した。

先刻の将校が、グッドアフタヌーンと挨拶した。

「そや、もう昼やさかい、アフタヌーンや。グッド、アフタヌーン。グッドアフタヌーン……」

と一等客室の人たちに挨拶し、席に着いた。テーブルの上にフランスの葡萄酒の瓶が置いてあった。

テーブルの中央に白いバラが飾ってある。

「西洋はんは花が好きやな。ええこっちゃ」

温かいパンが出てきた。千切ってバターナイフでバターを付けて口に入れた。

先日、セレース商会のお嬢さんが教えてくれたとおりにナイフ、フォーク、スプーンを使って食べていると、正吉から、

「鳥井さまの食事の作法は素晴らしいです」

と誉められた。

「そうでっか、おおきに」

思わぬ所で誉められて信治郎は悪い気がしなかった。

スープはコンソメスープで、味の薄い味噌汁と似ていた。平目は美味しかったが、ナイフで身を骨から外すのにひと苦労した。他のテーブルを見ると、若い青年までが器用に骨から身を取り、フォークで口に入れている。

──上手いことやりよるもんや。船が神戸に戻るまでには覚えんとな……。

フランスの葡萄酒の方が信治郎には口に合う気がした。

「ボルドーの葡萄酒です」

正吉が言った。

「ボルドーって何かいな」

「フランスの葡萄酒を作っている町の名前です」

——町の名前をなんで、わざわざ、あっ、そうか、日本酒の、灘や、伏見やと言うのんと同じことやな。ボルドーが価値があんのや。

信治郎の商品の価値を見出す能力、商品を値踏みする勘は、たとえ初めて見るものに対しても、抜群であった。

「正吉どん、ボルドーはんはなかなかええなあ」

「さすが鳥井さま、おっしゃるとおりです」

正吉に誉められると、信治郎は少し身をそらした。

午後は船内の図書室へ行き、柳行李(やなぎごうり)ほどの大きさの本を一冊、棚から取ってページをめくった。

そこに実物と同じ大きさと思われる鳥や花の精巧に描かれた絵があらわれた。

「こら見事なもんやな。こら鷲(わし)やないか、西洋にも鷲がおんのや。こらまたえらい首の長い鳥やな。何ちゅう鳥や。けったいな恰好してんな」

信治郎が眺めているのは、アフリカに生息する動植物の図鑑だった。信治郎が〝けったいな〟と言ったのは、フラミンゴだった。

「こら鴨(かも)やな。日本と同じやな」

やがて哺乳類のページになり、象、キリンが繊細な線と色彩で描いてあった。

「おう、獅子やないか。こら強そうなやっちゃな。獅子は、たしか……」

信治郎は下に書かれてある文字を見た。

——L、I、O、N、そうや、ライオンや。ライオンはええなあ。百獣の王やさかいにな。

信治郎は寅年の生まれであったから、トラに似ている獅子、ライオンが好きだった。

——獅子はええな。一番強い奴や。わてのこしらえる商品も、獅子みたいに一番強うのうてはあかんな。

「蜂なんか吹っ飛ばしてまわな」

こうして誰が見ても無謀としか思えない旅に飛び込んでいても、信治郎の口からは商いのことばかり出てくる。

その夜のディナーには、音楽演奏が入っていた。

「イギリス公使さまがお招きになったバイオリンとピアノの演奏の方です」

正吉が公使の方に手をむけて言った。

バイオリンの音色が心地良かった。

「こら、ええもんやな。御飯が美味しゅうなるで……。おおきに、ありがとさんや」

信治郎は言って、むかいの大きなテーブルの中央にいた公使にむかって葡萄酒のグラスを掲げて、おおきに、と頭を下げた。

すると公使も、信治郎にむかって軽く会釈した。

「おう、正吉どん。公使はんがわてに挨拶しはったで。おおきに、おおきに。ええーと、おおきには、サンキューや、サンキュウのベリー、ベリーや」

ディナーが終ると、信治郎はサロンに行った。食事を終えた一等の客たちが集っていた。

以前、神戸のセレースの屋敷でお茶を飲み、酒を酌み交わしたセレース夫婦の姿と同じだった。

サロンの奥には、ちいさなバーカウンターがあり、将校たちが談笑しながら酒を飲んでいた。

この船に乗って信治郎が興味を抱いたのが、サロンの風景だった。

これまで葡萄酒は、食事の前や食事中に飲むものだと思っていたが、葡萄酒の中にも、食後に飲むポルトワインと彼等が呼ぶものがあることを知った。昨夜、それを初めて口にしてみたが、甘くて飲み易かった。

それ以上に興味を抱いたのは、将校たちや公使夫婦がティーと呼ぶ西洋のお茶以外に飲んでいた食後酒だった。彼らは楽しそうに話しながら、ちいさなグラスで、それを飲んでいた。ブランデーだった。

将校たちがバーカウンターで飲んでいる酒と、その飲み方も気になった。満腹をやわらげるためというより、その酒を飲むこと自体を楽しんでいるように見えた。

信治郎は立ち上がり、バーへ歩み寄った。

「グッドイブニング」

昼間、挨拶を交わした将校たちが信治郎に笑って声をかけた。

「へぇ〜、グッド、イブニングや。何や、皆さん楽しそうでんな」

信治郎は彼等に近づき、一人の将校が手に持つグラスを指さして、

「ホワット、イズ、イット？」

と訊いた。

「スコッチ」

「ス、スコチでっか」

「イエス、マイ、ホームカントリー、スコッチウイスキー」

――ああウイスキーなんや……。

ウイスキーは小西儀助商店の洋酒部にいた時に現物を見知っていた。

その将校が信治郎にグラスを差し出した。

「飲んでみてかましませんの？」

将校がうなずいた。

渡されたグラスの酒を信治郎は口に入れてみた。

「こら苦いもんや。これが美味いんでっか？」

信治郎が酒の苦さにしかめっ面をすると将校たちが笑い出した。

「皆さん、これがほんまに美味いんでっか？」

背後で声がした。正吉が立っていた。

正吉が将校たちに信治郎の言葉を伝えた。

将校たちは皆大きくうなずいて言った。

「何と言わはったんや？」

「世の中で一番美味しいとおっしゃっています」

「このウイスキーがかいな」

すると将校の一人が信治郎に近づき、手にしたグラスのウイスキーを一気に飲み干し、片方の手で胸元と腹をさすって、声を上げた。

「ブリリアン」

「やはり世界で一番美味しいとおっしゃっています」

信治郎も、その将校がしたように、グラスに残ったウイスキーを飲み干した。

その瞬間、喉元が熱くなり、腹の中をウイスキーがグルリとひと回りしたような感覚がした。息を吐き出すと、鼻の奥からもウイスキーの香りがひろがった。

信治郎は目の玉を大きく見開いた。

——これがほんまに美味いんかいな？

将校の一人が信治郎の顔を覗き込んだ。

「へぇ～、美味いもんだすな」

信治郎の言葉を正吉が伝えた。

すると彼等が一斉に拍手した。

「おおきに、おおきに。ごちそうさんだした」

信治郎は将校たちに礼を言い、自分の席に戻った。

「正吉どん、水を一杯くれるか」

「大丈夫ですか？　鳥井さま」

「大丈夫や、同じ人間が、あないして美味そうに飲んでんのや。慣れてきたら、あの酒の良さがわかるはずや」

水を一杯飲むと、気分がすっきりした。

「ウイスキーは強い酒ですから気を付けませんと」

「そやな。でも、今、売れはじめてるビールかて、最初は皆が不味いと言うてたんや。慣れてきたらウイスキーの良さもわかるはずや」

信治郎は立ち上がって再びバーカウンターの方へ歩き出した。

顔が火照っていた。

翌朝、目覚めると頭痛がした。

信治郎はベッドから出て、洗面所で蛇口をひねり、水を出した。二度、三度、顔を洗い、両手で顔を叩いた。それでも頭痛は治まらない。

「あかんな、こんなこっちゃ」

信治郎は鏡に映る自分の顔を見て、

「しっかりせんかい」

と声を上げた。

昨夜のバーで飲み過ぎたことを思い出し、信治郎は唇を噛んだ。

スコッチウイスキーの味わいを知りたくて将校たちと競い合うように飲んだ。しかし途中、足元がグラッと来た。それですぐに引き揚げたのだが、そんな自分も情けなかった。

奉公に出る時、忠兵衛からもこまからも、酒席で乱れるようなことは決してあってはならないと教えられていた。

小西儀助からはこうも言われていた。

儀助が寄合いから戻り、店裏の井戸端で上半身裸で背中を拭っていた夜のことだった。

「信どん、おまえは酒を飲むのか?」

「へぇ〜、おつき合いなら少し……」

「ほな言うとくが、商人は決して酒でおかしゅうなることがあったらあかんで。命取りになるさかい。ましてや、わしらは酒を扱うてる商いや、どんだけ飲まされても平気でいられるように鍛えておくことや。わかったな」

その時の信治郎を見つめる儀助の目は怖いほどだった。以来、信治郎はどんな席でも、酒に酔わされることはなかったが、昨夜は違った。

アルコール度数が高いこともあったが、やはりどこかに油断があったのだと思った。

部屋のドアがノックされ、正吉が入ってきた。そして覗き込むように信治郎の顔を見た。

「何や、正吉どん、その目は？」

「いや、お身体は大丈夫かと思いまして。昨夜はびっくりするくらいお飲みでしたから」

「この通りや、あれくらい何でもない」

信治郎はそう言ってから小声で訊いた。

「正吉どん、炭酸水あるかいな」

「はい。〝平野水〟がございます」

「おう、高級なもんがあるな。わても、あれは大好きや」

平野水は日本の炭酸水のはじまりと言われ、神戸から近い兵庫の平野鉱泉から汲んだ

 もので、主に居留外国人むけに製造販売されていた高価な炭酸水だった。

小西儀助商店でも炭酸水は扱っていたし、釣鐘町の実家でも、お得意さんに頼まれて炭酸水を配達していた。

当時の炭酸水は、今で言う栄養ドリンクのようなかたちで人々に飲まれていた。

信治郎は炭酸水を好んで飲んだ。飲むと力が湧いてきた。

「いや、平野水は美味いわ」

「ところで鳥井さま、今夜のディナーなのですが」

「夕食がどないしたんや？　飲みもんのことか」

「違います。この船は、明日、横浜港に到着します。それでイギリス公使さまが、今夜、鳥井さまをディナーにご招待したいと申し出ておられます。横浜で公使さまは下船なさいます」

「ほう、エゲレスの公使はんが……また何でや？」

「鳥井さまがジェントルマンとおわかりになったからだと思います」

「ジェントルマン？……ジェントルマンというと、紳士のことやないか」

「はい、そうです。その上、ハイカラです」

信治郎は神戸の福建テーラーで、これで立派なジェントルマンよ、と耳に胝ができるほど、店主の陳から聞かされていた。

「そうか、わてはハイカラかいな」

「はい。西洋かぶれのハイカラではなく、鳥井さまのハイカラは本物でございます」

「嬉しいことを言うてくれるやないか」

当時、西洋趣味を身なりや生活に取り入れる人々のことを、西洋人が着るシャツのカラー（襟元）が高かったことから〝ハイカラ〟と呼んだ。外見だけ西洋かぶれの人々を揶揄して呼ぶこともあったが、信治郎は正吉の言葉を〝粋〟〝お洒落〟と理解した。

信治郎は普段、必要以上に人から誉められることを好まなかったが、正吉の言葉は嬉しかった。

「よっしゃ、ほなハイカラさんは公使はんのお招きにあずかりまひょ。正吉どん、白い洋服にアイロンかけといてんか」

正吉が白い歯を見せて頷いた。

その日の昼前、信治郎は二等、三等客室に降りてみた。

三等客室は客であふれていた。畳敷きの大部屋で、区分けはされておらず、それぞれが与えられた毛布を敷き、自分たちの荷物とともに寝起きをしていた。

窓はなく、外光は入らない。天井から吊されたランプの灯が揺れていた。

家族連れもいれば、男たちだけでたむろしている集団もいた。

奥の方から、素頓狂な男の声がした。

見ると一番奥に十数人の男が頭をくっつけるようにして車座になって何かをしていた。

なんや、また丁かいな。この丁目はおかしいんちゃうか。ほな、もういっぺん丁や……。

丁稚時代に、先輩に誘われて、南地の鉄火場へつき合わされたことがあり、その様子は見知っていたから、信治郎は博奕(ばくち)をしていることがすぐにわかった。

三等客室を引き揚げようとした時、信治郎の洋服の裾を引く者がいた。

「旦那さん。ひとつどうだす。港に着いて遊ぶ銭くらいにはなりまっせ」

信治郎は相手の顔を見返した。

何日も着続けている薄汚れた着物の懐から手を出し、その手の中でサイコロを器用にもてあそんでいた。

信治郎は男の手を払いのけた。

「けっ、何をさらしてけつかんねん。そんなもんに銭を賭けんのなら、わては、わてのやりたいことに銭も、命も賭けんのや。みくびったらあかんで、わては釣鐘町の、船場の鳥井信治郎やで」

「へぇ～、それはおみそれしやした」

男は足元に唾を吐いて、鼻を鳴らして奥に立ち去った。

その時、階段の方から大声がした。

「お〜い、お〜い。富士山が見えるで。富士や、富士のお山や」

客たちがざわめき、皆が立ち上がって階段を上りはじめた。

信治郎も急いで駆け上がった。

神戸港を出発して三日目の正午、三池丸は駿河湾沖にさしかかり、青く霞んだ空の中に日本で最高峰の山である富士山が姿を見せた。

デッキは人であふれていた。

二等、三等の客たちは、この霊峰の姿に見惚れた。両手を合わせて拝む者が何人もいた。

信治郎も富士山にむかって直立不動の姿勢で立ち、一礼をして手を合わせた。

——どうか、わてを、あんたはんのような日本一の商人にしておくれやす。そのためなら、わてはどんなことでも気張って、やり通してみせまっさかい……。

信治郎の姿を見て、イギリス公使付きの将校たちもちいさくうなずいていた。

その日の午後、信治郎は正吉に〝サンドウィッチ〟というハムや野菜をはさんだパンを持ってこさせ、ビールを飲みながら、図書室で借りたヨーロッパの国々が発行している新聞の束を一ページ、一ページ見ていた。

中でも信治郎の興味を引いたのは、イギリスの新聞にも、フランス、ドイツ、ロシアの新聞にも、絵柄入りで商品の紹介がしてあるスペースがあり、その説明が熱心なことだった。

自動車、自転車、ライフル銃をはじめとする銃器類。紳士、婦人用の洋服、帽子、セレース家で見た香水、煙草、パイプ……、そして酒類のスペースもあった。

「ぎょうさんの商品があんねんやな。こらたいしたもんや」

その中に、昨夜、将校たちがすすめてくれたウイスキーもあった。

「こないして皆が自分たちの商品がええもんやと言うとるんや。こらええもん見たわ」

夜、イギリス公使に招かれたディナーのためにレストランへ行った。正吉に案内された席は公使のすぐそばだった。

「えらい上座とちゃうか？」

「はい。鳥井さまは今夜の一番大事なゲストですから」

「ほんまかいな」

見るとメニューにTORIIと書いてあった。

十人余りの人が円卓に着くと、公使があらわれた。皆が立ち上がり、信治郎もそれに倣った。

公使が英語で何事かを話すと、将校たちがうなずいた。信治郎もそれを聞いていた。

その直後、信治郎は目の玉を見開いた。公使がいきなり日本語を話したからだった。

「今夜、鳥井さんとご一緒に食事ができることを光栄に思います。では日本と、そしてゲストの鳥井さんに乾杯しましょう」

将校たちもシャンパンが注がれたグラスを信治郎にむかって掲げた。

「皆さんもあなたにお礼を言っておられます」

正吉が小声で伝えた。

「そうでっか、おおきに、おおきに、いや、サンキュー、ベリーのマッチだす」

公使が微笑し、皆が笑ってグラスの酒を飲み干した。

「正吉どん、びっくりしたで、公使はんは日本語が話せんのかいな」

食事がはじまってほどなく公使が言った。

「鳥井さん、あなたはどちらまで行かれるのですか？」

「小樽まで行こう思うてます」

「商いでですか？」

信治郎は公使の口から商いという言葉が出たのにさらに驚いた。

「商い違う(ちご)て、商いの勉強にだす。公使はんはどこで日本語を勉強しはったんだすか？」

「私は日本に来たのが今回で四度目です。二十四年、日本にいますし、妻は日本人です」

「へぇ～、そらびっくりだす」

通訳が将校たちに信治郎の言葉を伝えると将校たちが笑った。一人の将校が早口で何事かを話した。正吉が通訳した。

「公使は、日本人より日本をよくご存知です、とおっしゃいました」

――ほんまかいな……。

「鳥井さん、商いの勉強とおっしゃいましたが、どんな商いの勉強ですか?」

公使が言った。

「わてが、これからどんな商いをしたらええのんかを勉強するんだす」

公使は信治郎の言葉に静かに耳を傾け、うなずいた。通訳の言葉を聞いた将校たちも興味深げに信治郎を見た。

皆行儀良く、静かに食事をしていた。ナイフとフォークを使うのに懸命な信治郎は、彼等の食事の作法に感心していた。

シャンパンから赤葡萄酒、白葡萄酒の順に飲む将校もいた。

信治郎は白葡萄酒を少し飲みたいと正吉に告げた。その様子を見て、白葡萄酒を飲んでいた将校が自ら信治郎のグラスに注いだ。

「こら、おおきに」

「それにしても、今日の富士山は美しかったですね」

笑って、その将校が言った。

正吉が通訳すると、信治郎は、

「わても見ました。さすがに富士山は日本一の山でんな」

すると公使が静かに言った。

「鳥井さん、富士山は日本一ではなく、極東で一番美しい山です」

「そうでっか。そらまた嬉しいことを言うてもろうて、おおきにだす」

「鳥井さん、先ほどあなたは商いの勉強とおっしゃいましたが、これまではどちらで商いを学ばれたのですか」

「大阪の船場だす」

公使は静かにうなずいた。

「船場をご存知だすか？」

「はい。何度か行きました。我が国の居留地の近くですから」

——へぇ～、公使はんは船場を見てんのや。

信治郎は公使が本当に日本のことをよく知っているのに驚いた。

——偉い人は、やはりよう勉強してはんのやな……。

「鳥井さん、以前、私は近江へも行きました。そこで近江の商人から〝三方良し〟という商いに対する考え方を知りました。素晴らしい考えだと思いませんか」

「ほう、公使はんは三方良しをご存知だっか。わてもそれは商いの基本やと思います。近江は昔から立派な商人をぎょうさん出してます。日本の商いのお手本のようなとこだす。売り手と買い手だけが儲かる商いは長続きしまへん。売り手、買い手だけやのうて、周りの皆がようなるのがええ商いだす。けどようご存知でんな」

「はい。我が国もあなたたちと良い商いをしたいですから」

近江商人は日本の中世から近代にかけて活躍した近江国、現在の滋賀県出身の商人で、大坂商人、伊勢商人とともに、日本の三大商人と呼ばれた。

公使が話した〝三方良し〟は近江商人の思想、行動哲学の基本にあるものだった。〝売り手よし、買い手よし、世間よし〟は宝暦四年（一七五四年）、中村治兵衛が残した家訓が源流とされる。

後日、正吉から公使が明治維新前に日本にやって来た官吏と聞いた。国交の基盤に貿易があるのだから、当時の国家間の交渉において、官吏が相手国の商取引を調査するのは、当然の行動だと言えよう。

公使は将校たちに三方良しの話をしていた。皆興味ありげに聞いていた。

正吉が小声で言った。

「皆さん、今の話に感心なさってます。あなたは良い商人になられるとも……」

「何を言うてんのや。そないなことは商いの〝いろは〟やで。正吉どん、この白い葡萄酒は酸っぽうてあかんわ。赤いのにしてくれるか」

「承知しました」

メインディッシュが済み、デザートになった。

「わてはお茶と、ほれウイスキーや」

信治郎は公使を見て、

——この人はほんまは商人と違うやろか。

と穏やかな表情の奥に商人の顔があるような気がした。

公使が信治郎に言った。

「鳥井さん、ひとつ質問してよいですか」

「へぇ〜、こないにご馳走になりましたんや、何でも聞いておくれやす」

「日本にはたくさんの神さまがいますね。〝八百万の神さま〟たちです。あなたも、その神さまを信じていらっしゃるのですか」

「へぇ〜、そら神さんは信じてます」

「その大勢の神さまは役割があるのですか？」

——役割？　何のこっちゃ……。

御利益が違うということではないでしょうか、と正吉が言った。

「ふぅ〜ん、御利益かいな。公使はん、わてはそないに思うたことはありまへん。神さんは神さんだす。一生懸命、手を合わせていれば商いのことも、病気や災いからも守ってくれはりますわ。それが神さんからの施しだすわ。けど施しは見えしまへんで」

信治郎の言葉に公使が怪訝そうな顔をした。

「鳥井さん、施しが見えないとはどういうことですか？」

「神さんがわてらに何をしてくれたかは目に見えんいうことだすわ」

公使はじっと信治郎の話に聞き入っていた。

「何百、何千と手を合わせたから、神さんがこれだけのことをしてくれるというのは間違うてま。神さんを大事にして、一生懸命働いとったら、それでええんだす。施しは目に見えんもんで、見えたら施しになりまへん」

信治郎はなお理解できていなさそうな公使にむかって、母のこまから幼い時に教えられた天満宮の橋の上での話をした。

貧しい人に施しをした時、決してその人たちがお礼を言う姿を見てはいけない。それを見て満足するようなものは施しではない。〝陰徳善事〟の教えである。

その話に耳を傾けていた公使は、突然、目をかがやかせて、信治郎にむかって拍手した。

「素晴らしい。鳥井さん、あなたも、日本人も素晴らしい」

信治郎は公使の反応に驚いた。

公使は将校たちに、信治郎が今した話を説明していた。

「ノブレス　オブリージュ」

将校の一人が公使に言った。

すると公使は少し首をひねり、また説明をした。やがて将校たちは公使が言わんとすることを理解したのか、信治郎にむかって皆が拍手した。

――何や、そない誉められたら照れ臭いがな。当たり前の話をしただけやで……。

将校が口にした〝NOBLESSE　OBLIGE〟とは元々フランス語で〝高い身分に伴う義務〟と訳されるが、財産、権力、地位のある人は社会の手本になり、率先して世の中のためになる行動をしなければならない。貴族制度の階級社会であるイギリス人がよく知る言葉だった。

公使は将校たちに、信治郎の話は、それ以上のモラルのことを言っていると説明したのだった。陰徳という考えが、ヨーロッパ人には解り難いのだが、公使はそれを理解したのであろう。

その夜も、信治郎はサロンでさまざまな酒を飲んだ。

翌朝、信治郎は眼前にひろがる横浜港を見て、目を剝いた。

神戸港が日本一の港だと思っていたから、その大きさに驚いた。

停泊する大、小の船の数の多さと、軍艦の姿は神戸とまるで違っていた。軍艦はそれぞれが旗を揚げ整然と並んでいる。その周囲を何艘もの小船が往来している。信治郎が乗っている三池丸も日本有数の大きさだが、それ以上に大きな客船が何隻も浮かんでいた。その客船に群がるように小船が寄っている。

「正吉どん、あれはまたおおけな客船やな」

「あれは上海行きのイギリス客船です。ああして小船が寄っているのは〝沖売り〟と言って停留する客船にいろんなものを売りに来ているんです」

「それは神戸も同じじゃが、商いしよる船の数が違うがな」

信治郎が言ったとおり、その頃日本一だった神戸港に対抗して、横浜港では湾岸工事が猛スピードで進んでいた。

汽笛を鳴らして三池丸が桟橋にむかう。

「何や、このおおけな桟橋は……」

「横浜港の鉄桟橋です。すべて鉄で造られています」

「へぇ〜、鉄で造りよったんか」

三池丸が接岸しようとしている鉄桟橋は、明治二十五年（一八九二年）にイギリス人技師H・S・パーマーと神奈川県の技師、三田善太郎等の手で工事がはじまり、二年の歳月をかけて完成した。総延長七三〇メートル。船が着岸する部分が四五七メートルもあり、幅も一九メートルという日本一の大きさだった。四〇〇〇トンクラスの長さ一〇〇メートルの大型船が、片側だけで三隻、計六隻が着岸できた。

神戸港を追い越し、横浜港は今や日本最大の港になろうとしていた。

安政五年（一八五八年）、アメリカ、イギリス等の五ヶ国は神奈川宿の開港を求めたが、当時の江戸幕府は参勤交代の大名行列と衝突することなどを憂慮し、街道から離れたちいさな漁村であった横浜村を開港地と定めたことで、急激な発展を遂げた。

湾の背後に本牧岬（ほんもくみさき）からの丘陵地があり、強風から守られている点も開港の要因となった。

三池丸が桟橋に近づくと、楽隊がきちんと整列して勇壮な音楽で迎えた。

「正吉どん、何や楽隊までが神戸と違う（ちご）てんな」

「あれは公使さまを迎えるイギリスの軍楽隊です」

イギリスはかつて横浜に千人を超える兵員を駐留させた時もあった。中国、香港との交易の大半を掌中にしていたイギリスにとって横浜は極東の重要な軍事拠点であった。

それはアメリカ、フランス、ドイツも同様だった。

信治郎は軍楽隊を見ながら言った。

「へぇ〜、公使はんは偉い方なんやな」

「鳥井さまは、その公使さまが誉めていた方です」

正吉に言われるとまんざらでもなかったが、信治郎の目はすでに桟橋のむこうに堂々と並んだ外国人居留地の見事な建物にむけられていた。

「さあ上陸して下さい。横浜には今日と明日の二日間です。鳥井さまの希望どおり、洋式のホテルを用意しておきました」

「おおきに、おおきに」

信治郎は桟橋まで迎えに来ていた馬車に乗ってホテルにむかった。

信治郎はすぐにホテルを出て、目の前の日本大通りを歩き出した。

「何や、この道幅のおおけさは……」

日本大通りは、正面の税関の建物まで六〇フィート（約一八メートル）という道幅だった。イギリス領事館、アメリカ領事館、県庁舎、郵便局、電報局、教会、銀行、船会社……、さまざまな建物が並び、それぞれには番号が大きく記されていた。

信治郎は、これほどの建物が並ぶ居留地を目にしたのは初めてだった。

やがて有田焼の壺や漆器、中国製の象牙を扱う店があらわれた。

その中に一軒、ガラス窓のむこうにさまざまな瓶を並べた店があった。

「これや、これを見たかったんや。ごめんやす……」

信治郎は洋酒を扱う店に入って行った。

信治郎を見て、立派な髯を生やし青い目をした長身の主人が笑って迎えた。

信治郎はポケットから小紙を出し、そこに書かれている正吉に教わった英語で話しかけた。

「ワ、ワイ、ワインを見せてくれまっか？」

主人は葡萄酒が並んでいる棚に案内した。

「こらまたえらいぎょうさんありまんな」

信治郎は小紙をまた読んだ。

「フランスはんはどれだっか？　ほう、これが皆そうでっか」

主人はフランスの葡萄酒を一本一本手にして信治郎に見せながら、ボルドー、ブルゴーニュ、ロレーヌと説明した。

信治郎は正吉から、葡萄酒は生産地によって違うものができると聞いていたから、主人がフランス葡萄酒の生産地を説明しているのがわかった。彼はその中の一本を出し、飲んでみないか、という仕草をした。

「かまへんのでっか。そら、おおきに」

主人はテーブルにふたつのグラスを置き、そこに赤葡萄酒を注ぎ、グラスをゆっくりと回し、香りをかいで口にし、信治郎にすすめた。

信治郎も主人と同じようにグラスを回し、香りをたしかめて葡萄酒を飲んだ。

「うーん、こらわてには合わんな」

主人は信治郎の顔を覗き込んでいる。

信治郎は首を横に振った。

するると主人は別の葡萄酒を出してきた。

「いや、葡萄酒はようわかったわ。そや、ス、スコッチ、ウイスキーは、おますか」

主人が別の棚に案内した。

たくさんのウイスキーがあった。三池丸のバーカウンターで目にしたウイスキーもあった。信治郎は、その一本一本を手に取り、瓶と貼られた札の文字、絵柄を見て回った。どれも皆文字のかたち、絵柄の色味に工夫がしてあった。

信治郎はウイスキーを並べた棚の一角に銀製の奇妙なかたちをしたものを見つけた。

「すんまへん、あら何でっか」

と指をさすと、主人は、スキットルだと言った。フタを回し、中を見せて、そこにウイスキーを注ぐ仕草をした。

「こら面白いもんやな」

信治郎はスキットルを手に取って、しげしげと眺めた。

洋酒店を出ると、そこから高台を探した。左手の丘陵に鳥居が見えた。

「おう、神さんもいてんねんや」

信治郎は関外(かんがい)に出て、大岡川を渡り、伊勢山の階段を上った。途中、降りて来る若い女性が二人見えた。

「すんまへん。神社はこの先でっか？」

信治郎の言葉遣いが可笑しかったのか、女たちは笑い出し、はい、この先に皇大神宮さまがありますよ、と言った。

「そうでっか、おおきに、おおきに」

女たちはまた笑った。その笑顔が可愛かった。着物の着こなしで、素人ではないのがわかった。

——えらい二人とも別嬪やったな。さすが横浜はなかなかのもんやで……。

信治郎は皇大神宮に参拝し、茶屋の脇の高台から横浜の街を一望した。やはり神戸よりひと回りもふた回りも大きな港である。湾にひしめく船影もそうだが、桟橋から続く外国人居留地の西洋館の建物の数と大きさが違っている。そうして関門跡から、信治郎の立つ伊勢山までは、関外の日本家屋の瓦屋根が、これもびっしりと並んでいる。

「大阪と違うて、横浜はごちゃついてへんなあ。たいしたもんや」

横浜は明治になって二度の大火で街の大半が焼失し、その度毎に区画の整理が行なわれていた。

お待ちどうさまです、どうぞ、と声がして茶屋の女が茶を運んで来た。

「おおきに、ありがとさん。ちょっと聞きますが、あそこにある西洋はんの建物は何だすか」

「横浜駅です」

「そのこっちにあんのは？」

「あれはビールの工場です」

「ほうビールの工場だすか。ほな、あそこにおおけな船が陸に上がっとんのは」

「ドックです。一号ドックも完成します」

「ドック？」

「船渠（せんきょ）といって船の修理工場です」

船の修繕施設は神戸にもあったが、遠目に見ても、これほど大きな船渠は初めて見た。第二号ドックに続き、一万トン以上の大型船が入渠できる第一号ドックが完成すれば、横浜港は名実ともに国際貿易港になる。

傾きかけた初夏の陽にかがやく横浜港を眺めていると、丁稚奉公に出ていた折、小西儀助から言われた言葉がよみがえった。

「その坊さんは日本の大きな港を見て回ったそうや。ぎょうさんの人と品物が入って、ぎょうさんの人と品物が出て行く所でこれからの商いはせないかん、と教えられた」

――ほんまや、小西の旦那（だん）さんが言わはったことは、ほんまのことや……。よぉ～し、わてのこさえたもんを、この港にぎょうさん入れたるで……。

信治郎はかがやく港の風景を睨んで唇を噛んだ。

するとお腹の虫が、大きな声を上げた。

そう言えば見物に夢中で昼食を摂っていなかった。正吉の顔が浮かんだ。

「鳥井さま、ホテルのレストランを予約しておきましょうか？」

「いやかまへん。そこらへんで見つけて食べっさかい」

「それなら横浜は今、中華料理が美味しいそうですすよ」

――支那ソバか……。

信治郎は茶屋の女にたずねた。

「すんまへん。どこぞに美味い飯と酒が飲める料理屋はんはありまっか？」

「それなら、店の本店が馬車道にあります。美味しいと評判です」

「そら嬉しいな。これから、店へ揚がれるようにしてくれるか」

「はい。おやすい御用で、お客さんお一人で？」

「そやな。芸妓さんも呼んでくれるか？」

信治郎が指を二本立てると、女が笑った。

馬車道の角にある料理屋は三階建で、一階は客でごった返していた。

案内された部屋は三階で、窓からは横浜港が見渡せ、すぐ下を川が流れていた。

南地の芳やに似ていた。

——しのはどないしてんのかな……。

軽い足音がして襖戸が開くと、いらっしゃいませ、よく呼んでくださいまして、と芸妓が二人、信治郎を見て笑った。

その笑顔を見て、たちまち、しのへの思いがどこかへ吹き飛んで行った。


翌朝、信治郎は半鐘が鳴るような音で目覚めた。

カン、カン、カン、カ〜ンと、その音は横浜港一帯に流れていた。

昨夜の芸妓の言葉が思い出された。

「お大尽さん。朝まで騒ぎましょう」

横浜の芸妓には、大阪の芸妓が持つかしこまったところがなく、皆明るかった。

——どんどん世の中は変わんのや。

引き揚げると言う信治郎に、芸妓はもう少しいて欲しいと言った。

懐にはまだ、女と遊ぶ金はある。しかし信治郎は、今日、船が出るから、と女たちと別れた。

独り、日本大通りをホテルにむかって歩きながら考えた。

芸妓は自分のことをお大尽と呼んだ。

それが間違いなのは、信治郎自身が一番よくわかっている。自分が今、していることがまともなことだとは思っていない。

十日前に、喜蔵から受け取った銭を、こんなふうに使うのは、まっとうな商人がすることではない。

喜蔵が渡してくれた銭は、自分に与えられた最後の銭かもしれない。そうだとしても、信治郎には、こうするしかなかった。

この船に、乗るも、乗らぬも、やってみるしかなかったのだ。

昨晩、座敷で芸妓が言った。

「鳥井さんは、きっとまた横浜に戻ってこられます。私は百人、千人の男を見てきましたから」

「おおきに、おおきに」

カン、カン、カンとドックから鳴り響く音を聞きながら、信治郎は自分が行きたい道を歩めと背中を押されている気がした。

ホテルを早めに出た。半日が残されている。

人力車を頼んで、昨日、茶屋で聞いたビール工場の見物に行った。

山手の一二三番地に、その工場はあった。見学をしたいと申し入れたがかなわなかった。

――そら、そうやろ、酒をこしらえるのに、他人に教えられんことあんのは当然や。

信治郎は、この時、酒造りに自分の力が発揮できるかもしれないと思った。

〝ジャパン・ブルワリー〟と横文字の看板があるビール工場のそばにあるレストランで、昼食を摂り、間もなく出航する船に乗った。

三池丸は、一路、小樽を目指して航行した。

途中、荻浜に停泊して水、燃料の補給をしたが、すぐに北へむかった。

ディナーの席に、船長が挨拶にあらわれた。船長の挨拶はこれで二度目だった。

「神戸からの船長が体調を崩しまして、あらたに引き継いだ人です」

正吉の説明を受け、信治郎は赤色に近い頭髪の外国人船長と握手をした。

当時の日本では、長距離を航行する客船、貨物船ともに、船長はほぼすべて外国人だった。政府が雇い入れた外国人の指導で、日本人の船員も育ちつつあったが、日本人船長はまだ未熟だという理由で外国の保険会社が保障しなかったからだ。

現在、無数にある保険会社の起源は、未知の地に航海する船を支援する人々、会社が投資をしたことに始まる。船が無事帰還すれば、その船の積み荷から莫大な利益を得ることができた。

やがて保険制度が生まれ、海運会社は不測の事態に備えて、航行に保険をかけるようになった。当時、イギリス、オランダをはじめとする国の会社が、保険を引き受けていた。

オランダ人の船長だった。

通訳をともなって挨拶に来た船長は日本に三年滞在している男で、気さくな人物だった。

「楽しんでいらっしゃいますか、鳥井さん」

「へぇ〜、おおきに、ええ旅だすわ」

「船はこの後に、函館、小樽に行きます。何かあればいつでもおっしゃって下さい」

「へぇ〜、おおきに。そうや、わては北海道は初めてなんだすが、どこか、ここは見てた方がええという町はありますか？」

「私は、積丹（しゃこたん）をぜひご覧下さればと思います」

「シャコタン？　そらどこだすか」

「小樽から西へ行った所で、それは美しい所です。鰊の水揚げが有名です」

「そら、おおきに、ぜひ行ってみますわ」

この船長も、酒をすすめると、スコッチウイスキーを所望した。

翌日、北海道がデッキの前にあらわれた。

函館に入港した三池丸は、翌日、津軽海峡を通過し、日本海へ出た。前日から北日本の天候が崩れ、津軽海峡を航行する船は大きく揺れた。

信治郎は正吉から酔い止め薬をもらって飲んだが、気分はいっこうに良くならなかった。

——こら、横浜で遊び過ぎたんで、神さん、仏さんに叱かられてんのかもしれへんな……。ナンマイダ、ナンマイダ、かんにんだっせ。

気分が悪いのにもかかわらず、信治郎はディナーで出た肉をぺろりと平らげ、少し味がわかりはじめたスコッチウイスキーを身体を揺らしながら飲んだ。

三池丸は積丹半島を右に見ながら小樽港へ着いた。

朝から雨が降っていたせいか、信治郎の目には小樽の港がひどく暗い港に見えた。

それでも桟橋にむかう三池丸にむかって何艘もの小船が近づいて来た。黒い雨合羽を着た男たちが、身体に綱も巻かずに、船首に立ち、こちらにむかって大声を上げているのを見て、信治郎はびっくりした。

——えらいもんやな。北の船乗りいうのんはたいした度胸やな……。

小樽港に上陸すると、信治郎は休憩所で正吉を待った。

正吉も船の終着港、小樽に着くと休日をもらえると聞いたので、二人してオランダ人船長が薦めた積丹の岬へ行くことになっていた。

ほどなく正吉が馬車とともにあらわれた。

「鳥井さま、生憎の雨ですね。夏前だというのに冷えます。これは、借りてきたコートです」

と正吉がフード付きのコートを差し出した。

「おおきに、おおきに。このくらいの天気が丁度ええんや。寒い所は寒い時に行け、言うやないか。北海道は夏でも寒いんや、と土産話もでける」

「それはそうですね。鳥井さまは何でも良い方へ取られて、私も勉強になります」

「何のこっちゃ」

信治郎は口ではそう言ったものの、馬車の幌までが飛ばされそうな悪天候に唇を震わせた。

ようやく峠を越えたが、前方は荒れる海と激しい雨で、はっきりしない風景があるだけだった。

「ここはどこや?」

余市です、と御者が言った。

「もうええ、引き返そう」

信治郎を乗せた三池丸が神戸港に戻ったのは出発から十七日目の午後だった。

デッキから見える神戸港がちいさく映った。出発する時は、日本で一番大きいと思っていた港がこれほどちいさく思えることが信治郎には不思議だった。

それでも大阪湾から青く霞むように連なる山の稜線に感慨が湧いた。

――ここはやはりわての故郷や。山も海もやさしゅう見えるわ。

タラップを降りると声がした。

「旦那さん、お大尽はん、ようお帰りやして。旅はどないでした？」

見ると旅の手配や支度をしてくれた男が笑って迎えてくれた。

「そら、ええ旅やったで。ほんまに、おおきに、おおきに」

「そらよろしゅおましたな。長旅でお疲れでしたやろう。宿を用意してありまっさかい、今夜はゆっくりして下さい」

「何が疲れてますかいな。ほれ、このとおり。力が身体の奥から湧き上がってまっせ」

「それはそれは、ほな大阪までの汽車の手配をさせてもらいまっさ」

「そないな贅沢はしてられへん。今日からは乗船前のわてに戻らなあかしません。それに今は、前のわてより、百倍も元気だっせ」

信治郎は、その足でセレース商会にむかった。

すでに立ち寄ることは船から電報で報せてあった。

あらわれた洋服姿の信治郎を見て、セレースは目を丸くした。今、見聞の船旅から港に着いたばかりだと告げると、セレースはさらに驚き、もう一度信治郎の姿をまじまじと見つめ、

「あなたは素晴らしい人です」

と手を握ると、信治郎を抱きしめた。

「セ、セレースはん、どないしはったんだすか……」

信治郎は戸惑いながら、すぐにセレースの両肩を摑んで、

「もういっぺん、わての商いの話を聞いておくれやす」

と大きな声で言った。

「勿論です」

とセレースもはっきりした声で応えた。

信治郎は、商談を終え、陽が傾きかけた街道を大阪にむかって歩きながら、

――当たってみな、商いうもんはわからんもんやな……。

と数時間前のセレースの顔を思い出していた。

セレースが言うには、信治郎との商談が決裂してから、考えてみたという。自分たちの商品に誇りを持つことは大切なことだが、商いは商品が売れて初めて商いになる。ましてや、言葉も生活習慣も違う異国で、自分たちの商品を売って行こうとするならなおさらだ。昔から、ローマで商品を売り捌く折は、ローマ人の好むものにしろ、という教えがあったことを忘れてしまっていた。あなたが望む、葡萄酒の製造、販売に協力しましょう、と。

まず決済について前回と同様に、商品が売れてからの支払いにして欲しいことと、支

払い期限の話をした。

セレースは少し顔色を変えた。

信治郎は鞄の中から現金の入った封筒を出した。

「ここに三十円おます。逆立ちしても、これ以上はおまへん。船に乗る前はぎょうさんおましたが、わての商いの元手に使いました」

「元手？」

セレースが首をかしげた。

信治郎は通訳にむかって言った。

「これからこの国で、どうやったら葡萄酒だけやのうて、ウイスキー、ブランデー、ポルトワインが売れるかを、わてはこの目で、この身体で勉強したんだす。わての身体と頭の中に、元手と一緒に入ってる。どうかそれを信じて、この商いを承知して下さい。このとおり、お頼もうします」

信治郎はテーブルに両手をついて頭を下げた。

ワッハハハ、とセレースが大声で笑い、信治郎に握手を求めてきた。

信治郎はセレースの大きくて熱い手の感触を思い出しながら、十七日間の旅を思った。

――時は金なりやで。

やがて前方に大阪の街の灯が見えた。

「あれ、まあ、どこのどなたはんかと思いましたわ。よう無事にお帰りやして……。けど信治郎はん、よう似合うてまっせ」

　洋服姿で芳やの裏木戸から入って来た信治郎を見て、しのが嬉しそうな声を上げた。

「ほんまに似合うてるか」

「へぇ、よう似合うてます。わて信治郎はんに洋服着てもらいたい思うてました」

「この洋服いうのんは、着慣れてしまうと歩き回るのにも、西洋はんの食事をするのにも袖が汚れんで便のええもんやで。こらいずれ皆洋服を着るようになるんやないか」

「そうでっしゃろか。で北海道はどうだした？」

　信治郎は神戸港を出発する前に、しのにも葉書を出しておいた。

「北海道か、あそこはえらい寒い土地や。小樽から船長はんが薦めてくれた積丹の余市いう土地まで行ったんやが、もう寒うて寒うてかなんかった」

「この夏でもそない寒いんだすか」

「ああ寒い。けどあっちの船乗りは、こない波が立っとる海を命綱も巻かへんで舳先に立っとんねん。度胸があるのにびっくりしたわ。ほれ、これ」

　信治郎は上着のポケットから一枚の写真絵葉書を出して、しのに渡した。

「こらおおきい港だすな」

「横浜の港や。神戸が一番やと思うてたが、そんなもんちゃう。わてが乗った三池丸の倍もある船がぎょうさん入っとった」

「横浜には寄りはったんですか」

「ああ、西洋はんの建物が、十間はあるおけな道の両端に並んで建ってんのや」

「道幅が十間もあるんだすか。そらもったいない」

「もったいないんとちゃう。いずれ馬車の線路を敷きよるんやろう。その方が人も品物も早(はよ)う運べるさかい」

「信治郎はん、これ何だすか?」

鞄の中を片付けていたしのが鞄の隅から銅製の水筒のようなものを出した。

「中に何か入ってまっせ」

しのの言葉に信治郎はニヤリと笑って、

「これか。これはな……」

とフタを捩(ねじ)って、そのフタを逆さにして中身を入れ、ひと口飲んだ。

「スキットルいうて、西洋はんの持ち運べる銚子徳利や。う〜ん、美味い」

「葡萄酒でっか?」

「いや、スコッチウイスキーや」

「スコッ、ウイス?」

「スコッチウイスキーや。西洋の男はんは食事のあと、いや食事の時やのうても、このスコッチウイスキーをぎょうさん飲むんや」

「美味しいんだすか？」

信治郎がウイスキーの入ったフタをしのに差し出した。しのはそれをひと口飲むと、苦い薬を飲まされた子供のようにしかめっ面をして言った。

「こ、これ何だすの？　苦いし、喉と胸が焼けそうだしたわ」

「わても最初に飲んだ時はかなんと思うた。けど一生懸命飲んでたら、この酒の良さが少しずつわかってきたんや。ほれ、この香りを嗅いでみい」

信治郎はウイスキーの香りをしのに嗅がせた。

「カゼ薬みたいでっせ。これがほんまに美味しいんだすか」

「良薬口に苦しや。西洋の男はんはこれを何杯も飲んで楽しそうにしたはる。この香りや口当たりに、どこかええとこがあるから皆が飲んでんのや」

「けど、このス、スコはわてらには無理だっしゃろ」

「いや、わからへんで。ビールかておまはん初めはびっくりしてたやないか。それが見てみい、今は横浜でも料亭で〝ビー酒〟いうて芸妓も飲んどるで」

「あんさん、横浜で芸妓揚げはったんでっか？」

しのの言葉に信治郎は口の中のウイスキーを吐き出しそうになった。

「ちゃ、ちゃう。見物しただけや」

しのが急に黙って信治郎を見た。

「ほ、ほんまや、見物しただけや」

信治郎のあわてように、しのは笑って、

「かましまへんがな。そないなことでわては怒ったりしまへん。土地を勉強すんのには女子(おなご)はんを見るのが早道言いますから」

と信治郎の顔を悪戯(いたずら)をした子供を母親が見るような目で見た。

――こら、あかん、皆お見通しや。

そう思って首をすくめた途端、腹の虫が大きな声を上げた。

「あっ、すんまへん。ちょっと、ちょっと二階へうろんの大盛持って来てんか」

しのが大声で言った。

信治郎は大盛のうどんをぺろりと平らげると、もう一杯おくれ、と言い、その一杯もすぐに食べた。

そうしてバタンとあおむけになると、

「うろんが一番美味いな」

とふくらんだお腹を叩いた。

「信治郎はん、そんなんしてたら牛になりまっせ」

「牛か……。そう言や、最後の日に札幌へ行ったんやが、ぎょうさん牛がいてたで」

「牛鍋食べはったんだすか」

「いや、牛の乳を飲むんやが、そのうち乳からバターやチーズをこしらえるようになる。バターはパンに塗ったり料理に使うんや。チーズいうのんは、西洋はんは食事の後で、そのチーズをぎょうさん食べはんのや。ちょっと臭いけどな」

「いろんなもんを見て回りはったんだすな」

「そう言われたら、そうやな……」

信治郎は十七日間の旅の日々を思い出しながら、いつの間にか寝息を立てた。

その姿を見ながら、しのは口元をゆるめた。羽織のえりを伸ばすと、しのは窓辺に立って西の空にむかって手を合わせた。

——よう無事で帰ってくれました。

川下から、南地へむかう人々の喧噪が届いた。

信治郎は釣鐘町の家にむかって歩いた。

夜の十時であったが、すれ違う人が珍しいものでも見るような目で自分を見ていた。

信治郎は立ち止まって足先を見た。十七日間履き続けた革製の靴が光っている。ズボンは寝ている間に、しのがコテでシワを直してくれていた。

——大丈夫かいな……この恰好で。

家に戻ろうと、着物を着ようとした時、しのが言った。

「着物で帰らはんのだすか？」

「何でや？」

「あんたはんが、どこで何をしてはったかをお兄はんやお母はんにきちんと見てもろうた方がええんと違いますか。別に遊んで来はったんと違いますやろ」

「………」

信治郎は返答に窮した。

しのには、忠兵衛の金を喜蔵から受け取り、その金の大半をこの旅に使ったことを打ち明けた。

「ハイカラなあんたはんを堂々とお見せやす」

しかし、いきなりこの恰好を見て、喜蔵はともかく、こまが何を言い出すか心配だった。

「別に遊んで来はったんと違いますやろ」

また、しのの声が耳の奥から聞こえた。

——そうやな。わては物見遊山して来たんと違う。しのの言うとおりや……。

家の前に人影が見えた。丁稚だった。

信治郎は丁稚に、よう気張ってんな、と声をかけた。

「あっ、店はもう仕舞いだす。すまへん」

丁稚は信治郎を見て、頭を下げた。

――何を言うてんねん、こいつは……。

信治郎が丁稚を睨むと、丁稚はもう一度信治郎を見て、旦那さん、誰ぞ来てはります
が、と言いながら奥に駆け出した。

奥から、こまがあらわれ、すまへん、店は仕舞いだして、と頭を下げた。

こまの肩越しに喜蔵が顔を出し、

「すまへん、店はもう……、あれ、おまえ、信はんやないか、どないしたんや、その恰
好は」

喜蔵の声に、母が素頓狂な声を出した。

「信治郎やて……。あれ、ほんまや、信はん、どないしたんや、その恰好は……」

と目の玉を大きくして信治郎を頭の先から足元まで見直した。

「お兄はん、お母はん、長いこと家をあけてもうて、只今、戻りました」

信治郎はカンカン帽を脱いで丁寧に頭を下げた。

「ほんまや、信はんや」

こまがまた声を上げた。

風呂に入り、信治郎は着替えを済ませ、仏壇の忠兵衛に帰宅の報告をしてから、喜蔵にあらためて、急に旅に出たことを詫びた。

「何も詫びることはあらへん。仕事で行ったんやし。けどえらい急な遠出やったな……」

「へぇ～……」

「小樽はどないやった」

「えらい寒いとこだした」

「そんなに寒い土地なんか。ところで神戸のセレース商会はんの仕入れの方はあんじょう行ったんか」

「へぇ～、そっちの方はなんとか」

「何や、心配事でもあんのんか」

「いや何も、明日早いんで休ましてもらいます」

信治郎は部屋に戻ると、こまが掛けてくれた二着の洋服と、その下に置いた鞄を見た。

信治郎は鞄から一冊の帳面を出した。

それは、この旅の簡単な日記で、切り抜いた新聞の記事もはさんであった。日記には昼、夜の食事のメニューや正吉に教えられた英語、食事の作法、図書室で見た西洋の本から学んだものが記してあった。

――短い間にほんまいろんなことがあったんやな……。

信治郎は帳面を鞄に入れ、隅にあったスキットルを出した。そして一緒に仕舞っておいたぽち袋を出し、中身を手の上に載せた。

それは横浜でビールを注文した時、初めて見た新式の瓶のフタだった。それまでのコルクの栓と違って、ブリキを圧してこしらえたものだった。〝王冠型のフタ〟であった。珍しかったので貰ってきた。

帳面と、スキットルに瓶のフタ。これが信治郎が、仕入れの金として神戸へ持って行った百円という金に替わったものである。

「信はん」

障子戸のむこうから声がした。

喜蔵だった。

「もう休んだんか？」

「いいえ、まだ起きてま、何だっしゃろ、お兄はん」

「ちょっと入ってかまんか」

「へぇ～」

喜蔵が笑いながら入って来た。

「旅で疲れてんのに悪いな」

「いいえ、何も疲れてまへん」

「あの葉書の船で小樽へ行ったんか」

「へぇ〜、そうだす。えらい贅沢してすまへん」

「そんなん思うてへん。わても前から船に乗ってみたかったんや」

「えっ、そうだすの？」

「お父はんには言わなんだが、わて、子供の頃から船が好きやったんや。そやさかい信はんを連れて大阪港まで何度も行ったんや」

信治郎は子供の頃、喜蔵に連れられて何度か港へ行ったことを思い出した。

——そうやったんや……。

「けど、わては長男やし。船乗りになりたいとは言えへんやろ。信はんの葉書を見た時、わての代りに船に乗ってくれたと嬉しかったんや」

信治郎は正座をし直して畳に両手をつき喜蔵に頭を下げた。

「お兄はん、すんまへん。お兄はんから商いの元手にともろうた百円。船賃と、あそこの洋服の仕立てで使うてまいました。ほんまにかんにんだす」

畳に顔が付くほど頭を下げていると、かすかに笑い声がした。顔を上げると、

「そんなせえへんかてええ。あの葉書が届いたんを見て、そうやないかとわては思うた。信はん」

そこで喜蔵は言葉を止めた。

「何だっしゃろう。どつくんなら、どついて下さい。わてかましまへん」

「そうやない。わては信はんが半分うらやましいんや」

「えっ？」

「そうやろ。わては自分のしたいことの半分も口にでけん男や。そないな性分やから商いの肝心がよう見えへんし、ここや、と口に出せんのや。けど、その慎重さも商いの大事なとこやとお父はんに教えられた。けどこれからの商いは、それだけではでけんように思う。鳥井の家はわてとおまはんの二人や。信はんが、ここやと思うたら、遠慮のうわてに言うたってくれるか。二人してやって行こうやないか」

「………」

信治郎は目頭が熱くなった。

――ほんまに、わては阿呆や。お兄はんの気持ちもわからんと……。

「何や、このけったいなもんは？」

信治郎が顔を上げると、喜蔵がスキットルを手に取って見ていた。

「そ、それはスキットルいうて、ウイスキーを入れて持ち歩くもんだすわ」

「ウイスキーをか。こらまた面白いもんやな。そっちは何や？」

「これはビールの新しいフタだすわ」

「へぇ～、よう考えるもんやな」

喜蔵は右手にスキットルを、左手に王冠を持って言った。

「百円が、これかいな。お父はんが呆きれてもうて、笑うてはるで、ハッハハハ」

信治郎も頭を掻きながら笑い出した。

翌日、夜明け前に飛び起きて、日限地蔵に参り、無事に旅から戻ったお礼を言い、今からはじめる商いにどうか力をもらいたい、と祈った。

――よお～っしゃ、やったるで……。

明けはじめた難波の夏の朝の空にむかって信治郎は叫んだ。

家に戻ると、大八車を引き、外へ飛び出した。

「信はん」

声に振りむくと、喜蔵が近寄って来て、信治郎の懐に紙入れをねじ込んだ。

「今日から仕込みやろう」

「す、すまへん。すまへん。ほな行って来ますわ」

まずは葡萄酒の調合に必要な道具を揃える。瓶詰の瓶、コルク……、ラベルの発注もしなくてはならない。午後になれば港にセレース商会からの葡萄酒の樽が届く。片付けなくてはならないことが山ほどある。

ひさしぶりに道修町にも入った。

「おっ、信はん、ひさしぶりやな。どないや、あんじょうやってるか」

「信はんやないか、朝早うから精が出るな。ええ話があったら、ひとつこっちも乗せてんか」

　顔見知りの手代や、番頭、飯屋までが信治郎の顔を見て嬉しそうに声をかけてくる。

「商いをはじめましたんや、あらためて挨拶にうかがいますよって、よろしゅうお頼もうしますわ」

「そうか、いよいよか。そら楽しみやな」

　博労町の小西勘之助商店へ行くと、番頭の由助があらわれ、信治郎の顔をじっと見て言った。

「信治郎はん。あんた少し顔の相が変わらはったな」

「何がだす。わては、昨日も、一昨日(おとつい)も同じ鳥井信治郎だす」

「いや、違(ちご)うとる。何かあったんと違うか」

「何もおまへん」

「いや、変わった」

「そうでっか。変わったとこがあるとしたら、そうでんな。寒い小樽まで行きましたんで、冷たい風で顔をどつかれたから違いますか」

「そうや、顔がしまってるで。ハッハハ」

「それで、以前お話ししました葡萄酒の商品札のことだすが……」

信治郎は葡萄酒の瓶に貼るラベルの相談をした。

午後に釣鐘町の家に大八車一杯の道具と葡萄酒の樽を積んで戻った信治郎は、家の裏手の納屋に入ると、飯を食べる以外の時間は、そこから一歩も外へ出なかった。

「喜蔵、信はんは大丈夫か？　今日でもう三日になるで。あない根を詰めて身体をこわしたりせえへんかいな」

こまが納屋の方を見やりながら言った。

「お母はん、心配せんでも大丈夫だす。わて、昨夜信はんと話をしましたが、えらい元気だすわ。たいしたもんだすわ」

「そうか……。夕食も握り飯でええ言うんやが……」

「大丈夫だす。信はんの商いは、今はじまったとこでんがな。それでへこたれてたら商いになrしまへん」

「ほんまか……」

心配そうな顔をして台所へ行くこまを見ながら喜蔵は、昨夜、信治郎が見せてくれた一枚の絵柄を思い出していた。

「喜蔵兄はん、ちょっとよろしゅおますか」

「ああ」

「これを店の葡萄酒の看板にしよう思っとるんだすが、どうでっしゃろ」

「看板って、店の前にか」

「違います。葡萄酒の商品札だす。ラベルいうんだすわ」

「ラベル？　こらまた強そうな虎二頭やな」

「虎ちゃいますがな。こら獅子だすがな。ほれ以前中之島に興行で来てた、西洋はんの、ほれライオンだすがな」

「おう、あのライオンかいな。強そうやな。これ信はんが描いたんか」

「わてにこんだけ描けますかいな。元絵から写したんだすわ。こうやって二頭が向き合うてんのを〝向獅子〟いうて、強い上に縁起がええんだすわ」

「強うて縁起がええのんか。そら頼もしいな」

「そうだっしゃろう。これを兄はんに、この店から商標登録の申請をしてもらいたいんだすわ」

「何や、そのショウヒョウの登録て？」

　信治郎は新しい商品を製造、販売するのに、その商品を保護するための制度の説明を喜蔵にした。

　これがやがて鳥井商店から、寿屋、そしてサントリーへと飛躍する会社の第一号の商品、向獅子印甘味葡萄酒となる。

信治郎が喜蔵に商標登録の申請を頼んだのには、理由があった。

自分たちの商品を真似てこしらえた者に先に商標登録をされ、相手の商品と類似していると文句を言われたら、自分たちの商品の販売を中止しなくてはならないからだった。

信治郎がこしらえる商品は、元々、純正の葡萄酒ではない。合成の葡萄酒である。たとえ元酒が葡萄酒でない商品であっても、世に出て人気になると、真似てこしらえた商品の方が本物に見えてしまうのである。

この時代、商標登録や製法の特許申請をする習慣は、船場の中でもほとんどなかった。

それを信治郎に教えてくれたのは小西儀助であった。

儀助は赤門印葡萄酒を発売するにあたって、自分たちの作る商品が、それまであった商品の真似や、まがいものではないことの証明が必要だと思っていた。

新政府は商品の正当性を保つことで、産業を振興するため、西洋の特許、商標登録制度を研究して、この制度の導入を決定していた。

信治郎は儀助のともをして、赤門印葡萄酒の製造法を変えた際の申請に、役所へ付いて行ったことがあったのである。

「信吉、これからのもの作りいうのんは、最初にそれを考えた者が、その商いの品物がこさえる利益もずっと手の中に握れるようにせなあかんのや」

「へぇ～」

「法律いうもんを勉強せなあかんで」

「へぇ～い。よう勉強になりました」

　儀助は明治の中期において、すでに商品開発に必要な理念に気付いていたのである。信治郎は、それを守ろうとしただけのことではあるが、信頼する儀助が教えてくれたことはかたくなに守ろうとする律義な性格を持ち合わせていた。

　今でこそ知的財産権などと言うが、信治郎がこれから先、開発を目指した商品は多岐にわたり、数も並大抵ではなかった。

　そのひとつひとつの申請に費やす金も半端なものではなかったが、信治郎はラベルのデザインひとつにしても、すべて登録申請をした。信治郎の並外れた先見性であった。

「大丈夫かいな。もう十日も、あの暗い納屋から出て来いへんで」

　こまが心配そうな顔で兄の喜蔵と婚家から戻っていたせつに訊いた。

「何も心配はありまへんて、お母はん。昨日も、わてが役所に信はんの出さはる葡萄酒の申請に行きましたんや。役所もびっくりしてましたわ」

「びっくりして、何がや？」

「これだす」

喜蔵は信治郎が役所に申請した商品の第一号を二人の前に置いた。

「何や、えらい高級品に見えるがな」

「はい。向獅子葡萄酒いうて、役所でも評判だしたわ」

「それで、その品物はいけてんのかいな？」

「さあ、わては葡萄酒はあんまり飲んだことはおまへんので、お母はん、少し味見しはったらどうですか？」

「ほんまか？　せつ、おまはんも少し味見したらどないや？」

「へぇ～、信はんのこさえはったもんなら飲んでみたい」

二人は喜蔵に注いでもらった茶碗の中の葡萄酒を口にした。

二人ともすぐに、苦虫を嚙みつぶしたような顔をした。

「何やの、これ？　お母はん、風邪薬みたいな味がしまっせ」

「そないな言い方したらあかん。信はんがあないに気張ってこしらえてるもんなんやから……。けど、こらまたえらい味がしますなあ」

「そうでっしゃろう。信はんが一生懸命こしらえはっても、これはあきまへんのと違いまっか？」

「せつ、何を言うてんのや。良薬口に苦し、言うやないか。この苦いのが身体のためになるんや。この、何やったかな？」

「向獅子葡萄酒ですわ」

「そうや、その鏡獅子やのうて、向獅子や」

喜蔵は、こまとせつのやりとりを見ながら苦笑いをした。

「これからええもんが出てきますよって、お母はん、もう少しの辛抱だす」

喜蔵は実際、信治郎が、これはどないだっしゃろ、と聞いてくる葡萄酒を、毎晩のように味見していた。

年は明けたが、松の内も信治郎は納屋から出てくる気配はなかった。

三日、喜蔵は信治郎を呼びだした。

「どうもお兄はん。おめでとうさんでございます。何や仕事に気が入ってもうて、碌にお正月の挨拶もできしませんで、かんにんだす……」

「何も、挨拶なんぞいるかいな」

そう言って、喜蔵はひさしぶりに見る弟の顔をしげしげと見つめた。

「見たところ痩せてもいいへんな」

「何のことだす？」

「お母はんも皆、信はんがあんまり気張って働くよって心配してはんのや」

「何でだすか？」

信治郎の返答には、心配されている理由がまるでわからないようだった。

「それで信はん、おまはんを呼んだんは、うちの店も、外国人居留地からのいろんな注文で、以前より売上げもようなっとる」

実際、信治郎は納屋の中で新しい葡萄酒造りをしているだけではなかった。

それ以外の時は、早朝から居留地を回り、さまざまな注文を中国人から受けていた。それを各問屋に発注し、そこから上がる利益が十分にあった。

「へぇ〜、それは間借りをさせてもろうてますから、当然だすわ」

「わての店は米の商いで十分やっていけてるわ。どうやろか。そろそろ信はんの店を出してみたらええのんと違うか？」

「店をでっか？」

「そうや。あの狭いとこで、毎晩、仕事をやってるより、信はんの店を構えて、そこで誰にも遠慮のう仕事をした方が、わてはええように思うわ」

「お兄はん、わて、迷惑をかけてますか？」

「迷惑やのうて、わての店は助かってるがな。わてらは兄弟やから言うが、商人は、商人らしい構えを持った方が、これから先ええんと違うか」

信治郎は喜蔵の顔を見た。喜蔵は笑っている。

喜蔵はそばの文机(ふづくえ)の抽出しを開けて、中から封筒を出した。

「これで、信はんの店を出し……」

信治郎は、その封筒を黙って見ていた。

（下巻につづく）

本書は、二〇一七年十月、集英社より刊行されました。

初出　日本経済新聞　二〇一六年七月一日～二〇一七年九月五日

いねむり先生

伊集院 静

妻の死後、無為な日々を過ごしていたボクが出会ったのは、小説家にしてギャンブルの神様。色川武大との交流がボクを絶望から救ってくれた——。ドラマ化もされた自伝的長編の傑作。

集英社文庫

伊集院 静

機関車先生

瀬戸内の小島。全校生徒わずか7人の小学校に北海道から臨時の先生がやって来た。体が大きくて目がやさしいが口がきけない先生から子供たちは大切なものを学んでいく。第7回柴田錬三郎賞受賞作。

集英社文庫

愚者よ、お前がいなくなって淋しくてたまらない

伊集院 静

妻の死後、酒とギャンブルに溺れていたユウジ。まっとうな社会の枠組みで生きられない〝愚者〟たちが、ユウジにもたらしたものとは。不器用な男たちの切ない絆を描く「再生」の物語。

集英社文庫

集英社文庫

琥珀の夢 小説 鳥井信治郎 上

2020年6月25日 第1刷
2023年12月23日 第2刷

定価はカバーに表示してあります。

著者 伊集院 静
発行者 樋口尚也
発行所 株式会社 集英社
東京都千代田区一ツ橋2-5-10 〒101-8050
電話 【編集部】03-3230-6095
【読者係】03-3230-6080
【販売部】03-3230-6393（書店専用）

印刷 TOPPAN株式会社
製本 TOPPAN株式会社

フォーマットデザイン アリヤマデザインストア
マークデザイン 居山浩二

ISBN978-4-08-744121-5 C0193